徳間文庫

スクランブル

バイパーゼロの女

夏見正隆

徳間書店

目次

プロローグ

石川県　小松基地
アラート・ハンガー（緊急発進用格納庫）

ベルが鳴った。

「――――！」

漆沢美砂生《うるしざわみさお》は、手にしていたマニュアルを放り出すと、皮張りのリラックス・チェアから跳ね起きた。

来たか。

（ホットかっ）

一挙動で着地、飛行ブーツで待機室の床を蹴《け》り、駆けた。

隣のチェアにいた男が「お!?」と驚きの表情をするのが分かったが、構わず走る。

そうだ。

あたしは、跳ね起きるの速いわよ。だてに陸自へ出張してレンジャー・バッジ取ったんじゃない……！

走る。身体《からだ》は軽い、腰のGスーツの重さも気にならない、鍛えた甲斐があったというものか——格納庫へ通じるドアが目の前に。そのまま右肩で体当たりする。押し開ける。

ジリリリリッ

『——スクランブル！』

うわぁああん、とあらゆる音が反響している。体育館ほどもある空間。ベルの音。美砂生は顔面で空気を切るように駆ける。待機所から駆け出て来る大勢の整備員。天井スピーカーがベルの響きに紛れて怒鳴る。

『ゼロワン・スクランブル！』

頭上の情況表示灯がちらと視野に。赤い。『SC』という文字。ホット・スクランブルだ。

いったい、何が起きたのか——

タッ

926、と機首ナンバーを染め抜いた青灰色の流線型が、空間の中央で美砂生を待っていた。双尾翼の機体。日の丸の横に掛けられた搭乗梯子《ラダー》に取りつき、跳ぶように上った。キャノピーを跳ね上げた操縦席へ、跳んで、納まる。

どさっ

整備員が後から上ってきて、美砂生のシートの左横に手を差し入れる。

「一尉、ホース繋《つな》ぎますっ」

「お願い」

応えながら、美砂生の右手は計器パネル右下のジェットフューエル・スターターのハンドルを摑《つか》み、引く。

ヒュィイイイ――

背中のどこかで補助動力ユニットが廻《まわ》り出す。

フォオオオ

高まるスターター・モーターの回転音。

「――――」

美砂生はコクピットのコンソールを左側からチェック。二本一体のスロットル・レバーがアイドル位置なのを叩くように確かめ、次いで正面の計器パネル。人差し指が一筆書きのようにスキャン・パターンをなぞる。まだ入れてはいけないスイッチは全部ＯＦＦ、着陸脚とか制動フックとかのレバーが正規の位置（あたしに面倒かけるんじゃないわよ）、右横のパネルへ移って慣性航法装置《INS》に小松基地アラート・ハンガーの位置を緯度・経度で入力。

さぁ、さっさと立ち上がれＩＮＳ。あたしは急いでんのよ――――！

「配管よし」

「ありがとっ」

美砂生は整備員にうなずくと、前面風防にかけてあった自分のヘルメットを摑んで、被《かぶ》る。〈ＦＡＩＲＹ〉とＴＡＣネームをペイントしたグレーのヘルメット。酸素マスクを顔にフィットさせ、フックで固定。吸うとシュウッ、と音を立て一〇〇パーセントの酸素が流れて来る。

Ｇスーツのホースを機の高圧空気系統へ接続した整備員が、次いで美砂生のハーネスの装着を手伝う。五点式のシートベルトとショルダー・ハーネスを、手伝ってもらいながら左手でカチッ、とバックルにロック。親指を立てて『ＯＫ』と示すと「ご無事で！」と駆け降りていく。搭乗梯子《はしご》が外される。美砂生は同時に右手を上げ、外から見えるように指を二本立てる。『第二エンジン始動』の合図。

機首前方右側に立つ誘導係の整備員が、親指を上げ『クリアー』の合図。

美砂生はうなずき、左手をスロットル・レバーに置いて、そこで初めてひと呼吸すると中指でスロットル前縁についた右側第二エンジンのフィンガー・リフトレバーを引き上げた。

さぁ、かかれ。

グンッ

漆沢美砂生にとって。

それは、一年ぶりのアラート待機。そしてスクランブル発進だった。

久しぶりだっていうのに、いきなりホット・スクランブルか……！

しかも、今回は前のように気楽な二番機のポジションじゃない。

ゴンッ

背中で、右側エンジンのタービン・シャフトが、毎分一〇〇〇〇回転で廻るスターター・モーターに嚙《か》み合った。

ゴロッ、ゴロゴロロロッ

重たい回転軸が無理やりぶん回されていく。

（――――）

N2回転計を見やる。針がゼロから立ち上がり、回転数二三パーセントへ。今だ――右スロットルを親指で一センチ前へ。

ドンッ

着火した……！　途端にキィイインッ、と凄《すさま》じい排気音が体育館サイズのアラート・

ハンガーに反響する。
キィイイインッ
わずかに遅れ、美砂生の機の右横に並ぶもう一機のF15——機首ナンバー938の機体も第二エンジンを始動。たちまちハンガー内は何も聞こえなくなった。
よし。第二エンジン安定——美砂生は右手を上げ、指を三本立てる。整備員が『了解』の合図。左側第一エンジンもスタート。

美砂生の乗機・F15Jイーグルは二基のエンジンをスタートし、発進準備を完了した。緊急発進を告げるベルが鳴ってから二分と四十秒。

キャノピーを降ろし、閉める。

プシッ
耳に圧力を感じながら、無線の二番UHF——僚機との通信チャンネルをON。

「ブロッケン・フライト、チェックイン」

酸素マスクの内蔵マイクに呼ぶと。

『ツー』

男の声が、ヘルメットのイヤフォンに返る。横にいる二番機だ。

無線は異常なし。

一番UHFもON。無線機の一番には、小松管制塔《タワー》の周波数をセットしてある。

美砂生はタワーを呼ぶ。

「小松タワー。ブロッケン・フライト、スクランブル。リクエスト・イミディエイト・テイクオフ」

ザッ、というノイズと共に
『ブロッケン・フライト、タクシー・トゥ・ランウェイ24』

管制塔が即座に応答した。

「ラジャー。タクシー・トゥ・ランウェイ24――千銘《せんめい》君、行くわよ」

『ツー』

第Ⅰ章　フェアリとティンクとサリー

1

小松基地

(車輪止め《チョーク》、外せ)

美砂生は操縦席で両の拳《こぶし》を持ち上げ、外から見えるように左右の親指を外側に向け、合図した。

機首右前方に立つ誘導係がうなずき、何か指示すると機体の下で待機していた整備員が車輪止めを外して走って両サイドへ退避する。赤い帽子の女子整備員が、翼下のＡＡＭ３熱線追尾ミサイルの弾頭から引き抜いた赤いリボン付きピンを二本、両手でこちらへかざして見せる。あなたのミサイルはもう撃てる状態です——そう教えている。誘導係が手にしたパドルを高く上げる。

よし、行こう。

エンジン・スタートをする間に、アラート・ハンガーの前面扉は左右に大きくオープンしていた。美砂生はちらと左手首の時計を見た。午前一〇時〇三分。両足を踏み込んで、パーキング・ブレーキをリリースした。

かくん
F15イーグルは、アイドリング推力でも、するする前進を始めた。

両サイドで整備員が整列し一斉に敬礼する。美砂生は『ご苦労さま』と軽く答礼、後は前を見た。格納庫を出る。白っぽい曇り空だが、まぶしい。ヘルメットのバイザーを下ろす。

『ブロッケン・フライト、ウインド、三二〇ディグリーズ・アット・一〇ノッツ。ランウェイ24、クリア・フォー・テイクオフ（風向三二〇度・風速一〇ノット。滑走路24からの離陸を許可）』

「ブロッケン・フライト、クリア・フォー・テイクオフ」

管制塔からの声がイヤフォンに入り、復唱。

ちらとバックミラーに目を上げる。二番機が右後ろにぴたりとついて来ている。

(――――)

軽く、唇を噛む。

だが何か考えている暇はない。斜めに滑走路へ進入する誘導路へ、機体をノー・ブレーキで滑走させながら、美砂生は離陸前手順を行う。

フラップの操作レバーを〈開〉、操縦桿《そうじゅうかん》で各舵面《だめん》の動作をチェック。フルに舵《かじ》を動かし素早く振り返って昇降舵、補助翼の動きを確認する。足を左右に踏み込んでラダーの動作もチェック。異常なし。フラップが離陸位置に開いて、緑灯が点《つ》く。外気温度が高く、雨が降っていないから防氷装置はいらない――離陸前チェックリストをすべて完了。

忙しくて、何も考えている暇がない。

民間航空と共用の小松基地滑走路《ランウェイ》24は、すぐそこだ。離陸許可はもらっている。そのまま止まらずに、幅六〇メートルの滑走路へ進入する。白く伸びるセンターランの左横へ。赤と白の吹き流しが真横に見える。風が右手から吹いている。海風か。いったんブレーキで機体を停止、操縦桿は右に傾けておく。離陸中、煽《あお》られないようにするためだ。

「千銘君、編隊離陸で行く」

『ツー』

右後ろの二番機のポジションから、若い男の声が応える。一応、美砂生の部下だが歳《とし》は同じくらいだ。飛行経験は向こうが長いが、階級で抜いてしまった。

美砂生はブレーキで機体を止め、足でしっかり保持したまま、二本一体となったスロットルを片方ずつ前方へ出し、エンジンのマックス・パワー・チェックをする。回転計、排気温度計の針が跳ね上がっては戻る。反応は凄くいい、何も問題なし。二番機からも異状は言って来ない。よし、離陸しよう――

「――」

射出座席に座り直し、目は滑走路のセンターラインのいちばん奥を見る。左の膝《ひざ》で操縦桿の位置を保ちながら、右腕を上げ、拳《こぶし》を握って前へ出す。『パワーアップ』の合図。右手を操縦桿に戻す。センターラインのいちばん奥から目が離れないよう気をつけながら顎《あご》をそらし、後ろの二番機から見えるようにヘルメットの頭を後方へ振る。ひと呼吸おき、頭を前方へ振ると同時に両足のブレーキを放し、左手のスロットルを最前方へ一気にぶち込んだ。

ドンッ

アフターバーナー点火の衝撃。ついで加速Gが、美砂生の上半身をシートに叩きつけ、押しつけた。

（――ぐっ）

ブォオオオッ

走り出した。猛烈な勢いで、視野全体が手前へ迫って来る。久しぶりのフル・アフターバーナー離陸。き、きついぞこれは……！

Gで顎がそらされ、目がセンターラインのいちばん奥から離れそうになるのを一生懸命こらえ、左足先をやや踏み込んで直進をキープ。そうだ、まっすぐ走れ。風上へ取られるな、まっすぐだ——手前へ呑《の》みこまれる前方視界の上、ヘッドアップ・ディスプレー左端の速度スケールがするする増加する。緑の数字が八〇、一〇〇、一二〇——

「くっ」

一二〇ノットに達した瞬間、右手で操縦桿を引いた。ふわっ、という感覚と共にすべてが浮き上がり、視界から滑走路が下向きに吹っ飛び見えなくなった。

小松基地　管制塔

「ブロッケン・フライト、ベクター・トゥ・ボギー。ヘディング三六〇、エンジェル三〇、フォロー・データリンク」

パノラミック・ウインドーに全周囲が見渡せる管制塔。

今、当直管制官が、滑走路を蹴って急角度で離陸する二機のF15の機影に、マイクで指示を出したところだ。

『ブロッケン・フライト、ラジャー。フォロー・データリンク』

女性パイロットの応答の声が、スピーカーに出る。

苦しげな声だが

「ほう。長く地上で研修して来て、一年ぶりのフライトでアフターバーナー離陸をやって
ちゃんと声が出るのか」

感心したように、後方で見ていた制服の幹部が言った。

小柄で、吊り上がった目をしている。年齢は三十代の後半。二佐の階級章の横に、航空
徽章《きしょう》もつけている。

「いい編隊離陸だ。彼女は大した体力だな、火浦《ひうら》隊長」

「——は」

横で、飛行服の長身の男がうなずく。黒サングラスに、口ひげがある。

ドーン、というアフターバーナー燃焼の轟《とどろ》きが、空気を伝わって来て管制塔の窓ガラス
を震わす。

二機はテイルノズルからオレンジの火焔《かえん》を曳《ひ》き、垂直に近い急角度で頭上の雲へと突っ
込む。雲底が低い。すぐに姿は見えなくなった。

「行ったな」

制服の幹部が言うと

「ええ、行きました」

火浦隊長、と呼ばれた長身もサングラスの目で機影を追い、うなずいた。飛行服の袖《そで》には同じ二佐の階級章をつけ、年齢も制服の幹部よりやや上のようだが、敬語を使う。

「いきなりのホット・スクランブルとなったので、気になって見に来たのですが」

「漆沢一尉は、CS課程から帰任して飛行班長に就任して、確か――」

「そうです、防衛部長。今日が初めてのアラート待機です。飛行班長になって」

「引く女だな」


火浦も苦笑する。

「例の件を、今朝、漆沢に伝えようと思っていたのですが。行ってしまいました」

「ま、取りあえず、地下の要撃管制室へ下りて『観戦』しようじゃないか」

観戦、という言葉に『お手なみを拝見』というニュアンスがあった。

「最近、いきなりのホット・スクランブルが多い。これもあれかな、三年半前に主民党政権に代わってからか……我々は、政治に口出しは出来んが」

「――はい」

2

日本海上空

『ブロッケン・フライト、コンタクトＣＣＰ』

「ラジャー、コンタクトＣＣＰ」

着陸脚を上げ、フラップも閉じてイーグルの機体はクリーンの上昇形態になった。

ピッチ角四〇度。急角度で上昇している。

離陸して数秒後に雲へ入った。今日は低気圧の接近で上空には雲が多い、と待機に入る前の気象ブリーフィングで聞いてはいたが……。

がくがくと揺れている。ヘッドアップ・ディスプレーの向こうから押し寄せる水蒸気の奔流。何も見えない。どこか遠くから接近して来る国籍不明機《アンノン》への会合進路は、ヘッドアップ・ディスプレーに浮かぶ小さな『緑の円』を、正面に置くよう操縦すればいい。今のところ前が見えなくても、問題ないが――

レーダーを入れるか……？

いいや、駄目だ。

軽く頭を振る。

美砂生は一番UHFを、総隊司令部中央指揮所《CCP》の指揮周波数に変える。

「CCP、ブロッケン・フライト。クライミング・エンジェル三〇・バイゲイト」

『ラジャー、ブロッケン・フライト』

遥《はる》か東京の府中市の地下にある、航空自衛隊・総隊司令部の中央指揮所――CCPの要撃管制官が即座に応答して来た。向こうは全国二十八か所の防空レーダーからのデータを統合し、巨大なスクリーンに映して眺めている。自分のこの機体も、小さな緑の三角形となって、北陸の海岸線の沖に表示されているはずだ。

いきなりのホット・スクランブル――

いったい、どこから、何が来るんだ……？

『ブロッケン・フライト、アンノンが見えるところまで誘導する。データリンクにフォローせよ』

「ラジャー」

東京　府中
航空自衛隊総隊司令部・中央指揮所（ＣＣＰ）

「小松のＦ《エフ》、上がりました。ブロッケン・ワンと、ツーです」

　劇場のような地下空間。

　総隊司令部の中央指揮所には、ピンク色に日本列島が浮き上がる正面スクリーンを見上げ、薄暗い中に幾列もの管制卓が並ぶ。

　ここは日本の防空を担う、中枢だ。

　交信の声が静かにさざめく。二十四時間態勢で空域監視に当たる要撃管制官は数十名。日本周辺空域を十数のセクターに分割し、各々を担当する。

　今、日本海第一セクターを担当する管制官が、振り向いてインカムに報告をした。

「先任。データリンクで、アンノンへ指向します」

「よし」

　後方の、一段高くなった先任指令官席で、葵一彦《あおいかずひこ》はうなずいた。

　葵は肩に二佐の階級章。管制官たちと同じインカムを頭につけている。通常の態勢で、ＣＣＰの指揮を取るのは中堅幹部の先任指令官だ。

「奴は、いきなり進路を変えて来たからな。間に合いそうか?」

「何とか」

「頼む」

三十七歳の葵は、席にもたれると正面の大スクリーンを見上げた。

黒を背景に、ピンク色の巨大な日本列島。

今、日本海の上の方にオレンジ色の三角形が一つ、ポツンと尖端を斜め左下——南西へ向けて浮かんでいる。オレンジの三角形は、防空レーダーが上空をスイープする四秒の間隔でジリッ、ジリッと位置を変え、北陸の海岸線へ近づく。

「最近は、こんなのばっかりだ」

息をつく。

「ふざけやがって」

「南からは中国。北からはロシア」

葵の隣席の情報担当官が、小声でうなずく。

「日本の防空網を、挑発して来ます。われわれは嘗《な》められてばかりだ。こんな状態が、いつまで続くんですか」

「————」

「ブロッケン・フライト、アンノンに近づきます」

担当管制官が報告する。

「よし、捕捉したら目視で確認させろ」

葵は命じた。

日本海上空　成層圏の少し下
F15編隊

『ボギー、ツー・オクロック（未確認機は二時方向）』

ヘルメットの内蔵イヤフォンに要撃管制官の声。

『レンジ一〇マイル、エンジェル三〇。リポート、ヴィジュアル・コンタクト（距離一〇マイル、高度三〇〇〇〇フィート。目視で確認出来たら報告せよ）』

「ブロッケン・ワン、ラジャー」

美砂生は、天を向いて昇る操縦席で無線に応答するが。

まずいな――こりゃ。

コクピットは揺れ続ける。酸素マスクの中で舌打ちした。ヘッドアップ・ディスプレーの向こう、前方視界から押し寄せる白い奔流。

真っ白だ、何も見えない。積雲を突き抜けて上昇している。乗り心地が悪いってもんじゃない――雲の中じゃないか、昇っても昇っても……。

未確認機は『高度三〇〇〇〇』と言ったか。

（どうしよう）

日本海の上空へひたすら駆け登っている。ピッチ角四〇度は、まるで垂直上昇だ。ヘッドアップ・ディスプレー右端の高度スケールは猛烈な勢いで増加し続け、二六〇〇〇を超える。

（――！）

そうだ。水平飛行に入れよう。

はっ、と気づいた。このままではたちまち、未確認機の高度を遥かに超えてしまう。

美砂生は上目遣《うわめづか》いに前方を睨《にら》み、右手で操縦桿を前へ押した。急激にやるな、そっとだ――機首が下がる。ふわっ、と身体が浮く。ヘッドアップ・ディスプレーの小さな円《まる》い緑のシンボルが下がり、水平バーと重なって止まる。同時に高度スケールも増加を止める。『三二一〇〇』。身体が浮くのをこらえ、左手でスロットル・レバーを絞ると、背中で双発のP&W・F一〇〇エンジンがアフターバーナーの燃焼を止める。ビリビリという振動は収まり、美砂生のF15Jイーグルは雲中で水平飛行に入った。速度、マッハ〇・九。

まだガクガク揺れる。ハーネスをしていないとシートから撥《は》ね飛ばされる。

「――はぁ、はぁ、ちっきしょう気流悪い」

いつしか呼吸が速くなっている。一年ぶりのスクランブル発進だ。

おちつけ。ヘルメットの頭を振る。いきなり取って食われるわけじゃない……。

まだ雲中だ。見えない。どうしよう、やっぱり機上レーダーを入れるべきか——


だがそう思った瞬間。

コクピットの前方で雲が切れ、美砂生のイーグルは宙に浮く雪山のような真っ白い積雲から、横向きに飛び出した。頭上は黒に近い蒼空《そうくう》。下を見やると、波打つ雪原のような雲の上面に、自分の機の影がおちて並走している。

「うっ」

同時に、眩《まぶ》しさに目をすがめた美砂生のすぐ右下、雪原の表面を突き破るようにして、暗色のずんぐりした巨体が浮かび上がって出現した。

四発機だ。でかい。

(——メインステイかっ)

たちまち交差するように真下をすれ違った。

あれだ。捕捉しなくては……！

「インターセプト、続け」

無線に告げ、美砂生は操縦桿を右へ倒し、機を右急旋回に入れた。視野がぐうっ、と回転。雲の水平線が瞬時に垂直に。九〇度バンク。旋回半径を縮めるため操縦桿をさらに手前へ。ぐわんっ、とGがかかる。

「くっ」

府中
総隊司令部・中央指揮所

「ブロッケン編隊、追いつきました。アンノンにインターセプト。真横に並びました」

ざわざわとさざめく地下中央指揮所。

最前列の管制卓から、日本海第一セクター担当の管制官が振り向き報告すると。

先任指令官席で葵は立ち上がった。

「――間に合ったな」

前方の大スクリーンを見上げる。

ピンク色に浮かぶ日本列島。その背中、能登半島のやや右上――北陸地方の海岸線へ、オレンジ色の三角形が近づく。防空レーダーが上空をスイープする四秒の間隔で、少しずつ位置を変え、尖端を斜め左下――南西の方角へ向け移動している。このままでは数分で日本領空へ入る。

そのオレンジの三角形の左横に、いま緑色の三角形が二つ、いったんすれ違ってから向きを変え、追いつくようにして並ぶところだ。

「よし、ブロッケン・リーダーに目視確認させろ」葵は命じた。「未確認機の所属と機種を報告。当該機に対し、警告を開始」

「はっ」

担当管制官は、うなずいて管制卓に向き直る。

だが

「大丈夫ですかねぇ」

葵の隣の席で、情報担当官が小声を出す。

「今日のブロッケン・リーダー、例のあの女性飛行班長でしょ」

日本海上空

しまった。

「……！」

美砂生は唇を噛む。

こいつは……。

何とか、追いついたはいい。

しかしその巨大な機体――美砂生の右の真横やや下、雲の上面すれすれに並行して飛んでいるのは、昆虫を想わせるフォルムの機首だ。高翼式主翼に四発のターボファン・エンジン。T字型尾翼――ベリエフA50メインステイだ。ずんぐりした胴体には赤い星。機体の背で回転しているあの円盤状の物体は、高性能の全周監視レーダーだ。日本の防空電子情報を収集するため飛来したのか。

（せっかく、苦労して機上レーダー使わず接敵したのに……！）

舌打ちした。


日本の周囲の領空へ、未確認の国籍不明機が接近すると、航空自衛隊は〈対領空侵犯措置〉――スクランブルを実施する。その頻度は年間に四百件を超える。

フライト・プランを提出せず、日本政府の許可を受けずに近づいて来るのは、ほとんどがロシア、中国などの軍用機だ。

日本列島の周囲を監視する二十八か所の防空レーダー・サイトが国籍不明機を探知すると、航空自衛隊はただちに最も近い基地からスクランブル機を発進させ、領空へ侵入せぬよう警告と監視に当たる。

〈対領空侵犯措置〉では、空自スクランブル機はなるべく、国籍不明機に対してはその背後へ廻り込んで忍び寄るように近づき、相手機の真横に『忽然《こつぜん》と』出現してやるのが望ましい、とされる。

武装したイーグルがいきなり横へ現われれば、相手機の乗員は驚き、それが威圧感となって『日本領空へ侵入してやろう』という気はくじけるだろう。心理的プレッシャーで優位に立てる。

だから美砂生は、離陸してからレーダーを入れなかった。このアンノンに接敵する最初から――いや、今朝小松基地のアラート・ハンガーで一年ぶりのアラート待機任務につく時から『今日はアンノンが出たら、絶対レーダー使わないで真横へ出てやろう』と考えていた。

Ｆ15Ｊが搭載するＡＰＧ63火器管制レーダーは、八〇マイル以内の範囲で空中を動くものなら何でも探知してくれるが。世界の軍用機は、大抵レーダー警戒装置を持っているから、こちらが電波を出すと相手に接近を気取《けど》られてしまう。

レーダーを使用しなくても、地上の防空システムからのデータリンクで、迫り来るアンノンへの要撃針路はヘッドアップ・ディスプレー上に表示される。円と矢印で指示される方向へひたすら飛べば、アンノンは斜め前方に見えて来るはずだ。うまくやれば自分から索敵レーダーの電波を出さず、不要な交信も一切せずに相手の死角へ忍び寄ることが出来る。

しかし。

（相手がＡＷＡＣＳじゃ、あたしたちの接近は最初から丸見えだったじゃない）

まずい、これでは相手に対して心理的に優位どころか――

どうする。

それでも美砂生は、巨大な四発の早期警戒管制機《AWACS》の機首の真横に並ぶようにして、スロットルを調整し速度を合わせた。マッハ〇・八。２番ＵＨＦ無線機を、国際緊急周波数にセット。

これで一応、警告の準備は――

――『お手なみ拝見』

ふいに男の声が脳裏をかすめた。美砂生は思わず手を止め、視線を上げる。キャノピーのフレーム内側に取りつけられたバックミラー。そびえる白い積雲を背景に、もう一機のＦ15Ｊがぽつんと浮いて見える。

――『お手なみ拝見いたします、飛行班長』

 つい一時間ほど前、自分に向けられた言葉。

（……くっ）

唇を噛む。

バックミラーの中に浮いている二番機。右後ろ一マイル、五〇〇フィート上方の位置。決められたポジションにつき、美砂生をバックアップしている。

バックアップ――いや、見物か。

いいわよ。そこで見てなさい千銘君。

『ブロッケン・リーダー。こちらCCP』

要撃管制官のざらついた声が、美砂生の注意を引き戻す。

『目視確認したか？　アンノンの機種と所属はどこか』

管制官は、まだ相手を確認出来ないのか――？　という口調だ。

ちっくしょう、府中の地下では、日本海の上空がばかでかい雲だらけだなんて分からないんだ――

「CCP、こちらブロッケン・リーダー。確認した」美砂生は右横を見やりながらマスクの内蔵マイクに応えた。「アンノンはロシア機。A50メインステイ、単機」

『了解。ただちに音声警告を実施せよ。当該ロシア機は領空線へ接近中。あと一分で領空へ入る。追い返せ』

「ラジャー」

追い返せ……簡単に言う。

ずんぐりした巨体は、白波を跳ね返すように雲の上面すれすれを直進している。

しかし

(……こいつ、帰るかなぁ)

美砂生には一つ、気がかりがあった。

また唇を噛む。こいつは、帰るのか……?　あたしみたいな女の声で警告して――

自分の声で警告して、接近中の国籍不明機がおとなしく帰ってくれるのか……?

実は昨夜から、それで悩んでいた。

F15のパイロットになって四年、これまでにそんなことで悩んだ記憶はない。

漆沢美砂生は、今年で二十九歳。九州の久留米市出身だ。大学への入学と同時に上京し、卒業後しばらくは証券会社で営業職についていたが、会社の経営破たんで失職したのをきっかけにものの弾みで防衛省一般幹部候補生に応募、これに運よく採用され、戦闘機パイロットのコースに入った(それまで頭の中に飛行機の『ひ』の字もなかった)。

ものの弾みとはいえ。この道に入ってみて分かったことがある。空自の戦闘機パイロットは、高校卒業と同時に採用され訓練に入る〈航空学生〉制度の出身者が大多数を占めており、防衛大学校や美砂生のような一般大学出身のパイロットは数が少ない。そして『大卒者』は、操縦の腕がどうであろうと、飛行経験がどうであろうと、航空学生出身者よりも早く昇進して組織の管理者になっていく（というか、されてしまう）。

美砂生は先月、小松基地に本拠を置く第六航空団・第三〇七飛行隊の、第四飛行班長になった。十数名のパイロットを率いる、現場のリーダーになったのだ（というか無理やりさせられた）。

だが

飛行班長が部下を引き連れてスクランブルに上がって、警告したはいいけどロシア機が馬鹿にして帰らなかった――

あぁ、そうなったら悪夢。

どうしよう。

だから『飛行班長なんか、あたし嫌です』って、あれほど抵抗したのに――

右横を見る。

ああ、いるよ。三〇メートルの間合いで、ロシア極東空軍の早期警戒管制機が浮かんでいる。その機首の窓が見える。こちらはヘルメットにマスク、向こうも紫外線吸収ガラスだから、お互いの顔は分からない。しかしあそこの連中は、機体の背の全周警戒レーダーで、こちらの接近を最初から——たぶん小松基地を離陸した辺りから摑んでいたはずだ。こっちが慌てて旋回して追いついて横に並ぶのを、待ち構えていたのだ。そしてなおも逃げはせず、直進を続けている。日本の自衛隊機は、警告はするけれど滅多に撃たない——いや法的に『撃てない』ことを承知の上なのだ。

あぁ、やだやだ——

美砂生はバイザーの下で顔をしかめながら、左手の親指で無線の送信ボタンを押した。ロシア語の警告文は一応、丸暗記している。

「——あー、こちらは航空自衛隊」

おちつけ。声はなるべく、低くしなくちゃ。

「ロシア機に告げる。貴機は日本領空へ接近中である。ただちに針路を変え退去せよ。繰り返——」

すると

がばっ

次の瞬間。信じられないことが起きた。ロシアの大型四発機は何を思ったか、右方向へ六〇度の急バンクを取ると、腹を見せて急旋回した。たちまち美砂生の横から離れ、領空侵入コースから離脱して行く。国際緊急周波数に悲鳴のようなロシア語。

「な」

何だ……？

府中　総隊司令部・中央指揮所

「ロシア機、戻ります。領空侵入コースから離脱、洋上へ引き揚げて行きます」

第一セクターの管制官が、また振り向いて報告した。

「警告一発で、追い返しました」

「――」

「――」

先任指令官席の葵は息を呑んだ。

帰った……？

い、い、一度の警告でか。

思わず、横の情報担当官と顔を見合わせた。

「ど」

「どういうことでしょう」

小松基地地下　要撃管制室

「アンノンが逃げて行きます」

第六航空団の根拠地であるここ小松基地の地下にも、小規模ながらＣＣＰと同様の設備をもつ要撃管制室がある。発進させたスクランブル編隊の行動や、洋上の演習空域で訓練をする所属機の様子を監視することが出来る。

黒板サイズのスクリーンを前に、管制卓についていた当直要撃管制官が振り向いて報告した。

「ブロッケン・リーダーが、ロシア機を追い返しました」

「――――」

「――――」

管制卓の背後には、立ったままスクリーンを見ている三人の男。

真ん中は小柄な制服幹部の二佐。両側の二人は、長身の飛行服姿だ。

三人とも、一瞬言葉が出ない。

「あ、待ってください」管制官がレシーバーを押さえながら続けた。「メインステイがロシア語で何かわめいています。『助けてくださいもうしません』」

「――し」

黒いサングラスの長身は、信じられん――と言い掛けたのか、しかしその言葉を呑み込む。

その横で
「う、うむ。さすがだ」

幹部の二佐は、うなずいて見せた。

「さすがは空幕が『初の女性飛行班長』に抜擢《ばってき》しただけある。警告一発でロシア機を追い返すとは、漆沢一尉はなかなかやるじゃないか。火浦隊長」

「は、はぁ」

黒サングラスの長身は、口ごもるようにしてうなずく。

反対側でスクリーンを見ているもう一人の飛行服の男も、腕組みをしたまま『信じられない』という風情だ。

しかし
「今日は漆沢一尉の、飛行班長としての初めてのスクランブルだったわけだが」

制服の幹部は、吊り上がった目でスクリーンを見やって言う。

「心配して見に降りて来ることもなかった。大丈夫、十分にやれるようだ」

「はぁ」

そこへ

「日比野《ひびの》防衛部長」

司令部の若い連絡幹部が、要撃管制室の後方扉から顔を出して呼んだ。

「来週の戦技競技会へ向けての、打ち合わせ会議が始まります。上の会議室へ」

制服の幹部が「おう、分かった」とうなずき、足早に出て行くと。

「月刀《がとう》」

黒サングラスの飛行隊長——火浦暁一郎《きょういちろう》は、横の男を呼んだ。

「お前、あんなの見たことがあるか。ロシア機が警告一発で、おとなしく帰って行くなんて」

「ありません」

火浦と同じくらい長身の飛行服は、彫りの深い野性味のある顔だ。濃い眉《まゆ》をひそめ、頭を振る。

「こんなことは初めてです」

男の飛行服の袖には一尉の階級章。

月刀慧《けい》。年齢は三十代前半。第三〇七飛行隊の隊長・火浦の下で、第一飛行班長を務めている。

　火浦と月刀は、航空学生時代からの先輩と後輩だ。

「いったい、どうなっているんだ月刀」

「さっぱりわかりません。ロシア機なら大抵、平和憲法と自衛隊法の縛りで発砲できない俺たちを、馬鹿にするように無視するもんです。警告に従うにしても、さんざんじらした後だ」

「だよな」

「隊長」

　管制官が、また振り向いて報告した。

「ブロッケン編隊、戻ります。日本海の空域はクリア。間もなく隣接する洋上のG空域において、うちの訓練編隊が演習を開始する予定ですが、始めさせてよろしいですか?」

「あぁ、うん」

　火浦はうなずく。

「確か、今日は洋上で『2vs2の高々度要撃演習』だったな。天候はどうだ」

「気象班の報告では、G空域にも大型の塔状積雲が点在していますが。それさえ避ければ、模擬空中戦の実施に支障はありません」

「分かった。始めさせろ」

　管制官にうなずくと、火浦は横の月刀を見た。

「今日の演習メンバーは誰だ」

「はい、第四飛行班所属の四名です」

彫りの深い男は、手にしたクリップボードをめくる。

「レッドアグレッサー編隊――侵攻側の役をする二機が、福士《ふくし》と菅野《かんの》。ブルーディフェンサー編隊――防御側の二機が風谷《かぜたに》と、鏡《かがみ》です」

「風谷と鏡か」

「はい」

3

日本海上空　G訓練空域
高度三〇〇〇〇フィート　F15編隊

（――う、雲が多い）

機首を下げて水平飛行にし、洋上の訓練空域――G空域と呼ばれるエリアに入る。ヘッドアップ・ディスプレーの高度スケールは『三〇〇〇〇』・速度『M〇・九〇』。習慣的にちらとバックミラーに目を上げると、右後方やや上の定位置にもう一機のF15J

──二番機のシルエットが小さく浮いている。予定通りの空域進入だが……。

風谷修《おさむ》はヘルメットのバイザーの下で、目をすがめた。

ヘッドアップ・ディスプレーを通して眺める前方視界。右端の緑色の高度スケール、左端の速度スケールに挟まれ、真っ白い雲の上面が見渡すかぎり広がっている。

ここから先が、訓練空域だ。

風谷は左手のスロットルで推力を調整し、マッハ〇・九の速度を保ちながら『やはり、大気の状態は不安定なのか』と思った。

眼下の日本海は雲に覆《おお》われ、一面が白い雪原のようだ。そして雪原の表面から突き出して、巨大な雪山のような塔状積雲があちこちにそびえている。風谷の編隊は、ちょうど雪山の中腹に当たる高度で飛んでいる。

演習は不可能ではないだろう、高々度の空間は十分空《あ》いている──塔状積雲を、避けていけばいい……。

『──レッドアグレッサー・ワン、レディ・イン・ポジション』

ヘルメットの内蔵イヤフォンに声。酸素マスクを通したざらついた声だ。どこか遠く、G空域の反対側で演習開始位置についた〈敵編隊〉が『戦闘準備完了』を伝えて来た。

福士さんの声だ。穏やかだが、強敵だ──

「ブルーディフェンサー・ワン」

風谷も左の親指でスロットルの横についた無線送信ボタンを押すと、酸素マスクのマイクに告げる。

「レディ・イン・ポジション。準備いいです」

『わははは っ、餌食《えじき》にしてやるぞ風谷』

これは別の声。

〈敵〉の二番機、菅野一朗《いちろう》だ。

『静かにしてろ菅野。行くぞ、ファイツ・オン』

「フ、ファイツ・オン」

やるしかない。行くか――!

風谷もコールすると、左手でスロットルを最前方へ押し出した。ミリタリー・パワーのノッチを超え、フル・アフターバーナーへ。

ドンッ

風谷修は二十七歳。F15Jに乗り始めて、間もなく六年。

〈航空学生〉制度出身のパイロットとして、風谷はすでに中堅になりかけていた。日頃の訓練でも、アラート待機でも、最近は二機編隊の編隊長を任されることが多くなった。神奈川県の高校から、受かっていた都内の私立大学を蹴り、航空自衛隊の航空学生となったのはもう九年前だ。

航空学生は、採用倍率三十倍を超える難関だが、たとえ受かってもパイロットになれる保証はない。適性や能力が及ばなければ、訓練の途中に数え切れないほどあるチェック（技量試験）の関門を通れず、脱落させられてしまう。熱意を持って入隊する訓練生ばかりだが、同期生の中でも何割かの者が、F15やF2のコクピット・シートに辿《たど》り着けず、自衛隊を去って行った。風谷も過去に数回、そうなりかけた。戦闘機パイロットを志望したのは中学二年の時で『俺にはこれしかない』と思ったのだが、実際はあまり向いていなかった。

綱渡りのようにしながら、やっとのことで二十一歳でイーグル・ドライバーになった。なれたのは努力と——いや、努力はしたけれど、適性というのは努力で何とかなるというものではない。自分は運が良かったのだ。風谷はそう思う。

（——敵はどこだ……？）

背中を押される加速の中、コクピット計器パネル左側のレーダー・ディスプレーを見やる。アフターバーナーの振動で細かく揺れて見辛《みづら》い。レーダーは広域索敵モードで作動している——いた。六〇マイル前方。同高度で接近して来る。まっすぐ前だ。目を上げる。巨大な塔状積雲がそびえている。あの雪山のような雲の、向こう側か。雲はレーダーに映らない。F15のAPG63が捉《とら》えるのは、空中を動く物体だけだ。旅客機の気象レーダーとは違う。

（目測で、あの雲はだいたい二〇マイル前方。〈敵〉編隊は依然同高度、まっすぐ前方五八マイルから接近中――相対接近速度一二〇〇ノット。雲の縁をすり抜け、向こう側へ出たらちょうど目の前に出合う感じだ）

風谷は機を加速させながら、唇を嚙む。

ＡＡＭ３の対向撃ちは、出来ないか――

今日の演習に使われる機体には、敵・味方とも新型のＩＲＳＴ赤外線索敵ポッドを装備している。レーダーとは別に、航空機のエンジンが放つ熱――赤外線をセンサーで捉え、標的の位置をレーダー・ディスプレー上に表示してくれるシステムだ。これを使えば、相手機の後尾へ廻りこまなくても、対向している状態でＡＡＭ３熱線追尾ミサイルをロックオンすることが出来るのだが……。

巨大な雲に遮《さえぎ》られては、赤外線索敵ポッドは役に立たない。雲の縁をすり抜け向こう側へ出た時点では、もう相手とは目視戦闘圏内だ。いつも通りの格闘戦に入るしかない。

（あの二人と、格闘戦か）

そう思った時。

『山』

ふいにヘルメット・イヤフォンに、声が入った。

　Ｆ15Ｊには二台の無線機が装備されている。通常、１番ＵＨＦは指揮周波数、小松基地の要撃管制室や、編隊相互の連絡に使う（たった今、レッドアグレッサー編隊と連絡を取り合った周波数だ）。２番ＵＨＦは自分と編隊僚機との連係に使う（〈敵〉には聞こえない）。

　酸素マスク越しと思えない、アルトの明瞭な声は２番ＵＨＦからだ。低い女性の声。

「――？」

　風谷がバックミラーに視線を上げるのと同時に、後ろ上方にいたもう一機のＦ15Ｊ――二番機のシルエットが急速に大きくなり、降下してシュッ、と真横へ追いついた（両機ともフル・アフターバーナーだが、二番機は高度差を速度に変換して追いついた）。

　光を跳ね返すキャノピーの中、ヘルメットの顔がこちらに向く。目庇《まびさし》の下の猫のような鋭い眼。

『山がある』

　細身のパイロットが、左手で前方を指した。

『あの作戦』

「――わ、分かった」

　風谷は前方に迫る雲と、横を見てうなずいた。

　今朝の出撃前のブリーフィングで、高層天気図を見た時、鏡黒羽《くろは》が提案したアイディアがあった。あの戦法を、試そうと言うのか。

「よし、やろう」

『ツー、前へ出る』


鏡黒羽は、自分とは違う――

風谷は感じている。あいつは天才みたいなところがある……。天然自然に操縦が巧《うま》い。それだけでなく、戦闘のセンスが凄い。

猫のような目をした、一つ年下の鏡黒羽。あいつは、いったいどうやってこんな手を思いつくんだ……？　ということを時々やる。先月のアラート待機の時も、ロシア機が接近してきて一緒にスクランブルに上がったが、黒羽は大型早期警戒管制機の機首の直前一〇メートルでアフターバーナーを噴かす、という〈技〉を使い、ハイテク機の速度センサーを狂わせて空中にひっくり返らせた。ロシア機が悲鳴を上げ、領空侵犯をあきらめて逃げ帰ったのは言うまでもない。

だが、そういった天才的なスタンド・プレーをする人間は、組織では嫌われる。黒羽は女性パイロットで物珍しいということもあり、技量に優れているのに責任ある編隊長のポジションを任されたことがこれまでに一度もない。

鏡黒羽の二番機が前へ出る。

よし。打ち合わせ通り、下がろう――風谷は左手の中指で、スピードブレーキのスイッチを一瞬だけクリックする。機体背面で抵抗板が一瞬立ち上がり、ぐんっ、減速Gがかかって上体がショルダー・ハーネスに食い込む。同時に二番機の双発ノズルが、視界前方へぐいと小さくなる。そのまま二番機のすぐ真後ろをキープ。ジェット後流に巻き込まれぬようわずかに高度を上げ、ヘッドアップ・ディスプレーの真ん中よりやや下に鏡機の二枚の垂直尾翼がはみ出るようにして、ついて行く。

これで、〈敵〉のレーダーには俺たちは重なって一つのターゲットに映るはずだ……。

風谷が思うのと同時に、先行する鏡機はわずかに機首を右へ振り、そびえ立つ塔状積雲を避ける機動に入る。風谷は真後ろに続く。いったん右へ振ってから、今度は左旋回。雪山のような積雲の縁を回りこんで行く。

（今だ）

間もなく目視戦闘圏内だ。〈敵〉はもう、レーダー・ディスプレーよりも前方視界に神経を集中している――こちらを一瞬でも早く肉眼で捉えるため、雲の縁のあたりを真剣に見ているはずだ。

風谷は、雲の向こう側の空間が目の前に広がろうとする直前、左旋回の操縦桿をさらに左へ倒した。ぐいっ。急バンク。二番機の真後ろを離れ、背中から白い雪山の壁面へ突っ込んだ。

G訓練空域

「――いたぞっ」

F15・レッドアグレッサー編隊一番機。

福士正道《まさみち》二尉は、風谷や菅野一朗よりも航空学生で二年先輩に当たる。かつては〈特別飛行班〉メンバーに選ばれ、年一回開催される戦技競技会へも出場経験があるエース級のパイロットだ。

いつも笑っているように見える、と評される両眼が、塔状積雲の峰をかすめるようにして出現した小さな点――ブルーディフェンサー編隊一番機と思える機影を視認した。小さな点が、たちまち主翼を持つシルエットに。相対接近速度は音速の二倍以上。巨大な雲が障害物としてそびえているせいで、AAM3の対向撃ちは出来なかった。もう目視戦闘圏内だ。

こうなったら、すれ違いざまにドッグファイトか――

しかし

「ん？」

現われた機影の動きに神経を集中させていた福士は、眉をひそめた。

ブルーディフェンサー編隊一番機は、姿を見せたと思うと、雲の峰に沿うようにひらりと腹を見せて左旋回に入った。そのまま福士の遥か前方を右へ飛び抜ける。すれ違わず、逃げて行く。

ブレーク・ターンが、早いぞ……!?

敵機と交差するほど近づいた時は、互いにすれ違ってから相手機の後尾を取るように急旋回し合うのが、空戦のセオリーだ。そうしないと、相手に対してミサイルや機関砲を撃つポジションにつけない。すれ違う手前で旋回したのでは、敵にただ後ろへ食いつかれてしまう。

そんなことは、初心者でも……!

「――――!」

敵一番機とおぼしき影を目で追う福士は、だが反射的に操縦桿を右へ取って右ターンに入った。とりあえず視界の外へ逃すわけに行かない、ヘッドアップ・ディスプレーの四角い透明板の中に、逃げていく機影を捉える。捕まえた――すかさず左ターンに切り返して追う。食いついた。簡単だ。何だこいつ、たった三Gで水平旋回しているぞ……？　罠《わな》にかかったような後ろ姿。スーパー・サーチモードに入ったレーダーが自動的にロックオンし、その後ろ姿をFOVサークルが囲む。

撃ってください、と言わんばかりだ。風谷め何を考えてる……!?

「菅野、上を警戒しろ」

敵の二番機の姿はまだ見えない。何か企《たくら》んでいるのか、あるいはこいつらはただ未熟なのか。未熟なパイロットは『待つ』ことが出来ない。何でも早くやろうとして墓穴を掘るものだ。先月の日本海の〈事件〉で、韓国のF16と丸腰で渡り合って制圧したという噂《うわさ》を聞いたが、単なる噂だったか――僚機の菅野一朗に上方の警戒を無線で指示しつつ、福士は攻撃に移った。左手の親指でスロットル脇腹にある兵装選択スイッチを〈SRM〉に。主翼下に二発装備したAAM3の弾頭が目を覚まし、シーカーが瞬時に標的の排気熱を捉え、ジィーッ、とヘルメット・イヤフォンにトーンを鳴らす。捕まえた……!

「フォックス――」

だが福士が「フォックス・ツー」とコールしながら右の人差し指で操縦桿のトリガーを絞ろうとした時。

まるでその動作を読んだかのように、ヘッドアップ・ディスプレーの中で機影がくるりと軸廻りに一回転すると、背中にスピード・ブレーキを立て、福士の視界の中で瞬時に大きくなった。

「うっ!?」

ピタッ

「鏡め、どこにいるっ」

レッドアグレッサー二番機・菅野一朗は、一番機・福士の指示の通りに上昇し、上方を警戒した。敵の二番機の姿が見えない。一番機の風谷を囮《おとり》に、またあの鏡黒羽がバーチカル・リバースの技を使い、真上へ上昇してから逆落としに襲って来るのかもしれない。

「二度もその手に乗るかっ」

前の演習で一度、風谷と組んだ鏡黒羽に、自分はそのやり方でこてんぱんにやられた。だが機体を急上昇に入れ、首が痛くなるくらい見回しても真上は成層圏の蒼色が広がるばかりだ。

「うっ、くそ」

福士は、〈標的〉のF15が瞬間移動のように目の前に近づいたので、短距離ミサイルを撃つことが出来なくなった。瞬《まばた》きをする間に双発ノズルが目の前に迫り、ヘッドアップ・ディスプレーからはみ出す。『MIN　RANGE』の文字が明滅。こんなに近過ぎると自分が危険になるので、ミサイルは発射出来ない。〈最小安全発射距離《ミニマム・レンジ》〉を割り込んでしまった。

「ならば、ガンだっ」

福士正道はベテランだったが、一瞬、熱くなった。ミサイルが駄目なら機関砲だ。左の親指で兵装選択スイッチを前方へ出して〈GUN〉を選択。ヘッドアップ・ディスプレーのサークルが瞬《また》き、ガン・クロスに変わる。だがその時。

『フォックス・ツー』

イヤフォンに声がした。無線越しの男の声。少し線が細い。

『スプラッシュ。ユー・アー・キルド、墜《お》としました福士さん』

「な」

驚いて振り向くと。

コクピットの涙滴型キャノピーの後方視界。二枚の垂直尾翼に挟まれ、自分の真後ろの位置に一機のF15がいた。いつの間に……!? 同高度・同じバンク角で旋回している。間合い二〇〇〇フィート、外しようのないポジショニングだ。

う——嘘だろう。

あいつは、どこにいたんだ。

あれが風谷だって……!?

ハッ、として前方へ向き直ると、たった今まで大きく後ろ姿を晒《さら》していた前方のF15がいない。

(き、消えた……!?)どこへ——

小松基地　要撃管制室

「ブルーディフェンサー・ワンが、レッドアグレッサー・ワンをフォックス・ツーでキル〈撃墜〉しました」

　要撃管制官が、レシーバーを押さえるようにして振り向き、告げた。

　管制室の情況表示スクリーンでは、演習評価システムによって、洋上G空域で行われる模擬空戦の様子が映し出されている。絡み合う四つの三角形シンボルが、刻々と位置を変えながら互いの後ろを取ろうと動いている。今、旋回しながら逃げる青い三角形――〈BD2〉の後方に食いついた赤い三角形〈RA1〉が、さらに後方から旋回して追いついたもう一つの青い三角形〈BD1〉に、AAM3を『発射』されたところだ。〈RA1〉の脇に『被撃墜』マーク。命中と判定。

「やりました。会敵から三十秒、早いです」

「福士は、罠にはまったな」

　火浦はサングラスを人差し指で上げ、唸《うな》った。

「『撃って下さい』と言わんばかりの二番機の尻に、思わず食いついてしまった――いや一番機と二番機が入れ替わったのにも、あれでは気づいていまい」

「ど、どういうことです」

管制官は、わけがわからないという表情。

「――罠、ですか？」

「そうだ」

「火浦さん。それって、まさか」

月刀が、横で眉をひそめる。

「ブルーディフェンサー側は、二機とも単純な水平旋回しか使っていない。まさか、あの戦法は――」

「そうだ月刀」火浦はうなずいた。「あれは、〈ワゴンホイール戦法〉だ」

G空域

「はぁ、はぁ」

やった……！

風谷は、激しく揺れる雲の中を盲目状態で旋回していたが、事前の打ち合わせ通りの軌道で雲から出ると、目の前に福士正道の機体の後ろ姿があった。スーパー・サーチモードの火器管制レーダーがただちに自動ロックオン、風谷の目の前にＦＯＶサークルを表示した。間合い二〇〇〇フィート、赤外線シーカーが標的を捕捉。シュート・キューが出た。右手の人差し指でトリガーを引き絞ると、主翼下のＡＡＭ３が模擬発射した。同時に風谷は酸素マスクに「フォックス・ツー」と叫んでいた。

「スプラッシュ。ユー・アー・キルド」肩で息をした。「墜としました福士さん」

こ、この先輩を、俺たちは罠にはめた……？

凄い、やった。

鏡黒羽がみずから囮となり、雲に隠れて旋回する風谷の鼻先に、福士機をおびき出したのだ。敵に後ろ姿を晒してやられもせず――何と言う技量だ。

だが、感心している余裕はない。

『な、な、何だっ⁉』

叫び声に振り仰ぐと、風谷の頭上――真上の太陽の中に、菅野一朗の敵二番機がいる。襲って来る――！

小松基地　要撃管制室

「レッドアグレッサー・ツーが反撃に移ります」

管制官が叫んだ。

「上方から襲います」

G空域

「――く、くそっ」

菅野一朗は、上空に〈敵〉二番機の姿がないので、ひょっとしたら下か――!? と気づいて機体を背面にし、俯瞰《ふかん》した瞬間に風谷の『フォックス・ツー』のコールを聞いた。フォックス・ツーとは『短距離ミサイル発射』を意味する。続いて福士の一番機を『撃墜した』という宣言。

「な、な、何だとっ」

逆さまのコクピットで目を上げると、ちょうど真下の位置で、一機のF15が菅野の編隊長機の背後にくっついている。

ど、どこにいたんだ、あいつ……!?

ちょうど真下の位置だ、交差角が大き過ぎる。このままでは撃てない――

菅野はとっさに、そのまま操縦桿を左へフルに倒すと機体を鋭いバレル・ロールに入れた。周囲が激しく回転、F15は回転の抗力で後方へ下がりながら急激に高度をおとす。

ブォッ

くそっ、だがこっちは太陽を背にしている。あいつの真後ろへ舞い降りてやる……！

（――！）

菅野機が、ほぼ真上の位置からクルクル回転して自分の真後ろへ『落下』して来る。

「くっ」

だが風谷は、そのまま旋回を続けた。

逃げ出したいのをこらえ、バックミラーを睨《にら》む。しっかり見ろ。ジャストの射撃位置へ一度で入り込めるはずはない、必ず少しズレるはずだ……！

ミラーを注視すると、菅野機の前面形がぶわっ、と自分の背のやや右後方に来た。

風谷は反射的に右へ――セオリー通りに相手のいる方向へ切り返してブレーク・ターンしたくなるのを、こらえた。今、右へ動けば奴の目の前を横切る形になり、格好の的になる。最大Gで、このまま廻り続けるんだ。奴は旋回のやや外側にいる、機関砲は小便玉になって、簡単に当たらない。操縦桿を無理やり引いて照準を合わせるのに最低でも三秒はかかる……！

鏡が、あれだけ捨て身で囮になって見せたんだ。俺がここで逃げられるか。

「ワン、コンティニュー・ターン」

『ツー、すぐに行く』

ヘルメット・イヤフォンに声。

二秒とかからなかった。

バックミラーの視野の中、さらにもう一機のF15の姿がフッ、と現われて菅野機の後方へつくと、同時に無線にコール。

『フォックス・ツー！』


「な——何っ!?　くそ」

菅野は目を剝《む》いた。

鏡か……!?

いつの間に後ろに!?

だが菅野は、後方に占位しミサイルを放った鏡機をミラーで一瞥《いちべつ》すると、反射的に左の小指でフレア・ディスペンサーのスイッチを弾《はじ》いた。まだ小さい、距離がある——!

「フレア、フレア、フレア！」

同時に、操縦桿を反対側の右へ倒して右ラダーを蹴り、機体をひっくり返してブレークした。

グルッ

視野が回転。

今のフォックス・ツーは一マイルは離れていた、これで無効だ……！

ミサイルを発射した相手機が、一マイル以上離れていれば、フレア（欺瞞《ぎまん》熱源）放出のコールで攻撃は『無効』と判定される。どうやって後ろへ廻りこんだか知らねえが、そう簡単にやられるかっ。

菅野は機体をクルッ、と一回転させると、すかさず操縦桿を前へ押し込んで斜め急降下へ入れた。いったん敵から離脱し、機動で消耗した速度エネルギーを回復させる。これで仕切り直しを――

だが
「う……!?」

ふいに日が陰った――と感じてバックミラーに目を上げると。

「嘘だろ」

『フォックス・スリー』

急降下する菅野のすぐ首の後ろ、被さるような近さにピタリと位置を決めたF15の機体から、アルトの声がした。

『ユー・アー・キルド。レッドアグレッサー・ツー』

4

小松基地　要撃管制室

「ブルーディフェンサー・ツー、レッドアグレッサー・ツーをフォックス・スリーでキルしましたっ」

管制官が、演習評価システムに現われる表示を読み上げた。

スクリーンで、鏡黒羽のブルーディフェンサー二番機を示す緑の三角が、菅野一朗のレッドアグレッサー二番機の赤い三角に被さるように食いつき、至近距離から機関砲を模擬発射した。判定は『撃墜』。

「襲撃側、全滅です」

「ううむ」

火浦は腕組みしたまま唸った。

「ワゴンホイール戦法――一機が水平旋回で囮となり、敵機にわざと食いつかせ、同一円周上を旋回するもう一機がその後方から襲いかかる。半世紀前のベトナム戦争で、ミグが使った戦法だ」

「――ベトナムの、ミグの闘い方……」

横で月刀も息をつく。

「レーダー時代には通用しないはずの戦法を、臨機応変に出して来たわけか」

「確かに、山のような塔状積雲の林立する今日の天候は、当時のベトナムに似ている」

「演習終了。演習終了」

管制官が、洋上G空域の四機に帰投指示を出した。

「ブルーディフェンサー・リーダー、レッドアグレッサー・リーダー、帰投せよ。コンタクト・小松アプローチ」

小松基地　司令部前エプロン

「風谷は」

地下の要撃管制室から上がると、風の吹く駐機場だ。火浦は月刀と共に、エプロン前を通って司令部へと戻る。

「しかしあいつは、いったいどこであんな闘い方を覚えた?」

「いいえ、あれは鏡でしょう」

月刀が言う。

「鏡は、よく研究しています。どこで調べて来るのか、古いやり方もよく知っている」

「そうか」

「以前は、先輩につっかかってばかりいたのですが。半年ほど前、風谷と組ませてから、少し変わりました」

「――そうか」

「ああして、囮の役まで引き受けて風谷をサポートするなんて。今日は正直、俺も驚いています」

「………………」

「どうされました？」

月刀が、火浦のサングラスの横顔を見やる。

火浦は「いや」と頭を振る。

「いや、何でもない。月刀」

「は」

「やはり風谷と鏡で、例の件、決めるか」

「賛成です」

月刀はうなずく。

「そろそろ、あの二人を代表にしてもいい時期です」

日本海上空

「小松アプローチ、ブルーディフェンサー・リーダー、ミッション・コンプリーテッド。リクエスト・リターンバック・トゥ・ベース（演習終了。基地への帰投指示を求む）」

演習は、あっという間に終了した。

風谷が無線に呼ぶと

『ブルーディフェンサー・リーダー、小松アプローチ。フィールド、ナウ・ＩＭＣ（小松基地の天候は現在、計器気象状態）』

小松アプローチの進入管制官が、応答して来た。

眼下は一面の雲で真っ白だ。

アプローチ・コントロールの進入管制官は、レーダーで到着機を誘導するのが役目だ。演習を終えて帰投の際『小松アプローチにコンタクトせよ』と指示されるのは、天候が悪く、目視では飛行場が見つけられない時だ。

雲が、さらに低くなっているのか――

『ナウ、ビジビリティ・五キロメーター、シーリング三〇〇。ディス・ウィルビー・ベクター・トゥ・ランウェイ24・ファイナルアプローチコース。ターンレフト・ヘディング一八〇、ディセント二〇〇〇（現在地上は視程五キロ、雲底高度三〇〇フィート。これより滑走路24への計器進入コースへ誘導する。左旋回し機首方位一八〇度、高度二〇〇〇まで降下せよ）』

「ラジャー」

天候がこれ以上悪くならないうちに、帰ろう。

風谷は指示を復唱すると、操縦桿を左へ傾けて機を旋回させ、スロットルをアイドルまで絞りながら機首を下げた。

ぐうっ、と傾きながら下を向く。

ヘッドアップ・ディスプレーの向こうが、雲の上面で白一色に。ざぁあああっ、と風切り音を立てて機体は高度三〇〇〇〇フィートから降下に入る。

雲底の高度が、たった三〇〇フィートか――

「鏡、雲中に入る。編隊を詰めろ」

『ツー』

バックミラーに、右後方からもう一機のF15のシルエットが寄って来る――と感じた直後、編隊で雲の上面に突入した。

がくがくと揺れる。周囲は真っ白になった。

高度スケールに注意する。今、二五〇〇〇フィートを切って、毎分四〇〇〇フィートの降下率で降りている――このまま進入管制官の誘導に従って降下し、高度二〇〇〇フィートの低空でいったん水平飛行にして、滑走路24への計器進入コースに乗る。滑走路自体が目の前に見えて来るのは、対地三〇〇フィートだろう。ほとんど着陸の直前まで何も見えない、計器飛行だ。

風谷はＶＨＦ航法装置に、滑走路24のＩＬＳ計器着陸システムの周波数をセットする。低い雲が一面に、日本海から北陸沿岸を覆っているのか……。大雨が降り出さないだけ、まだ増しだ。

（――――）

高度、一〇〇〇〇フィートを切る。

間もなく引き起こして、ちょうど二〇〇〇フィートで水平飛行に入れよう――

風谷は操縦しながら、頭を回転させた。まだ機の位置は海の上――小松ＴＡＣＡＮ（無線標識）の距離表示は四四マイルだ。ということは、海岸線は七五キロ先。このまま進入管制官の誘導に従い、まずＩＬＳの計器進入コースに会合する。いったんＩＬＳの電波をつかまえれば、三次元の誘導が得られる。進入モードにしたヘッドアップ・ディスプレーに緑の円が現われるから、それを自分の正面に置くようにして針路を修正し、円に従って機首を下げ、降下すればいい。やがて目の前に、霧の中から浮かぶように滑走路が現われるはずだ……。

コースに乗ったら、滑走路へ七マイルのところでフラップを〈開〉、五マイルに近づいたら着陸脚を下ろして――

計器着陸の手順を、風谷は頭の中に呼び起こそうとするが

『何かいる』

アルトの声が、ふいに風谷の思考を中断させた。

『すぐ下。超低空』

「……え」

小松基地
第三〇七飛行隊・オペレーションルーム

「さすがです」

ホット・スクランブルのミッションから帰投して、司令部前のエプロンに機体を停め、装具を抱えてオペレーションルームへ戻ると。

任務の内容を反省する、デブリーフィングのテーブルにつくなり、長身の男は直立不動で敬礼をした。

「さすがです、漆沢一尉。いえ飛行班長」

「……えっ？」

取りあえず、天候が悪くなる前に降りられてよかった――

そう思っていたところだ。

漆沢美砂生は、汗で湯気が立つ飛行服の前を少し開け（ジッパーを下げてうちわで扇《あお》ぎたいのは我慢した）、男とさしむかいのテーブル席に掛けようとしたところで、固まってしまう。

（こいつ――今、何と言った……？）

絶句して、見返すと。

「さすがです」長身の男はもう一度敬礼した。「本日は感服しました、漆沢飛行班長」

声がでかい。

美砂生と向き合って立つのは、千銘一也《かずや》二尉――今日、二番機を務めた男だ。

短い髪をオールバックにして、薄い眉毛、細い眼。年齢は美砂生と違わないはずだ。

オペレーションルームには二人さしむかいで座るテーブル席が、多数並んでいる。

他にも、午前中の飛行訓練をすませた編隊のペアが、卓上に図を描いたり模型を手にしたりして訓練内容の反省をしている。

だが千銘が大げさに敬礼すると、ざわめいていた室内が静まった。あからさまに注目はされないが、周囲から聞き耳が集まる。

「ロシア機を警告一発で追い返すとは。僕にはとても出来ません、さすがは班長です」

美砂生は困って、小声で「いいから」と言った。

「いいから、座ろう」

「はい」

長身の男は、素直に座った。

どういうつもりだ、この男……。

美砂生は、今朝のアラート待機に入る前の気象ブリーフィングを思い出す。

この同じオペレーションルームで、気象班の天気概況の説明を聞きながら、千銘一也は何と言ったか。

はっきり覚えている。一緒に説明を聞く周囲の皆に分かるくらいの声で「ま、お手なみ拝見します飛行班長」と口にしたのだ。腕組みをして、隣で。

航空学生出身の千銘と、一般大学出身の美砂生では、年齢は一緒でも飛行経験は倍くらい違う。パイロットとしては千銘が、美砂生より遥かに先輩だ。

しかし美砂生は、たちまち千銘ら同年代の航空学生出身パイロットを階級で抜いてしまい、組織の序列では飛行班長のポストについた。望んでそうなったのではない、美砂生の意志に関係なく、防衛省の組織がそういう人事をする。

「千銘君」

美砂生は、着席すると周囲に聞かれぬよう小声で、千銘一也にただした。

「どういうつもりよ」

「そういうことですよ」

千銘は、整った顔を美砂生に近づけ、やはり小声で言う。

「だって僕が、こうでも言わないと」

「え？」

「みんな、注目しているんです。あなたが、空自初の女性飛行班長が、今日はアラートの編隊長でホット・スクランブルがかかって。果たして使い物になったかどうか」

「…………」

使い物……？

美砂生は、見返す。

「いや、使い物とか言ったら失礼だけど」

千銘は目を伏せた。

そりゃ失礼だ。

でも、言われても仕方ない……。美砂生はイーグルに乗り始めて三年。飛行隊に所属するパイロットの半数以上が、経験では美砂生より『先輩』なのだ。

　唇を噛むと。

「あの、漆沢一尉、ちょっと困ります」

「え」

「僕は美人にまっすぐ見つめられるのは、慣れていないので苦手で」

「あ?」

「とにかく、僕が今朝、あんなふうに『お手なみ拝見』とか言っておいて。それで戻って来て『さすがです』とか言えば、みんな認めます。疑問に思っていた連中も、あなたのことを」

「ひと芝居、打ってくれたってこと?」

「まぁ、その、何と言うか」

　千銘は、腕組みをした。

「解散はさせられたけど、〈特別飛行班〉では一緒だったでしょう。あなたは二年前、まだ新人の頃、原発を襲おうとした謎のミグを阻止した。鏡と一緒にね。あの事件のことは政治的に秘匿《ひとく》されたから、正式な戦績にもなっていないけど、僕は認めてますよ。あなたは飛行班長になっていい。でも」

「?」

「秘匿されたから、〈亜細亜《アジア》のあけぼの〉原発襲撃事件でのあなたの功績、知らない者も多いんです。漆沢一尉は大卒のキャリア組だから、腕もないのに班長になった。しかも女のくせに――そう思っている人間は、実はたくさんいるんです。だから今朝はひと芝居打たせてもらいました」

「…………」

「すいません、失礼な態度で」

「あたしは」

美砂生は視線を斜め上にそらし、つぶやいた。

「実力以上に、過大に思い込まれるのも嫌だわ。イーグルでは三年しか飛んでない。それは事実だもの」

「でも、現にあなたの警告一発でメインステイが帰った。実力ですよ」

「そうかしら」

視線を動かさず、周囲の空気を探ると。

美砂生の編隊がロシア機を警告一回で追い返した――という事実は、すでにどこからか伝わっているらしい。たくさん並ぶテーブル席から、それとなく視線が向けられて来る。年かさのベテラン・パイロットが、仲間を見るような視線を向けてくれる。美砂生よりも若いパイロットたちはこちらを横目で見て、囁《ささや》き合っている。

「漆沢一尉、ロシア機を警告一発で追い返したって、本当なんだな」

「凄いな。あの人、飛行班長になる前に陸自へ出張して、レンジャー・バッジ取って来たんだろ」

「腕力でも俺たち、かなわないぞ」

ごほん、と咳払《せきばら》いして美砂生は千銘に向いた。

「とにかく、報告書仕上げてしまいましょ」

「はい」

小松沖　上空

『何かいる、下』

無線に鏡黒羽の声がして、ハッとしてレーダー・ディスプレーを見やると。

何だ……？

風谷はバイザーの下で眉をひそめた。

超低空の高速ターゲットが一つ、真下から追い抜くように前へ出て行く。疾《はや》い――

白い菱形のターゲット。

下に、何かいる。

(何だこれは)

APG63のルックダウン機能が、ターゲットの諸元を測定し、菱形の横に表示した。

高度ほぼゼロ、速度五〇〇ノット……!?

思わず機首前方を見るが、視界は真っ白だ。水蒸気の奔流で何も見えない。

これは、レーダーのエラーじゃないのか。いや、鏡機も探知しているなら、レーダーの故障じゃない。

こっちの高度は――降下中だ、間もなく二〇〇〇。

そろそろ進入管制官の指示通り、機首を上げ水平飛行にするタイミングだ。

しかし
「何だ、こいつは」

追い抜いて行く。前方二マイル。もう少し機を降ろしたら、目視で見えないか……?

風谷は目を凝らす。何も見えない。誰かが超低空で訓練しているのか……?　いやそんなはずはない、G空域からはすでに外れている。

『IFFに反応しない』

鏡黒羽の声が言う。

『アンノンだ』

「――！」

そうか、敵味方識別。

風谷は、左の中指でレーダー・ディスプレー上のカーソルを動かし、すぐ前方に浮く白いターゲットを挟んでクリックした。敵味方識別装置《IFF》の質問波が送られる。だが、一呼吸待ってもターゲットに変化はない。味方――自衛隊機ならば、白い菱形は中抜きに変わるはず。

自衛隊機ではない、民間機でもあるはずがない。低過ぎ、速過ぎる――アイドルで定常降下するイーグルを追い越して行くのだ。何だ、こいつは……。

（まさか）

沿岸から四〇マイル。高度はほぼゼロの超低空――これでは防空レーダーにはまったく映らない。水平線の下になり、地上レーダーでは今こいつを探知出来ない。そして前方の北陸の海岸には、都市はもちろん、多数の原子力発電所が立地している。

『ブルーディフェンサー・リーダー、どうした。二〇〇〇フィートで水平飛行せよ。高度が下がっているぞ』

進入管制官が、驚いて問いかけてきた。

『一〇〇〇フィートを切っている、こちらのレーダーから消えてしまう』

「小松アプローチ、前方、海面上超低空に何かいる」

風谷は降下を続けながら応答した。

「アンノンだ。五〇〇ノットで陸岸に接近中。ＩＦＦに反応しない、スクランブルを上げてくれっ」

管制官が絶句し、『わ、分かった』と応える。

「鏡、ぎりぎりまで降ろす。目視で確認するぞ」

『マスター・アームは』

「あぁ、もちろん入れる」


いかん、情況に遅れている。

風谷は舌打ちした。

計器着陸の準備に気を取られ、雲中だというのにレーダーに注意を払っていなかった。演習を終え、基地に近いという油断もあった。しかしこの日本海は、二年前に謎の戦闘機集団が原発を狙って来襲した〈事件〉の現場でもある。

（……まさか。またあの〈亜細亜のあけぼの〉が――）

思わず計器パネル右上のＴＥＷＳ（レーダー警戒装置）のスコープを見る。今は、どこからも射撃レーダーでは狙われてはいない……しかしＩＲＳＴで――赤外線索敵システムでロックオンされていたら、TEWSでは分からない。他にも超低空に〈敵機〉がいて、いつの間にか後方から狙われているかも知れない。

『ツー、後方をスイープする』

風谷が思うのと同時に、右斜め後ろにぴたりとついていた二番機が、水蒸気の中で機首を上げ鋭く上昇して消えた。大きく上方へ宙返りして、レーダーで他に不審な機影がないか、ぐるりと空間をスイープしてくれるつもりだ。

「鏡、頼む」

風谷は降下を続けながら、送信を指揮周波数に切り替えて呼んだ。

「レッドアグレッサー・リーダー、こちらブルーディフェンサー・リーダー、風谷です。福士さん聞こえますか」

『どうした』

福士の声が応えた。

福士と菅野の編隊は、進入管制官によって間隔を空けられ、少し後ろから進入コースへ誘導されて来ているはずだ。数十マイル、後方だろう。

「福士さん、そちらから海面上超低空に、何か見えませんか。我々の前方超低空にアンノンが一機。小松方向へ向かってる」

『ヘリじゃないのか』

「五〇〇ノット出てます」

『何だと。こちらのレーダーには何もないぞ』

Ｆ15ＪのＡＰＧ63レーダーは、ルックダウン――海面を背にした超低空のターゲットを捉えようとする場合、何もない空中を索敵する時に比べ、有効レンジは狭くなる。標的を探知出来るのは三〇マイルがいいところだ。福士二尉の機からは、距離があって捉えられないのか。

それでも福士の機から『何も見えない』というなら、直前方の一機以外、自分の背後にアンノンはいないということになる。

『ツー、他にターゲットはない。後方にカモが二機だけ』

「わ、分かった」

『ブルーディフェンサー・リーダー、今スクランブルを出す。そちらの機影もレーダーから消えた、位置を通報してくれ』

「二番機を少し上に置いて追う」

風谷は、進入管制官に応える。

「二番機のターゲットの、少し前にいると思ってくれ」

いちいち管制官に、小松ＴＡＣＡＮからの方位や距離を通報している暇はない。黒羽の二番機に少し上にいてもらい、地上レーダーに映るようにしておけばいい――

『ブルーディフェンサー・ツー、高度一〇〇〇フィートをキープ』

打てば響くように、アルトの声がした。

『リーダーの半マイル後方につく』

『了解した。今、五分待機が上がるところだ』

「ブルーディフェンサー・リーダー、これより接近し、音声警告をする」

風谷は言い、レーダー・ディスプレーの白い菱形を左目で睨みながら、操縦桿を押し、ゆっくりと高度を下げた。

五分待機のスクランブル編隊が、今から武装を持って上がっても――小松TACANの距離表示はもう三〇マイルを切った。もし前方にいるのが日本を狙うテロ機だとしたら、あと二分で領空へ侵入、三分足らずで小松基地のある陸岸に達する。

(阻止しようとしても、間に合わないぞ。俺たちで何とかしないと――武装は無いが)

白い水蒸気の奔流の中で、高度を下げる。

ヘッドアップ・ディスプレーの高度スケールが減少し、五〇〇フィートを切る。しかし天候が悪化し、気圧は下がっているだろう、演習開始前に小松で合わせた気圧高度計には誤差があるはずだ。頼りになるのは、機体の腹と海面との間隔を実測する電波高度計だけだ。高度スケールの下に、緑のデジタル数字が現われ、カウンターのように減っていく。

電波高度表示四〇〇、三五〇、三〇〇――

「――」

ちらと左の真下を見る。まだ海面は見えない。電波高度計のデジタル数字が減りながら黄色に変わり、明滅した。二五〇。海面が近過ぎる、とパイロットに警告している。

「海面上超低空を飛行中の航空機」

風谷は無線を国際緊急周波数に変え、呼びかけた。

「小松TACANから二五マイルの海面上、超低空を飛行中の航空機。こちらは航空自衛隊だ。貴機は日本領空へ接近している。ただちに高度を上げ、針路を変え退去せよ。繰り返す――」

応答は無い。

白いターゲットは直進する。

こいつが、もし〈亜細亜のあけぼの〉だったら――

風谷はターゲットを睨む。

あの謎のスホーイ27だったら……。今日の俺たちには、武装が無いんだ。

(くそっ、応答しろ)

風谷の機も黒羽の機も、訓練のために出てきたから、兵装は使えないようロックされている。二発のＡＡＭ３も機関砲弾も、積んではいるが、訓練中の誤発射を防ぐため系統をロックされ、整備員が外側から処置しないと発射は出来ない。白いターゲットは一マイル直前方、レーダーには捉えているから、ＡＡＭ３が『生きて』さえいれば簡単に撃墜出来るのだが――

まさか、また沿岸の原発を……

（そうだ、ロックオン）

風谷はハッ、と気づき、演習終了時にＯＦＦにしたマスター・アームスイッチをＯＮに入れ直した。左手の親指で、スロットル・レバー横腹についた兵装選択スイッチを〈ＳＲＭ〉、レーダーをスーパー・サーチモードに。途端に目の前にいるはずの航空機はロックオンされ、ヘッドアップ・ディスプレー正面にＦＯＶサークルが現われた。

ジィイイッ、とヘルメット・イヤフォンに赤外線シーカーのトーンが鳴る。

「前方を飛行中の航空機。こちらは航空自衛隊。後ろからロックオンした。針路を変えないと攻撃する」

発射は出来なくても、射撃レーダーに後方からロックオンされれば、普通の軍用機ならばレーダー警戒装置が警報を発する。戦闘機パイロットは、およそどこの国でも後方からロックオンされたら疑ったりせずただちに回避機動せよ、と教わる。死んだら終わりだからだ。

だが

(針路を変えない……!?)

何を考えているんだ。こいつは、殺されても日本の沿岸へ突入するつもりか。

自衛隊機は、スクランブルに出ても通常は発砲出来ないが、本土が国籍不明機によって明確に攻撃されかかっている、と判断出来れば『急迫した直接的脅威』の例外規定を適用して当該機を撃墜してよい。まさに、今こういう場合のための規定だ。

撃てないなら、ぶつけてでも止めるしかない――

ひょっとしたら航空機ではなく、巡航ミサイルかも知れない。

何とか姿は見えないか。

さらに高度を下げる。海面上一〇〇フィート。前方視界、もやの下、激しく流れる白いまだら模様が見えて来た。手前へ吸い込まれるように流れる。海面だ。白いターゲットを追うため五〇〇ノット出している。凄じい速さ。さらに下げる。五〇フィート。

ピーッ

地表接近警報装置が黄色く点灯し、アラームを鳴らした。

構わずにスロットルを出し、速度を上げる。五三〇ノット。五四〇、ほとんど音速だ。

空気の濃い超低空では、イーグルの速度リミットはマッハ一・二だ。

(……いた!)

何か見えた。

灰色のもやの下に、何かいる……！

左斜め前方、凄じく流れる海面に張り付くように飛ぶ、ブルー・グレーのシルエットがあった。巡航ミサイルじゃない、航空機だ――

「――F2!?」

自衛隊機だ。

さらに近づく。追いついて、速度を合わせる。シルエットがさらにはっきりする。見間違いではない、主翼に日の丸。F2戦闘機だ。追いついて真横に並ぶ。風谷の左斜め下、海面の色に合わせた迷彩塗装の単発戦闘機が、波濤《はとう》を切るような低さで飛んでいる。

高度――二〇フィート……!?

風谷は目を剝いた。何と言う低さだ……。でも五〇フィートで飛んでいる俺の位置からさらに十メートルは低く見えるのだから、あいつの高度は海面上二〇フィート（六メートル）だ。

何だ――

風谷は眉をひそめる。超低空で突進するF2戦闘機は、機体の前半分が粉でもまぶしたように白くなっている。ブルー・グレーの迷彩塗装が、前半分だけ白く見えるのだ。

「低空を飛行中のF2」

風谷は、呼びかけた。

「低空を飛行中のＦ２、聞こえるか。こちらは小松・第六航空団三〇七飛行隊。なぜＩＦＦを切っている。聞こえたら応答しろ」

涙滴型のキャノピーも見える。何だ……？　風防もまだらに白くなっていて、中にいるパイロットの姿がよく見えない。

風谷は確認しようと、さらに機体を下げた。その瞬間。

（……！）

ハッとした。

Ｆ２戦闘機の機体の前半分に無数にこびりついているのは——

「羽毛だ」

『ブルーディフェンサー・リーダー、目視確認出来たか』

5

小松沖　海上　超低空

「おい、大丈夫かっ」

風谷は無線に呼び掛けた。

「低空を飛行中のF2、聞こえるかっ」

あいつ——

左真横、やや下。

海面に張り付くような二〇フィートの超低空を亜音速で飛び続ける、F2戦闘機。

どこから飛来した、どの飛行隊の所属機か（小松にはF2の飛行隊は無い）……？

正体は不明だが、間近で観察して分かったことはある。ブルーグレーの流線型シルエットの前半分——尖《とが》った機首から主翼前縁、涙滴型キャノピー、そして尾翼の前縁に至るまでを無数の白い羽毛がこびりついて覆い、粉をふいたように見えるのだ。

（これは、バードストライク——鳥の群れに突っ込んだのか……!?）

そのF2は、日本海の海面上を超低空飛行していて、白い鳥——おそらくはカモメの群れに出くわして衝突したのだろう。無数の羽毛を被っているのが、その証拠だ。風谷も訓練生時代に一度、鳥との衝突に見舞われた経験がある。その時はF2戦闘機の操縦経験を持つ教官が後席にいて、バックアップしてくれた。海面上超低空を対艦ミサイルを抱えて飛ぶF2では、バードストライクに遭うのは珍しくないと言う。

よくエンジンに吸い込まなかった——

「F2、聞こえるか。前は見えるのか。高度を上げるんだ」

なぜ応答しない。

まさかパイロットは失神しているわけじゃないだろう、こんな超低空を、自動操縦で飛べるとは聞いていない。粉をふいたように真っ白のキャノピー。風谷がさらに高度を下げ機体を近づけると、羽毛の隙間にパイロットのヘルメットが見えた。こちらに気づいて、ちらと見上げる素振りをしたが、バイザーの顔をすぐ前方の水平線に向け直す。風防にこびりついた羽毛の隙間から、水平線を見て飛んでいる……!?

何やってるんだ、あいつ——!?

下の海面の色が、濃い紺色から淡いブルーに変わって来た。海岸線が近い。

「おい、大丈夫かっ」

小松基地

「報告書、仕上げてしまいましょ」

「はい」

美砂生が卓上に報告用紙を取り出すと、千銘は素直にうなずく。

（やれやれ……）

取りあえず、飛行班長としての『初出撃』は無事に済んだ。

美砂生はペンを取る。〈対領空侵犯措置〉の実施報告書を記入して提出してしまえば、ひと仕事終わりだ。

千銘一也――か。冷たそうに見えたけど、なかなかいい奴じゃないか。美人に見つめられるのは慣れてない……？　お世辞かこのやろう。

そう思った時、どこかでベルが鳴った。

「また、ホットみたいですよ」

千銘はアラート・ハンガーの方を見やる。

「多いですね、今日」

「嫌ね」

美砂生はスクランブル発進した今日の日付と、自分の膝のニーボードのメモ用紙につけておいたハンガー・アウトの時刻を報告書に記入する。

「最近、こういうのばっかりね」

「言いたかないけど、政治があぁだから」


美砂生も息をつく。

「――そうね」

政治――か。

美砂生は、時々人に話したくなる。先月自分が遭遇した〈タイタン事件〉での体験を、話してしまいたくなるのだが、不用意には出来ない。秘匿せよと命令されてしまったからだ。あの竹島上空での『空中戦』の顚末《てんまつ》は、国防機密扱いだという。

でも時々、誰かと酒でも飲みながら、話してしまいたくなる。

そう言えば最近、誰かとお酒飲んだり、しゃべったりしていない……。

「あの、班長」

「ん」

「一つ、お願いしてもいいですか」

千銘は、美砂生の顔を正面から覗《のぞ》きこむようにした。

個性的な二枚目だ。

あの風谷修のような、美少年タイプではないが――

「なに？」

「すみません、お願いです。午後から僕、半休もらってもいいですか」

「半休……？」

「どうせ天候が悪くなって」千銘はオペレーションルームの外を指した。「午後はもう、フライト無いでしょう」

「うーん、そうみたいね」

「実は、かみさんが今朝から具合悪くて、寝込んでいるんです。僕が保育園に娘を迎えに行って、晩飯を作らないといけないんです。お粥《かゆ》とかも」

「――――」

「どうされました?」

「あ、あぁそう。それならいいわよ」

「ありがとうございます」

長身の千銘は立ち上がると、敬礼した。

「それでは、千銘一也二尉、非番になります」

「ご苦労さま」

座ったまま見送って、美砂生は千銘の左手に指輪があることを、その時になって気付いた。

(何だあいつ、妻子持ちか……)

美砂生は報告書の続きを書こうとしたが、手が止まった。

息をついてテーブルを立ち、飛行隊幹部専用のデスクへ移動した。事務用のパソコンを起動し、もらったばかりの管理職パスワードを入れ、人事ファイルを開いた。

（ええと――千銘一也。二十九歳、妻・子ひとり。妻は小松基地整備隊勤務……。いかんなぁ、所属のみんなの人事ファイル、ちゃんと見とかないと）

そのうち、第四飛行班の全員を集めて、ミーティングもやらないとな……。

班の運営方針とか、みんなに言わないと。

「あぁ、気が重い」

つぶやいて、人事ファイルを閉じようとして、リストの別の名前に目が行く。

（――――）

また、息をついた。

そう言えば、あの西日本海ＴＶの記者の子とは、どうなったんだろ……。

美砂生は『風谷修』と表示された欄に、カーソルを合わせる。

風谷修とは、〈タイタン事件〉から生還し小松へ帰任してからも、ろくに話をしていない。飛行班長の着任業務が忙しく、風谷に限らず誰ともおちついて話す暇がなかった。

ＣＳ（指揮幕僚）課程という幹部教育に出され、一年も基地を留守にしていた。

おそるおそる、クリックして風谷のファイルを開く。

「――良かった」

思わず声が漏れた。

風谷修は、まだ独身――

だが

「何が良かったんです？」

ふいに背後から訊《き》かれ、美砂生は「きゃっ」と反射的にパソコンのモニターを両手で隠した。

「何を隠してるんです、班長？」

「せ、千銘君……!?」

帰り支度《じたく》をしかけた千銘が戻って来て、後ろに立っていた。

やばい。

「ど、どうしたの、いえ、どうもしないわ」

「いやあの」

千銘は、外の滑走路の方を指す。

「今、そこで聞いたんです。うちの第四飛行班の編隊が、緊急事態のＦ２を一機エスコートして、これから基地に降りるそうです」

小松基地　管制塔

「バードストライクを食ったF2が降りるだと!?」

火浦が螺旋《らせん》階段を駆け上がって、管制室へ入ると。

「あ、隊長」

双眼鏡を手にした管制官の一人が、パノラミック・ウインドーの一方を指した。

「もう来ました」

その手が指すのは、滑走路24の進入コースだ。

三六〇度の視界を持つ管制塔からは、小松基地——民間共用の小松空港の全体の様子が見渡せる。南西向きの滑走路24の向こうは、海だ。灰色の雲が低く天井のように覆って、水平線は見えていない。間もなく雨が降り出すのではないか——

「貸してくれ」

火浦は、管制官に双眼鏡を借りると、海に突き出す滑走路の進入コースへ向けた。

つい数分前、G空域での演習を終え、帰投中の風谷機から『スクランブルを上げてくれ』という要請があった。超低空・高速で小松へ接近するアンノンがあるという。第六航空団は総隊司令部の承認を待つことなく、ただちに防衛部長権限でアラート待機中の二機を発進させたが、間もなく当の風谷機から『アンノンはＦ２戦闘機・単機』という報告がもたらされた。Ｆ２はバードストライクに遭い、機体表面のアンテナ類がすべて駄目になっているらしい。

「無線は通じないのか」

倍率を調整しながら訊くと。

「はい」隣で管制官がうなずく。「当該機は、アンテナをすべてやられているようです。ＩＦＦも機能していません。風谷三尉が目視で確認をしなかったら、アラート機に〈急迫した直接的脅威〉を適用され撃墜されているところです」

「間に合えば、の話だがな——来た。あれか」

双眼鏡を向けながら、火浦は「う」と喉《のど》を詰まらせる。

何だ、あれは……!?

小松基地　司令部

「何、あれ」

美砂生は司令部二階の展望デッキへ出ると、滑走路24の進入サイドに目をやって、口を開けた。

「――飛行機が、海の上をサーフィンして来る……!?」

何だ、あの白波は。

普通は、航空機は滑走路に対して、降下角三度のパスを作って斜めに降りて来る。地上から進入機を眺めると、滑走路の向こうに斜めに浮いて見える。

しかし、上空に機影はなく、鋭いシルエットが煙った水平線から、海面のすぐ上を白波を曳きながら突進して来るのだ。あまりに低いので、主翼の吹き下ろし気流が海面をえぐって白波を蹴立てている。

キュイイインッ
深い青色の迷彩。ブルーグレーの機影がはっきりする。すでに脚を出していて、あっという間に飛行場のフェンスを越えるとエンジン推力を絞り、そのままキュンッ、と滑走路末端へ着地した。

ぱっ
白いドラッグ・シュート（制動傘）が開き、急減速。ブルーグレーの単発戦闘機は進入速度がよほど大きかったのか、見ている美砂生の目の前をたちまち通過、滑走路を端から端まで使い切って減速する。

「――F2だ」

同時に滑走路のすぐ上の宙を、二機のイーグルが追い越すように低空通過した。F2に寄り添ってエスコートして来た小松の所属機だ。

サイレンが鳴り、基地消防隊の赤い化学消防車が次々に出動する。

管制塔

「火浦隊長。確かに、あれの飛来する予定はありました」

主任管制官が、クリップボードをめくりながらすまなさそうに言った。

「あれは第七飛行隊です。予定では、築城《ついき》基地の第八航空団・第七飛行隊所属機が一機、〈単独航法訓練〉にて本日飛来――となっています。しかしこれだけ天候が悪いので、てっきり我々としては計器飛行方式で、航空路を通って来るものと」

「そうか」

火浦は双眼鏡を下ろし、息をついた。

「F2は対艦攻撃が主任務だから、確かに超低空海面飛行は御家芸《おいえげい》だ……。しかし天候が悪化しても鳥の群れに衝突しても、超低空をやめずに貫いて来るとは」

あのF2のパイロット――

馬鹿というか……。

「凄い根性と言うか、だな」

後ろで声がして、日比野が上がって来たのが分かった。

「築城のＦ２らしいな」

「防衛部長」

「スクランブルは驚いたが、それほど低いところを飛んでいたわけだ」

日比野は、会議中を上がって来たのか。

火浦の隣へ来ると、滑走路を見やった。

青い機体は、単発エンジンに一枚の垂直尾翼。滑走路の端まで走っていったん止まり、尾部からドラッグ・シュートを投棄するが、消防車が近寄って行くと世話になる気はないのかまた走り出した。司令部前エプロンの方へ、自力で誘導路を地上滑走して来る。前方がよく見えないのだろう、風防のキャノピーが上方へ開く。

「来週の戦技競技会には、築城の第七飛行隊からも選手が参加する。今回はＦ15とＦ２の合同演習になるらしい。かなり気合いを入れて準備しているようだぞ」

司令部前エプロン

（あ、まずい）

美砂生は、手の空いた隊員たちと共に、司令部前のエプロンへ出てみたが。

周囲に、自分よりも上級の幹部の姿がないのを見て『まずい』と思った。あたしが、取りあえずこの場を仕切らなくてはならないか。

キィイン——

「一尉、F2が来ます。ここへスポット・インさせていいですか」

整備班の若手の班長が、美砂生に了承を求めた。

「いいわ、そうして」

うなずくと、すぐに整備隊の誘導員が呼ばれて来て、空いているスポットの前に立って両手でパドルを高く差し上げた。『ここへ』という合図だ。

イーグルに比べたらやや小ぶりの、一枚垂直尾翼のシルエットが近づいて来る。誘導員の合図で大きくターンし、機首をこちらへ向けてスポット・インして来た。

キィイイイインッ
(何だ、これは)

その姿に、美砂生は目を見開いた。

ブルーグレーの迷彩塗装の機体——F2は、無数の鳥といっぺんに衝突したのか。血糊《ちのり》というか血しぶきを浴びて、機体全体に飛び散った羽毛が一面に張り付いている。

よくこれで、前が見えた——いやよくエンジンが無事だった……。

キュッ
機首の下に鮫《さめ》の口を想わせる空気取入口を持つ単発戦闘機は、誘導員がパドルをクロスさせるとブレーキをかけ、おじぎするようにして停止した。

エンジンがカットされ、急に静かになっていく。

整備員が走って、主車輪に車輪止めをかける。

「ステップも付けてやって。あたしが話を聞くわ」

美砂生は、移動ステップを押し運ぶ整備員と共に機体へ近づいた。

跳ね上げたキャノピーの下に、グレーのヘルメットが見える。TACネームがペイントされている。〈SARRY〉。

（サリー……？）

整備員がガラガラとステップを押し、機首の横へ付けようとすると、コクピット内でシャットダウン手順をしていたパイロットは慌てたように顔を上げた。

「あっ、待って待って」

パイロットは酸素マスクを外すと、白い顔をこちらへ向けて言った。

「やさしく付けて。横向きの力に、すっごく弱いの」

「……!?」

美砂生は目を剝いた。

な、何だこいつ……。

(……女の子!?)

若い整備員は「は、はい」と返事して、慎重に乗降ステップを付けると、駆け上がってパイロットの装具外しを手伝った。

美砂生が見上げていると、ショルダー・ハーネスを外したパイロットは操縦席でヘルメットを脱ぐ。小松の潮風に、肩までの髪がぱっ、と散る。白い顔があらわになり、整備員に機体後部を指して何か告げると、血まみれの風防に手をかけて立ち上がった。

(若い子だ――)

人形のように小作りな、きれいな顔をしている。こういう女子パイロットが、いつから空自にいたのか……。

小柄な飛行服はコクピットで立ち上がると、振り返るように機体上面を眺めて『あちゃー』と言うような表情をした。それからステップに足をかけて、後ろ向きに機体を降りて来た。

カン

最後の二段を跳んで降りると、小柄な後ろ姿はそのまま機体を見上げて「あちゃー」と言った。

「こんななっちゃってたのか。はぁ」

飛行手袋の指で、機首下面に張り付いた羽根を一本はがし取ると、こちらへ横顔を見せてつぶやいた。

「ごめんねぇ、私が五〇〇ノットで低いとこ飛んだから。びっくりしたろうね。びっくりする暇もなかったか――」

美砂生が「ごほん」と咳払《せきばら》いすると、ようやくこちらを向いた。

「あ」

「無事で良かったわ。ご苦労様」

「あ、はい。すいません」

小柄な飛行服（空自の採用基準の身長一五八センチぴったりくらいか）は、美砂生に向き直ると敬礼した。

「第八航空団・第七飛行隊所属、割鞘《わりさや》忍《しのぶ》三尉です。築城基地より単独航法訓練にて、ただいま到着しました」

「……割？」

珍しい姓だったので、訊き返すと。

「割鞘です。刀の鞘を割る」

「そう」

若いな、航空学生の出身か。

美砂生は思った。歳は二十代前半――飛行経験は三年くらいだろうか。

「ところでこの機体、いったい――」


訊きかけたところで、背中にブレーキをきしませる音がした。

一台のジープが止まって「第七飛行隊のパイロットだな」と呼ぶ声がした。

振り向くと、司令部総務課の幹部だ。

「防衛部長が、あっちで話を聞きたいそうだ。機体は整備班に任せ、乗ってくれ」

「はい」

割鞘忍は、美砂生の肩越しにうなずくと。

「すいません、失礼します漆沢一尉」

美砂生に一礼し、すり抜けるように行ってしまう。

たちまち、ジープは方向転換して司令部の正面入口の方へ走り去る。

(――――)

美砂生は、息をついて見送るしかない。

振り向いてＦ２の機体を見上げると、整備員たちが血まみれ羽毛だらけの機体に取りついて、牽引《けんいん》の準備を始めている。機体表面を、かなりやられているだろう。

「これ、どうすればいいんだ」

「取りあえずハンガーへ入れよう」

「うちにはF2の専門整備資格を持ったやつ、いないだろ」

「中島《なかじま》整備班長を呼んで来い」

美砂生は、青い機体を一回り、ぐるりと眺めて歩いた。

機首ナンバーは521。迷彩の中に描かれた日の丸にも血の筋がかかっている。

無茶をやるなぁ……。

おそらく、海面近くで魚をあさっているカモメの群れに突っ込んだのだろう。一度に五十羽くらいと、ぶつかったのではないだろうか。

この状態で、海面すれすれを飛び続けて来たのか。

（──あいつ）

ふと気づいて、美砂生は走り去ったジープを目で捜した。

そういえば。あたしのことを『漆沢一尉』って呼んだ。

名前、どうして知ってたんだ……？

6

小松基地　司令部

「あ、あのう」

運転手付きのジープが、司令部の正面入口で停止すると。

装具を手に、荷台に乗っていた白い顔の女子パイロットは、助手席の事務方幹部の背中に懇願《こんがん》した。

「すいません二佐、司令部へ上がる前に、電話を一本かけてもいいでしょうか」

「何？　電話」

総務課長の二佐は、振り向いて眉をひそめた。

「そんなの、後にしたまえ。君のためにスクランブルまで出したんだぞ。防衛部長経由で総隊司令部へ報告も上げなくてはならん」

「でも、あの。私、無線もＩＦＦも切れてしまったから、『消息不明』になっているはずなんです。今頃母が、きっと死ぬほど心配して。一言、無事と」

「ええい」

二佐は先に降りると、建物の二階を指した。

「では、司令部はこの二階だ。一分で済ませて、上がって来たまえ」

「ありがとうございます」

女子パイロットは装具を手に、荷台から飛び降りると、正面入口のひさしの陰へ駆け込んだ。

ヘルメットを置いて、飛行服の脚ポケットから携帯を取り出した。スイッチを入れる。周囲をさっ、と横目で探り、見ている者がないのを確かめると、通話先を呼び出した。

「――割鞘です。今、着きました」

通話相手に、低い声で告げた。

「はい。その通りです。小松までの間、二〇フィートから一フィートも上げていません。後でレコーダーを調べて下さい」

ちらと、エプロンに置いて来た機体の方を見やる。

数秒して、相手の反応があると、うなずいた。

「はい、約束通りです。これで、出してもらえますね」

念を押すようにして、通話を切った。

WARISAYA、と飛行服の胸にネームを入れた女子パイロットは、携帯をしまうとヘルメットを手に、司令部の建物へ足を踏み入れた。

だがふと気づいたように、足を止めると、外のエプロンを振り向いた。

青い機体の周囲を、ほっそりした飛行服姿が見て廻っている。

「——ったく、あの人のせいで」

白い顔は、唇を噛むようにしてつぶやいた。

「苦労させられる」

第三〇七飛行隊・オペレーションルーム

「しっかしなぁ」

美砂生はF2の機体を整備班に任せ、エプロンからデスクへ戻ると、書きかけていた報告書の続きに取りかかった。

スクランブルの経過を、書き記す。今朝の〈対領空侵犯措置〉はうまく行った。それはいい。

「でもあのメインステイ、なんで悲鳴上げて帰ったんだろ」

頬杖《ほおづえ》をついて、目を上げると。

ちょうどエプロンからの入口が開いて、飛行服姿が連れだって戻ってくる。演習を終えた編隊のパイロットたちだ。思わず目が行ってしまう。さっき人事ファイルで見た顔。

風谷修と、その横に猫のような鋭い眼をした女子パイロット——鏡黒羽。

さらに福士正道と、どこからでも目につく大男の菅野一朗。四人とも機から降りた直後か、身体から湯気が立つ感じだ。

（——そっか。午前の演習は、うちの飛行班だった）

さっきのＦ２をエスコートした後で、着陸したのか。

風谷の顔を、意識して見ないようにすると、自然と横の鏡黒羽を見てしまう。

〈ＴＩＮＫ〉というＴＡＣネームのヘルメットを下げた黒羽が、視線に気づき「何？」という表情をした。

「——あ、あの」

そうだ。

美砂生は咳払いすると、戻った四名に対して声をかけた。

「あなたたち、これから飛行班のミーティングをやるわ。演習のデブリが済んだら、作戦室に集まって頂戴《ちょうだい》」

ちょうどいい。ミーティングをしておこう。

四名に指示を出して、報告書の残りを仕上げていると。

「班長、ちょっといいですか」

デスクの前に立つ者があった。

目を上げると、笑っているような顔の福士正道だ。

「ちょっと、お話が」

「何？」

この男も、半休をくれとか言うのか——？

第四飛行班に所属する十数名のパイロットたちは、日中はそれぞれのスケジュールで動いているから、ミーティングをすると言っても全員一度に集めるのは難しい。今日のように午後のフライトが天候を理由にキャンセルになる日は、いい機会なのだが……。

だが福士は、身をかがめて声を低めると、別の話をした。

「班長、実は風谷なんですが」

「——風谷君が？」

風谷が、ひょっとして午前中の演習で何かやらかしたのか。

一瞬、どきっとするが。

しかし福士は全然違うことを言う。

「班長。思うんですが、あいつをそろそろ戦競に出したらどうでしょう」

「え」

戦競……？

戦競——戦技競技会か。

そう言えば、来週、小松で開かれる予定だ。事務方の幹部は受け入れ準備で忙しくしている。

「戦競に、風谷君を？」

「はい。次の戦競に選手で出したらどうでしょう。線の細い男ですが。非公式だが実戦の経験もあるようだし、最近鏡と組んでからは、二人でよく研究して腕を上げている。鏡は元からうまい」

「そう」

「戦競は、各飛行隊から経験三年から五年くらいの若手を選手に選びます。風谷に、鏡をくっつけて出したらどうでしょう」

「分かった。あなたが言うなら、考えとくけど」

美砂生はボールペンで自分の頰をつついた。

エース級の福士が、演習を終えてわざわざやって来て、提案する。

風谷修は、留守にした一年の間に成長したか——

「でも戦競の選手えらびは、あたしのレベルじゃなくて、もっと上で」

美砂生がボールペンで上を指すと、福士もうなずいた。

「分かっています。何かの折に、班長から推薦《すいせん》してみてください」

「う、うん」

でも。

あの日比野防衛部長と、そんな話をするのか――

「駄目ですか？　やっぱり線が細いと」

「そ、そんなことないわ」

美砂生は頭を振った。

「彼は、いざとなったら強いと思う。あたしも昔――」

言いかけて、口をつぐむ。

昔、街で暴漢に襲われたところを助けてもらった――でもそんなことを、自衛隊に入る前のＯＬ時代の話を、ここで口に出すべきではない。

美砂生は「分かった」とうなずいた。

「では、よろしくお願いします」

班のみんなを集めておきます、と言い置いて、福士は下がった。

飛行隊作戦室

十分後。

「起立」

演習の全体ブリーフィングなどで使われる作戦室へ、美砂生が入って行くと。

演壇に向いてずらりと並ぶ椅子席には、飛行服姿のパイロットたちがいて、号令と共に立ち上がった。

「礼」

ざっ、と短く一礼した。

号令をかけたのは福士だ。

「どうも」

美砂生は、先月のレンジャー課程で富士山麓の訓練キャンプの教官がしたのを何となく真似《まね》て、両手を腰の後ろで組むとうなずいた。

「座ってよろしい」

全員が着席する。

さっと目で数えると。飛行服姿は十名。作戦室は百人分の席があるから、前の方にまばらに座っている感じだ。

美砂生の担当する第四飛行班は、自分を入れて総勢十四名だ。非番の者と、午後からのアラート待機につく者をのぞいて大部分が集まってくれたことになる。


午前中の課業は間もなく終わり、昼食の時間になる。

挨拶《あいさつ》程度に、素早く済ませてしまおう。

「みんなご苦労さま」

美砂生は、着席した皆に声をかけた。

「特に、午前の演習の人たち。あたしもアラートで上がったけど、難しい気象条件の中、よく戦って無事で帰ってくれました。ありがとう」

すでにロシア機を追い返した『成果』が、伝わっているのか。

着席する中に、美砂生に対して斜に構えるような態度の者はなく、素直に聞いてくれている感じだ。

よかった。

皆を見渡しながら、続けた。

「着任してから、みんなとこうして話す機会が持てず、今日は急だけれど集まってもらいました。とりあえず――」

だが。

美砂生は一瞬、口が止まる。

何だ――どうしてあの二人、演習が済んだというのに、くっついて座っている……？

風谷修のすぐ横の席に、空席はいくらでもあるというのに、猫のような目の浅黒い顔の女子パイロットがくっついて座っている。横にいるのが当然、と言う感じだ。

「――ごほん、とりあえず」咳払いして続けた。「今月からあたしが、みんなの飛行班長ということになりました。今さら自己紹介でもないけれど、漆沢美砂生一尉です。ＴＡＣネームはフェアリ――言っとくけど、これは自分でつけたんじゃないからね。それから飛行経験は、ここにいるみんなの大部分よりたぶん少ない。だから『教える』だなんてとんでもない。望んで就任したのでもない。仕事は、上との連絡係のつもりでやるわ。飛行隊の運営についてとか、何か提案がある人は、聞くから、言ってきて」

ほとんどのパイロットたちは、素直に聞いてくれる感じだ。

風谷も、美砂生を見ていた。

普通に、新しい上司を見る感じだ。

でも目は合わせられない。なんだか、恥ずかしくて風谷の目が見られない。その横で、猫目の女子パイロットが「クス」と笑うのだけわかった。

こいつ――

鏡黒羽とは、美砂生はCS課程へ出される一年前まで、いつも編隊を組んでいた。というか、組まされていた。

先輩の言うことを聞かない、すぐに人と衝突する問題児で「女子同士だから気持ちもわかるだろう」とかいう理由で、美砂生が黒羽の面倒見を押しつけられていた恰好《かっこう》だ。

それが一年たって帰ってみると、先輩から「戦競へ出したらどうか」と推薦されるまでになっている。いや、元から腕がいいのは分かっていたが――

「班長」

最前列から、大男が手を上げた。

「班長、提案ではありませんが。来週から行われる戦技競技会の選手は、もう決まったのですか?」

菅野一朗だ。フライト後の汗を、飛行服から振り飛ばす勢いで訊いてくる。

「ええと、まだ聞いていないわ」

美砂生は頭を振る。

第六航空団は、航空総隊主催で年に一度行われる戦技競技会の、今年の会場を担っている。だから司令部や事務方の幹部たちは受け入れで忙しそうにしていたが、美砂生は自分の班長着任作業が大変で、首を突っ込んでいる暇がなかった。

「週末までには、決まるんじゃないかしら」

「わが三〇七空からも、リーダー一名に選手三名が選ばれるはずです。俺は、今年こそはと思っているんです」

「そ、そう」

「聞くところによると。今年は、F15とF2が共同でミッションを遂行する競技会になるらしい。さっき飛来したF2を見たでしょう。鳥の群れに衝突しても超低空をやめずに訓練し続けていた。なんというガッツのあるパイロットだ、きっと俺のようなやつに違いない。ああいうのを見ていると、いてもたってもいられません」

「わ、わかった、わかった」

自販機コーナー

「——ふう」

挨拶代わりのミーティングを、十五分で切り上げると。

混《こ》み合う昼食の食堂へ行く気がせず、美砂生は自販機コーナーのベンチで、缶コーヒーを手にしていた。

班の皆は、連れ立って幹部食堂へ移動して行った。歩きながら菅野一朗が風谷にコブラツイストをかけ、横で鏡黒羽が苦笑して見ていた。楽しそうだった。

でも。

「何か……気疲ればっかりするなぁ」

ただでさえ、美砂生は採用数の少ない一般幹部候補生出身だ。仲のいい同期生などというものが近くにない上に、班長にされてから、ますます愚痴《ぐち》を言う相手がなくなった。

ここでは、気易《きやす》く誰も声をかけてはくれないし——

（山澄《やまずみ》先生も、今日は来てないか……）

先月の〈事件〉で、一緒に戦った女医の山澄玲子《れいこ》は、非常勤だからいつも基地に来ているわけではない（来ていても、忙しい）。

冷めかかった缶を手に、壁を見ていると。

背中で声がした。

「漆沢一尉」

振り向くと、赤いキャップが目に入った。繋ぎの作業服。袖を折り返している。

「ちょっと、いいですか」

女子整備員だ。キャップには〈ＡＲＭ〉のロゴ。

そうか——思い出した。今朝のスクランブル発進のとき、ミサイルの安全ピンを抜いてくれた子だ。

「ああ、どうぞ」

整備班が、あのF2を格納庫へ入れたはずだ。

さっき現場を仕切ったのは美砂生だから、一応、機体の状態について報告してくれるのか。あれだけの数のカモメにぶつかったのだ、修理なしでは済まないだろう。

「それで、どうなの」

「どうって、あの」

女子整備員は、大きな目を瞬いた。

一瞬、美砂生から何を訊かれたのか分からない、という表情だ。

「あの。漆沢一尉、すみません、今度第四飛行班長になられたんですよね。それでわたしちょっとお訊きしようと思って」

「え」

「男性の幹部の方だったら、ちょっととても聞けないんですけど。漆沢一尉なら」

「何？」

美砂生は、女子整備員を見返した。

袖と裾《すそ》を折り返した作業服の胸に『栗栖《くりす》』というネームがある。二十代の前半だろう、可愛い感じの子だ。

「あなたたちには、日頃お世話になっているし。何かあるなら、話して」

何だろう。

「は、はい。あのう」

女子整備員は、ベンチの美砂生にかがむと、声を小さくした。

「風谷三尉と鏡三尉って、つきあっているんでしょうか」

ずだだっ

「——あ痛」

ベンチから滑りおちた美砂生を、女子整備員は「大丈夫ですか」と助け起こした。

「す、すみません一尉。お忙しいのに、余計なことを訊いて」

「あ、あのね」

「すみませんっ、失礼します」

女子整備員は、身体を二つに折るようにお辞儀すると、早足で行ってしまった。

美砂生は腰をさすった。

(な、何なの、あの子——)

息をついていると
「漆沢」

また背中から呼ばれた。

自販機コーナーの入口に、いつの間にか長身の飛行服が立っている。

黒サングラス。

「飯は、すんだのか」

「――隊長」

美砂生は火浦を見返して、うなずいた。

「まだですけど、いいです」

「そうか。じゃ、ちょっと上へ来てくれ。大事な話がある」

幹部食堂

『無防備です。無防備こそが、平和を生み出すのです』

自衛官の食事は速い、と言われる。小松基地の幹部食堂でも、あまりゆっくり食べる者はなく、皆さっさとすませて席を立つ。

風谷は、午前中の演習のデブリーフィング（反省会）を班のミーティングのため途中で切り上げたので、食堂の隅の喫茶コーナーに空席を見つけると、そこで持って来たノートを広げた。

鏡黒羽が、コーヒーテーブルのさしむかいに座る。

風谷が鏡とペアを組み、もう半年になる。最近は、特にどちらかが「やろう」と言いださなくても、フライトの後に経過を解析しきるまでは、自然とこうしていた。

『無防備こそが、最高・至高の平和の道なのです』

喫茶コーナーの古いTVが、昼の情報番組を流している。

『攻められたら、降伏しましょう。降伏した住民を、敵国の軍隊は殺しません。占領されても生きて行けます。戦ったらみんな死んでしまいます。殺されてしまいます』

眼鏡《めがね》の女性コメンテーターが、カメラに向かって何か主張している。その下には大きな字でテロップ。〈どうする尖閣諸島と日本の平和〉

「——この後、俺が代わって囮になり、菅野を引きつけた」

風谷はTVの音声に気を取られることもなく、無地のA4ノートに描きかけた航跡図を指でたどった。戦闘機を表わす三角形のシンボルが四つ、曲線の航跡を曳《ひ》いて絡み合っている。三角形の一つには、すでにバツがついている。

「ガンで狙われたが、俺は左旋回を継続」

「わたしがワゴンホイールを回り、カモ二番機——レッドアグレッサー・ツーの後尾へ」

黒羽がノートの航跡の最後を指す。「ここでフォックス・ツー（ミサイル発射）」

「分からないのは、その先なんだ」

風谷は言いながら、シャープペンを出した。さっきの演習で、菅野機が黒羽にミサイルを撃たれ、フレアを撒《ま》きながら離脱するところを描き加えた。

「菅野はこうして、右下方へブレークしてミサイルをかわし、急降下で速度エネルギーを回復して体勢を整えようとした。そこへ鏡、君がさらに急角度でこう、被《かぶ》さった」

「そう。そこでフォックス・スリー（機関砲発射）、キル（撃墜）」

「でも、どうやってあんなに素早く、逃げる菅野を押さえ込めた？」

「そっちへ逃げると分かっていた」

黒羽も自分のペンを出して、菅野一朗のF15のシンボルに被さるような急カーブの線を描いた。

「分かっていたから、その先へ廻り込む。それだけ」

「それだけ――って、どうやってあいつの逃げる方向が分かったんだ」

「舵面の動き」

「え？」

驚く風谷に
「カモ二番機のエルロン（補助翼）の面の動きを見た」

黒羽はアルトの低い声で、応える。

「それで動く方向が分かる」

「か、菅野の機の舵面――って、一マイルは離れてただろ？」

風谷は目を上げ、黒羽を見た。

「見えたのか」

「見えた」

「どうやって」

「目を鍛える」

黒羽も目を上げ、風谷を見返した。

「あとは、勘かな」

司令部オフィス

『――芳山《よしやま》さんのいつもの主張でした。では実際、中国の海洋監視船がこのところ毎日のように沖縄県の尖閣諸島周辺の領海へ侵入している。侵入して「ここは中国の領海だ」と主張している。いつまで経《た》っても止める気配はない。この情況に対して私たちは、どうするべきなのでしょうか』

昼食時間だからか、司令部オフィスの応接コーナーでもTVがつけられていた。

民放の情報番組が流れている。

「ま、ここでちょっと待っててくれ」

火浦は、美砂生を請《しょう》じ入れると、応接用ソファに座るよう促した。

「防衛部長が、直接お前に話したいそうだ」

「部長が、ですか？」

美砂生が訊き返すと
「そうだ」火浦は黒サングラスで、奥のドアを指す。「今、あっちで築城のパイロットに事情を聞いているが。すぐに済むだろう」

「何の話なんです」

「悪いことじゃない」

火浦は美砂生の肩を叩くと、自分も奥の別室のドアへ入って行った。

「…………」

美砂生はしかたなくソファにもたれると、息をついた。

なんかここは、居心地よくないなぁ――

周囲を見回す。

ＴＶの画面が目に入る。

『ではここで、今度はフリー・ジャーナリストで的川《まとがわ》総研を主宰される、的川繁秋《しげあき》さんに伺います。的川さんいかがでしょう』

『はい。中国は今、日本政府の隙を狙い、何とかして島を獲るつもりでいます。急速に軍事力を拡大し、強大になった中国が勢力範囲を広げようとしているのです。日本の領土と尖閣の海底にある資源を狙っています』

男性のコメンテーターがアップになった。

ブルドッグのような顔。ジャーナリストらしい。

『まずわが国としては早急に法律を改正し、領海警備に当たる海上保安庁にもっと権限を与えるべきです。現今の法律では、海保の巡視船が機関砲を撃てるのは、相手が海賊船か、国籍不明の不審な工作船であって、これらが停戦命令に従わない場合だけです。ですかられっきとした中国政府の公船である海洋監視船が相手では、たとえ領海侵犯されても巡視船は警告射撃さえ出来ません。向こうはそれを知っています。だから馬鹿にして平気で領海へ入って来る。ここは法制度を改正し、現場の判断で撃てるようにするべきです。まぁ今の主民党政権のもとでは無理でしょうが、ロシアの国境警備隊のようにこっちが機銃をぶっ放すと分かっていれば、中国船は侵入して来ませんよ』

『ぶ、ぶっ放すだなんて、恐ろしい！』

大声がして、替わって女性のコメンテーターがアップになった。

眼鏡をかけている。端正な顔。このような番組でよく見かける。誰だったろうか……？

名前が画面の下にテロップで出る。教育評論家・芳山理香子《りかこ》。

『あぁっ、軍靴《ぐんか》の響きが聞こえるわ』

プツ
どこかからリモコンでＴＶが切られ、悲鳴のような音声は途切れた。

「すまん、待たせたな漆沢一尉」

別室のドアがいつの間にか開いていて、制服の男が歩み寄ってきた。特徴ある吊り上がった目。日比野克明《かつあき》二佐だ。

自衛隊の基地には二佐クラスの幹部は大勢いる。その中で、定年まで二佐で終わる者と、二佐で終わらずもっと上へ行く者ははっきり分かれている。上へ行く者は顔つきを見れば分かる。

長身の飛行服の火浦が、横についている。

あの築城のパイロットの子は――？　ちらと視線をめぐらせるが、姿は見えない。

「ご足労だが、話があって呼んだ」

「は、はい」

美砂生はとりあえず立ち上がって、敬礼した。

防衛部長の男は「いい、いい」と手で制すると、ソファを勧めた。

「座りたまえ。今朝の初スクランブルは、下で見せてもらった。見事なものだったな」

日比野は美砂生を座らせ、自分もソファにかけると、感心したようにうなずいた。

「さすがは、飛行班長就任に備え、陸自でレンジャー・バッジを取ってきた漆沢一尉だ。

気迫が違うのだろう」

「……は、はぁ」

「ロシア機が悲鳴を上げて逃げて行った時は、胸がスカッとしたぞ」

「はぁ」

「よし」日比野は繰り返し、うなずいた。「これなら大丈夫だな、戦競も」

「は？」

幹部食堂

「――そうか」

風谷は息をつきながら、ノートを閉じた。

喫茶コーナーのテーブルで、午前中の演習の解析をようやく終えた。

今日も勉強になった――

風谷は思った。後輩だけれど、鏡黒羽と飛んで、その後でいろいろ検討をすると気づかされることは多い。

「俺も敵機の動きは、集中して見ていたつもりだけど。そこまで『見る』とは」

凄いな、という気持ちで言うと。

「お祖父《じい》ちゃんに教わった」

得意がることもなく、鏡黒羽は視線を斜め上にして、ぼそり言った。

「戦闘機乗りは眼」

「お爺さん……？　君のか」

訊き返すと、鋭い眼の黒羽はこくりとうなずく。

「そうか、空自のパイロットだったのか。乗られていたのはＦ86かい？」

「――」

鏡黒羽は、頭を振る。

「――七十年くらい前、ニューギニアで死んだ。でもわたしにノートを一冊、遺《のこ》してくれた。いろいろ書いていてくれた。『96戦で高速のＰ40を倒すには、まっすぐに追っても駄目だ。敵の舵面の動きを読み、敵の内側へ廻り込め』」

「………」

今度は、風谷が絶句する。

いったい、黒羽は何を口にするのだろう。

見ている風谷の前で、黒羽は伸びをすると、猫のようにあくびをした。

「ラザニア、食べたい」

「……え」

風谷は、眼をしばたたいた。

いきなり、何を言うのだろう。

「今、昼を食べたばかりじゃないか」

「だから今夜」

黒羽は腕組みすると、斜め上を見たままでつぶやくように言った。

「わたしは、ラザニアが食べたい。〈うさぎ翔《と》ぶ海〉の」

「じゃ、食べに行けば」

「――――」

黒羽は、一瞬だけ風谷をちらと睨むと、またあさってを見た。

「周りがみんな、二人連れで食べているのに、独りでは恥ずかしくて食べられない」

「……え?」

司令部オフィス

「せ、戦競って」

今、防衛部長は何と言った……!?

美砂生は目をしばたたいた。

言われたことが、よく分からない。

「戦競って、部長。あたし――」出るんですか？　という意味で自分の顔を指すと。

向かい合ったソファで、日比野はうなずいた。

「市ケ谷の空幕からも、名指しで君を推薦してきている。期待しているぞ一尉」

「ちょ――」

ちょっと待って下さい、と美砂生が口にする前に
「すまん漆沢」

横に立った火浦が言った。

「実はすでに決まっていたんだが、君の着任業務が忙しく、今日まで言いそびれていた。漆沢、来週の戦技競技会に三〇七空を代表し、リーダーとして出ろ。他の選手はこの三名だ」

「――」

絶句する美砂生に、火浦はファイルを手渡し――いや押しつけた。

「そんなでも、あたし」

「漆沢一尉。私も最初は半信半疑だったのだが」日比野は言う。「いくら空幕から名指しの推薦でもな。しかし今朝の君のスクランブルの出来を見て、確信したのだ。これならば

行ける」

「そうだ」

サングラスの火浦もうなずく。

「漆沢、君の実働部隊での飛行経験は約三年。リーダーとしては確かにあれだが、選手としては申し分ない。戦競は体育会で言うと『選抜メンバーによる新人戦』だ。ベテランは出ない。優秀な新人を、飛行教導隊の胸を借りてさらに鍛える。それによって空自全体の戦力の底上げを図るのが目的だ」

「────」

ファイルを押しつけられ、美砂生は絶句する。

何だ。

いったい、何が起きているんだ……。

わけが分からない。

戦技競技会に、あたしが出る……？　それも三機引きつれて、リーダーで──!?

聞いてない。

「聞いてくれ一尉」

日比野が言った。

「これには、わけがあるんだ」

第Ⅱ章　紅《あか》い波濤《はとう》

1

朝鮮半島　西海岸上空
太平洋航空41便・北京行きエアバスA330

同時刻。

『ジャパン・パシフィック41、ディス・イズ・ソウル・コントロール（太平洋航空41便、こちらはソウル管制センター）』

緊迫した声が呼びかけてきた。

『ユー・アー・ディヴィエイティング・コース。アプローチング・ノースバウンダリー。

メイク・レフトターン、イミディエイトリー（貴機はコースを逸脱《いつだつ》し、北の境界線へ近づいている。ただちに左へ旋回せよ）』

低気圧の影響で、下界は一面の白い雲だったが、三六〇〇〇フィートは快晴だ。

真っ青な空間だけが広がるエアバスＡ３３０のコクピットに、ふいに慌ただしい調子の声は入った。

『アイ・セイ・アゲイン。ユー・アー・アプローチング、ノースバウンダリー・ライン！ レフトターン、イミディエイトリー！（繰り返す。貴機は北の境界線に近づいている。ただちに左旋回せよ）』

「――え」

「えっ？」

早朝に羽田を離陸した太平洋航空41便。北京《ペキン》行きＡ３３０は、山陰地方の海岸線から斜めに日本海を渡り、朝鮮半島も斜めに縦断して、たった今ソウル近郊の海岸から西へ向け黄海へ出たところだ。目的地北京まで、あと一時間余り。

機内の客室では、昼食のサービスが行われている最中だった。空調システムのダクトを通して、コクピットにも加熱された料理の匂いが入り込んでいた。

「北へずれている、だと……!?」

飛行しているのは、航空路Ｇ５９７。日本と中国東北部を結ぶ最短ルートだ。

左側操縦席の機長は、反射的に計器パネルのナビゲーション・ディスプレーを見やる。一五インチの液晶画面には、中央に自機を示す三角形のシンボル。入力された飛行コースがピンクの線となって縦に伸び、ピンク線と三角形の尖端《せんたん》はぴたりと一致している。間もなくＡＮＳＩＭという黄海上のポイントにさしかかる。

「コースからは、ずれていないぞ？」

「変ですね」

右側操縦席の副操縦士が、計器パネルの下からキーボードを引き出して、フライト・マネージメント・コンピュータを操作する。画面に航法データを呼び出すが、

「羽田で出発前に入力した、フライトプランの通りです」副操縦士は手元の紙の飛行計画と照らし合わせ、頭を振った。「間違っていない。我々は予定の航空路の上にいます。ＧＰＳも正常に作動しているし、位置に間違いはありません」

ナビゲーション・ディスプレーには、画面右下に『ＧＰＳ』の緑の表示。

それを見て機長もうなずく。

「機の位置は正常だ。ちゃんとピンクの線に乗っているし、ここで左旋回なんかしたら、かえってコースから外れてしまうぞ」

ソウル管制センター

「ジャパン・パシフィック41が、38度線に近づいていく」

「日本人め、何をするつもりだ」

薄暗い管制ルームの空間に、ずらり並んだレーダー管制席。

上空の航空路を監視しているソウル・コントロールだ。

その一画で叫び声が起きた。

日本と、北京・天津などを往来するフライトは、朝鮮半島を斜めに縦断する航空路・G597を通行して行く。最短時間で北京へ到着出来るが、G597はソウルの海岸線一帯を通過する際、北朝鮮との境界線までわずか三〇マイルに接近する。

当該エリアでは絶対に航空路を外れてはならない、とパイロットに配られる航空路誌〈航法用マニュアル〉には明記されている。

「このままでは、一分で軍事境界線を越えるぞ」

「呼び続けろ。南へ変針させるのだ」

今、管制席のレーダー画面では〈JP41〉と表示された菱形のシンボルが、黄海へ出る航空路の中心線を外れ、北へずれて移動していく。画面を分割するように真横に引かれた赤い線まで、あとわずかだ。

ヘッドセットを頭につけた管制官が叫んだ。

「ジャパン・パシフィック41、アイ・セイ・アゲイン。ベクター・トゥ・ノーマルコース、レフトターン・ヘディング一八〇、イミーディエイトリー！」

太平洋航空41便

「機長、旋回の指示です」

「仕方がないな」

管制官が『機首方位一八〇度』を指定してきた。これには従う義務がある。

機長は計器パネルの上にあるオート・パイロットのモード・コントロール・パネルに手を伸ばした。

その時だった。

ピッ
ふいにナビゲーション・ディスプレーの絵が、瞬間的に横へズレると『ＧＰＳ』の表示が赤に変わって明滅した。

同時に

ビーッ
〈NAV　ALERT　GPS〉

左右の操縦席の間にある中央画面で、二つ並んだエンジン回転数表示の横にシステム警告メッセージが現われ、赤く明滅した。

「き、機長っ」

「うわっ」

北へ、二五マイルもズレている……!?

航路を示すピンクの縦線が、画面左端へ吹っ飛んでいる。

いつの間に!?

数秒前まで、正常に航空路上を飛行しているように表示していたはずだが――ナビゲーション・ディスプレーのマップ画面は、GPSの異常を示す赤い表示を明滅させながら、機が北朝鮮の領域へ入り込もうとしている様子を映していた。

「ま、間に合わん、オート・パイロットを外す！」

機長は左手でサイド・スティックを握ると、先端の赤いボタンを押し込んだ。ププッ、ププッという自動操縦解除の警告音とともに、機体ががくん、と左へ傾いた。自動操縦の解除を待ち切れずにスティックを左へ思い切り倒していたからだ。

ぐんっ

エアバスＡ３３０は、客室内で食事サービスを行っているのにも構わず、四五度の急バンクで左へ回頭した。それでも旋回半径の分、外側へふくらんで、北緯38度の境界線へあと数マイルまで近づいた。

もとの航空路へ戻った時には、機長・副操縦士とも顔に汗を滴《したた》らせていた。

「はぁ、はぁ」

「何とか、北を領空侵犯しないで助かりましたね」

「そ、そうだな」

無線には、何が起きたのか理由を知らせろ、とソウルの管制官の声が盛んに届いていたが、応答する余裕がない。

「下には、ＧＰＳの一時的なエラーだと報告してくれ」

「はい」

「頼む」

副操縦士が無線に報告をする間、機長は操縦席の左の窓から真下を見やった。

ＧＰＳがおかしかった――ここは、本当に海の上だろうか……？

先程から一面の白い雲が眼下を覆っているせいで、地形が見えない。機がどこを飛んでいるのか目視では分からない。

本当に黄海の上へ、戻ってくれただろうか――

「――あぁ、海の上にいる」

機長は息をついた。

ようやく雲が切れ、真下の様子が見えた。遥か下に濃い色の海面。

雲の切れ目の中、紺色の海面に筋を曳く、白っぽい灰色の船影があった。一〇〇〇〇メートルも離れているのに、はっきり見える。

「我々は海上にいる。船が見える」

指さすと、交信を終えた副操縦士も右の側面窓から真下を見やった。

「船ですか。よかった」

「大きな船だな」

「機長、あれは軍艦です」

「軍艦？」

「覚えがあります。あの真上から見た形」副操縦士も真下の雲の裂け目を指した。「前に写真で見ました。あれはワリヤーグです」

「ワリヤーグ――？」

「中国の航空母艦ですよ。ウクライナからスクラップとして買った旧ソ連海軍の廃艦を、この先の大連《だいれん》のドックで再生していた。それが完成して、試験航海へ出て来たのかな」

「中国の、空母か」

「ええ。確か〈遼寧《りょうねい》〉っていう艦名に――」

副操縦士が言い終えぬうち、灰色の艦影は再び雲の下へ入り込んで見えなくなった。

東京　お台場
大八洲ＴＶ　最上階・役員室

「沢渡《さわたり》を取材に、ですか？」

八巻貴史《やまきたかし》は、立ったまま訊き返した。

大八洲《おおやしま》ＴＶ本社の役員フロアは、どの執務室も見晴らしが良い。

正午過ぎの陽光を浴びて、湾岸の景色が広がる。この報道局長室は、中でも一番良い場所にある。

しかし
「その通りだ、八巻」

背中を向け、広い窓から下界を眺める銀髪の人物――報道局長は苦々しげな声だ。八巻に顔は向けず、マホガニー製の執務机の上を右手で指す。

「沢渡有里香《ゆりか》記者を、ただちに、そこへ取材にやるのだ。あの娘といつもつるんでいる、カメラマンも一緒だ」

「…………」

報道部のチーフ・ディレクターである八巻は、局長室へ呼ばれる時はあらかじめ覚悟はしてくる。どんな件で呼ばれるのか。担当する報道番組〈ドラマティック・ハイヌーン〉の内容について小言を言われるか、進めている取材に圧力をかけられるか――たいてい、そのどちらかだ。反対に良い数字を取って褒《ほ》められる時は、役員である局長はみずから報道フロアに降りて来て皆に『よくやった』と言う。普段けむたがられているから、大勢のスタッフたちに喜ばれるのは局長も気分がいいのだろう。それは分かる。

チーフが一人、上へ呼ばれる時にはろくなことがない。

「しかし」八巻は唇を結ぶ。「この時期に、そんな遠くへ一か月の取材というのは」

マホガニー・デスクの上に、カラーの表紙のパンフレットが見える。

あんなところへ、長期取材……？

「何か不都合かね」

「局長。任期満了に伴う、衆院・参院の同時選挙が近づいています」

「衆参同時選挙……？　ふん」

だが銀髪の報道局長は、背を向けたまま鼻で息をした。「ふふん」と聞こえたそれは、鼻で笑ったのか。それとも――

「これはもう上で決まったことだ、八巻。沢渡有里香記者を、その船に乗せるのだ。密着取材だ。期間は一か月。文句は許さん」

大八洲TV　報道局フロア
副調整室

「沢渡はどこだ」

エレベーターで八階の報道フロアへ戻ると、午後の〈ドラマティック・ハイヌーン〉のオン・エアは始まっていた。スタジオの副調に入り、代わりに仕切りを任せたサブチーフ・ディレクターに訊《たず》ねると、インカムのマイクを手で握って頭を振った。

「いません、また外へ取材です」

「そうか」

ちょうど番組がＣＭに入る。

タイムキーパーが指で合図すると、画面はスタジオから洗剤のコマーシャルに替わる。緑の庭でシーツが一面にたなびく映像が、ずらり並んだモニターに出る。

「参ったよ」

八巻はディレクター席の後方の椅子に掛けると、テーブルにパンフレットを投げた。

ぱさっ、と音を立てたのはカラーの表紙。深いブルーの世界に白い流線型が浮かぶ。

「何ですか、深海潜水調査船〈わだつみ６５００〉……？」

サブ・チーフが振り向いて、パンフレットのロゴを読む。

「何ですかそれ」

「沢渡を、その潜水艇の『密着取材にやれ』とさ。南西諸島での海底資源調査だそうだ。上からの命令だ。期間は一か月」

「それは……」


スタジオの進行をコントロールする副調整室のテーブルには、番組のタイム・シートが広げてある。今日の特集は『迫り来る任期満了・衆参ダブル選挙』だ。

「マニフェストをぜんぜん守らなかった主権在民党が、政権の座からずりおちるかどうかという一大決戦が迫っているのに、うちの噛《か》ませ犬を潜水艦に押し込むんですか？」

「ううむ」

「現職の咲山友一郎《さきやまゆういちろう》総理が、体調を理由に閣議にも国会にも姿を見せません。今、淵上逸郎《ふちがみいつろう》幹事長が代わりに『総理代行』をしていますが、国民にも党にも選ばれたわけでなく、勝手にやっている。記者会見で沢渡にそのところを噛み付かせれば面白い展開に――」

「俺も抵抗はしたさ。でもな」

八巻は手で、上を指す。

そして、息をついた。この件は、報道局長が決めたことではないだろう……。おそらくもっと『上』から指示が降りて来たのだ。

八巻は上着から携帯を出すと、画面を指で叩くようにして通話の呼び出しにした。

しかし
「あいつ、携帯を切ってやがる」

舌打ちする。

そこへ
「沢渡記者の行き先なら、聞いています」

女性編集スタッフの一人が、横からメモを差し出して来た。

「今日の取材先は、携帯が使えないから――って」

「すまん」

八巻は受け取ったメモを見ようとするが
「チーフ、外電が入りました」

別の編集スタッフが声を上げた。

「たった今、韓国・ソウルの沖で、太平洋航空の北京行きがコースを外れて北朝鮮との軍事境界線へ接近したそうです」

霞が関　外務省

アジア大洋州局オフィス

『――太平洋航空の羽田発北京行き41便が、ソウルの沖で航空路から北へ外れて飛行したという今回の事態は、同機の航法システムの一時的なトラブルと報告されています。事態を受け、太平洋航空では保有する旅客機全機の航法システムについて〈緊急一斉点検〉を実施する、と発表しました』

昼休みが、間もなく終わる。

アジア大洋州局オフィスの、喫茶コーナーに置いてあるブラウン管式の古い大型TVがNHKニュースを流していた。

「嫌ですね課長補佐」

ワイシャツの袖をアームバンドで捲《まく》り上げた職員が、画面を見やって言った。

「微妙な空域で、旅客機の航法システムのトラブルか。先月の〈タイタン事件〉みたいなことが、また起きると面倒です」

「――あぁ」

夏威総一郎《なついそういちろう》は、立ったまま紙コップのコーヒーを口に運んだ。

夏威は、すでにその情報を古巣の防衛省にいる同期生から電話で得ていたから、驚きはしない。韓国に駐留する米軍を経由し、日本の民間機が北との境界線に近づいた事態を防衛省は摑んでいた。北朝鮮では38度線の北にあるフワンジュ空軍基地から、中国製のＪ７戦闘機が緊急発進するところだったという。北の通信を傍受していた在韓米軍からの情報だ。41便がすぐにコースへ戻ったので、事なきを得た。

「だが、ああいうことは、そうそう起きるもんじゃ――」

同時に、上着の内ポケットが振動した。

携帯を取り出すと、メールが入っている。発信人の表示は『スピッツ』。

「――――」

眉をひそめる。

（沢渡記者が、何か摑んだか……）

夏威はメールは開かず、携帯を内ポケットへ戻すと、鋭い切れ長の目でフロアを見回した。

最近、どこかから覗かれているような気がする……。気のせいならばよいが、剣道五段の夏威の〈感覚〉が、そう訴えている。『気をつけろ』と。

気をつけろ。それはさっき電話で話した防衛省の同期にも言われた。今度新しく着任した、お前のところの局長は――

思い出していると
「失礼します」

「失礼します」

作業服を着た出入りの電気工事業者が、二人がかりで喫茶コーナーの大型ＴＶに取り付くと、電源を抜いてしまった。

「おい、見ているんだぞ」

「すみません、すぐに取り替えろとのご命令です」

作業服の業者は、フロアの入口を指す。

命令……？

もう一人の業者が、ガラガラと台車を押して、角ばった物体を運んでくる。さらにその向こうにダークスーツの人影。ポマードで撫《な》でつけたオールバックの頭髪がてかてか光っている。

「やぁ諸君、諸君」

ぎょろりとした目で周囲を見回し、オールバックの人物はやってきた。ダブルのスーツに、両腕を広げると金色の腕時計が目立つ。

「これは」

「これは局長」

数人のノンキャリアの職員が、駆け寄って威儀を正すと、お辞儀した。

「初出勤、お疲れ様でございます」

「うむ、うむ。遅くなってすまん。午前中は大臣と打ち合わせがあってな。着任早々、処理する案件が山積みだ。あいかわらず本省は人使いが荒い」ははは、と大声で笑うと、オールバックの男は顔から湯気を立てるようにして、オフィスを見回した。

「わが外務省のスタッフは、よく働くな。だが最近では中国人もよく働くぞ。君たち以上かも知れん。うかうかしていられんぞ。ははは」

搦手《からめて》雄三《ゆうぞう》、か……。

夏威総一郎は、自分の新しい上司の姿を見た。

大物と言われている。駐中国大使の任期を終え、先月帰国して、新しくアジア大洋州局の局長に着任した。

（――――）

あの人は、ばりばりのチャイナ・スクールだ。

夏威にそう教えてくれる同僚もいた。チャイナ・スクールとは、外務省の中でも中国語を習う過程で感化され、親中派となった官僚たちの集団を指す。

前の半沢《はんざわ》局長は、旧通産省の出身で、何でもものが言える上司だったが――残念だったな夏威。

そうも言われ、慰められた。あの『事故』で半沢さんを助けられなかったのは、お前の責任ではないよ――

（いや）

夏威は唇を嚙む。

あの時、俺は――燃える車の中から半沢局長を救い出すことが出来なかった……。

もっと俺が、危険を予測して備えていたら。

先月。あの〈タイタン事件〉が起きた同じ日のこと。総理官邸からの帰途に、お堀端で公用車がダンプに突っ込まれ、炎上する車内で『殉職』したのが半沢喜一郎《きいちろう》・前アジア大洋州局長だ。夏威は同乗していたのに、半沢を引きずり出すことが出来なかった。

その半沢に代わって新しく着任したのが揚手雄三だった。

「見たまえ諸君」

工事業者が、喫茶コーナーに早速、運んできた新しいTVを据えつける。

どこか爬虫類《はちゅうるい》を想わせる、ぎょろりとした眼を一巡させ揚手雄三は力説した。

「このすばらしい、薄型液晶大画面を。これは中国外務省から、わざわざ私あてに餞別《せんべつ》として贈られた中国製最新型ＴＶだ」

な、何だって。

夏威はその言葉に目を剝いた。

中国外務省から贈られた中国製ＴＶ……？

何か仕掛けてあったらどうするんだ――!?

だが
「喜べ諸君」搦手は笑顔で拳を握る。「これからは、毎日二十四時間、このＴＶで〈中国衛星ニュース〉を流す。諸君も中国国内の情報に常に親しみ、また中国語に耳を慣らしておけ。これからはアングロサクソンの連中などに追従する時代ではない、英会話教室に通うような奴はアジア大洋州局から叩き出すぞ。わはははは――夏威課長補佐」

急に真顔になり、搦手は夏威をぎょろりと見た。

「……は？」

夏威は面食らった。

まるで、カメレオンが空中の蠅《はえ》をぱくりと捉えて吞み込む時のような、表情の変わり方の疾さだ。

「君が、地域政策課の夏威課長補佐だな。私の部屋へ来たまえ」

「夏威君。君は」

アジア大洋州局の局長室は、デスクの背中の大きな窓に、国会議事堂が見える。つい数週間前まで、腰に手ぬぐいをぶら下げた半沢喜一郎が扇子《せんす》をぱたぱたやっていた部屋だ。

いつの間に模様替えをしたのか。絨緞《じゅうたん》が深い赤色に敷き替えられ、壁際のつやつやし

た木製キャビネットには斜めにしたワインのボトルがずらり並んでいる。

マホガニーの大型デスクにおちついた搦手雄三が、手の中の丸っこいパイプに煙草の葉

を詰めながら言った。桜餅《さくらもち》のような、刻み煙草の匂いが漂《ただよ》って来る。

「君は、あれだな。先月、半沢前局長につき従って、咲山総理の訪韓時の演説草稿に文句

をつけに行ったんだそうだな？」

「――はい」

デスクの前に立って、夏威はうなずいた。

「外務省として、抗議すべき内容でした。総理は竹島を――」

「ちっちっちっ」

搦手は人差し指を振って、夏威を遮った。

「まぁ、その話はいい」

「――」

「夏威総一郎君」

「――は」

「君の働きぶりは、ファイルで見せてもらった。どうだね、そろそろ嫁をもらわんか」

「は？」

「白百合出身の、いいお嬢さんを知っているのだが。よかったら今度、見合いの席を用意させよう。どうだ」

「私は、まだ」

「知ってるだろう、外交官の妻は聖心か白百合と、昔から決まっている」

「…………」

絶句する夏威の前で、揚手はパイプの葉にマッチで火をつけた。薄紫の煙が、円《まる》く立ちのぼった。

「夏威君、君は東大法学部からいったんは防衛省に入り、省庁間人事交流でわが外務省へ移籍して来た。本流の外交官ではないし、私のように三代続いた外交官の血筋でもない。歴史なんて山川出版の教科書で習ったくらいだろう、これまでのスタンド・プレーのようなものは、まぁやむを得ないものとしておこう」

「……？」

「どうだね。まだやり直すチャンスはあるぞ？　私の家内が白百合でね、同じ学校出身の外交官の奥さん同士でサロンを作っている。若い人が入って来てくれると、賑《にぎ》やかになっていいと期待している」

搦手はぎょろりと、爬虫類《はちゅうるい》のような少し間の空いた両目で夏威を見た。

「どうだ。能力ある者は、外様《とざま》でも歓迎する。君もわれわれの仲間に入らないか」

「………」

夏威は絶句しかけたが、すぐに口を開いた。

「い、いいえ局長。私はむしろ防衛省出身という出自を生かし、この国のために働きたいと考えております」

「そうかね」

搦手はデスクに肘《ひじ》をつくと、斜め上を見ながら煙をぷかっ、と吐いた。

「なら、まぁいい。身体に気をつけて、職務に励《はげ》みたまえ」


局長室を出て、フロアに戻ると。

早口の女性の中国語が聞こえた。

（――？）

そうか。

たった今、喫茶コーナーに置かれた大型液晶ＴＶだ。早速、衛星アンテナに繋がれて、中国のニュース番組を流しているのだった。

『――わが人民解放海軍が誇る最新鋭航空母艦〈遼寧〉が、このほど完成し、試験航海へ出発しました』

赤いスーツの女性キャスターが、きつい目つきで大写しになっている。

夏威は、北京官語は得意ではないが、アナウンサーの話す内容くらいは理解出来る。

きつい目の女性キャスターの背後に、映像が出る。

どこかの軍港を出て行く、灰色の艦影だ。大きい。スキーのジャンプ台のような、特徴あるそり返った艦首がタグボートに押され、ゆっくりターンする。

『新鋭空母を率いる機動艦隊司令官は、鍔延《アーイエンビュン》辺准将です。准将は出発前にインタビューに応え、この空母の就役によってわが中国の〈核心的利益〉はさらに確実なものになろう、と力強く言明しました』

2

皇居前　お堀端

十分後。

夏威は、用事を作って外務省の庁舎を出ると、通りの横断歩道を渡ってお堀端へ出た。昼休みが終わっていて、ジョギングする人影はない。車が通るばかりで、遊歩道はすいている。緑の水面の向こうに旧江戸城の白壁が見える歩道を、早足で歩いた。

「――――」

盗聴をされない一番の方法は、すいた道を歩くことだ――

防衛省時代に、情報部門で働く同期から教わった。携帯電話の電波は、街中では一〇〇メートルくらいしか飛ばない。そんな場所で通話を傍受しようと思ったら、一緒について歩かなければならない。目立つ。

もっとも警察のような組織が本気で監視しようとしたら、気休めにしかならない。

（……半沢局長がやられたのは、この辺りか）

足を止めず、夏威は歩道を歩いた。

結局、〈タイタン事件〉当日の局長の爆死は、警察で『単なる事故』として処理されてしまった。

夏威はあの後——九死に一生を得た後、病院から桜田門の警視庁へ乗り込み、怪しい男がダンプを公用車にぶつけて逃走したと証言したが無駄だった。警備担当の警視が会おうとせず、逃げてしまった。

警察庁に進んだ東大法学部の同期に問い合わせたが「どうしようもない」と言う。ずっと上からの指示で、そうなってしまったらしい。すまん夏威——

「ずっと上からって、どこだ」

夏威は苛立《いらだ》って聞き質《ただ》したものだ。

「たぶん国家公安委員長だ」同期は声を低めた。「主民党の赤堀聡《あかほりさとし》だ。俺が言ったって言うなよ」

くそ。

唇を嚙みながら、夏威はポケットから携帯を出すと、画面を指で叩いてメールを開く。

『差出人：スピッツ』と表示された一通。

短い。

文面：ユーチューブを見てください。大変　沢渡何だ……？

夏威は眉をひそめる。

文面に、URLが一緒に載っている。

指で叩き、ネットに繋ぐと画面に赤い〈You Tube〉が開いた。

（……何だ、これは）


歩みを止めず、急いでイヤフォンを出して耳に入れ、画面の動画を再生した。

タイトルは〈スターボウ○○一便迷走事件　愉快な犯行声明〉。

静止画のスライドを背景に、大声で演説するような音声。静止画は、白髪の代議士らしい男が国会で拳を振り、質問をする様子。

「何だ、これは!?」

思わず足が止まる。

お台場　大八洲ＴＶ

「あ」

道振《みちふり》カメラマンの運転するジープが局舎前に着くなり、沢渡有里香の胸で携帯が振動した。

「ごめん道振君、車お願い」

有里香は歩道へ飛び降りると、デニムの上下の胸ポケットから携帯を取り出した。発信者の名を確認し、画面を指で叩いて耳に当てた。

「はい沢渡です。すみません夏威さん、携帯を切っていて」

『いや、今初めてかけたところだ』

低い声が、耳に当てた冷たいタッチパネルの向こうで言った。

夏威総一郎だ。大切な情報提供者の一人。

『君に言われたユーチューブを見て、驚いている』

「す、すみません」

有里香は、大八洲TVの目玉のようなロゴマークのついた腕章を付けている。首からも写真付きの記者証を下げている。取材先から、たった今戻ったところだ。

しかし
「本当に、すみません」有里香は歩道の上で、上半身を折るようにして詫《わ》びた。「夏威さんから預かったICレコーダー、盗まれてしまいました」

お堀端

『都内の音響研究所に預けて、解析を頼んでいたんですけれど。いつの間にか研究所からレコーダーが消えて、研究所のパソコンからもデータが消えていて。それで気がついたら、ユーチューブにあの動画が』

電話の向こうで、舌たらずな感じの声が詫びる。

わたしは第一印象は可愛らしく見えるらしいので、嚙み付かれるとみんな驚くんです・

――

沢渡有里香記者の声。

〈タイタン事件〉の真相に迫れるかも知れない、ある音声ファイルの入ったICレコーダーを夏威は大八洲TVの報道記者・沢渡有里香に預け、調べてもらっていた。夏威は、有里香が総理官邸で取材妨害をする職員たちと大喧嘩した場面を目撃し、見た目は可愛いが気骨のある記者と感じて、大事な証拠物件を預ける気になったのだ。

密《ひそ》かに連絡して会うと、本人もそのように言う。局内では嚙ませ犬の〈スピッツ沢渡〉と呼ばれている、と笑った。

「――いや、いいんだ。君の身は無事か」

夏威は、半沢局長爆死の瞬間がまた目に浮かんで、年下の女性報道記者の身をまず案じた。

先月の〈タイタン事件〉——

あの事件は、政府の公式発表では『単なる旅客機の急減圧トラブル』ということにされている。スターボウ航空の国際線進出第一便・CA380型機〈タイタン〉は、羽田からソウルへ向かう途中の日本海で機内の与圧が何らかの原因で失われ、緊急降下をした。

ところが八〇〇人乗りの同機の非常用酸素系統には不具合があり、酸素マスクを吸った搭乗者は全員一時的に失神、機は自動操縦のまま竹島上空へ迷い込んだ——

だが、竹島を不法占拠する韓国の空軍戦闘機がそこへ大挙して押し寄せ、同機を『領空侵犯』のかどで撃墜しようとしたこと。そしてたまたま洋上で訓練中だった航空自衛隊のF15戦闘機二機が駆けつけ、韓国空軍KF16の大群から旅客機を護《まも》ったこと。その事実は「日韓関係を損ねてはならない」とかいう政治判断により、伏せられてしまった。空幕には箝口令《かんこうれい》が敷かれた。

政治判断をしたのは、現在姿が見えない咲山友一郎総理ではなく、体調不良と言われる咲山に代わって臨時総理代行をしている主民党幹事長の淵上逸郎だ。

一般の国民には、空中戦が行われた〈事実〉は伏せられた。しかし当日、日本海上空を飛行していた多くの民間旅客機は国際緊急周波数で交わされる音声を聞いていた。空自戦闘機と韓国空軍機が交戦したのではないか、という噂《うわさ》は広がった。

「これは、考えようによっては、〈タイタン事件〉が主民党保守派リーダーの石橋《いしばし》護《まもる》議員を陥れるために仕組まれたという私の推測を、証明してくれたようなものだ」

夏威は電話の向こうの記者に言った。

「レコーダーを盗ませたのは事件の首謀者たちだろう。〈タイタン事件〉の首謀者は、本当はあの旅客機を石橋護が乗っ取り、無理やり竹島上空へ行かせたことにしたかった。そして島の上空で領有権主張のデモンストレーションを行わせ、怒った韓国軍に撃墜されたことにしたかった」

それを防いでくれたのは、石橋護のほかに同機にたまたま乗り合わせたレンジャー資格を持つ空自の女性パイロットと、訓練中を駆けつけた小松基地所属のF15二機だ。

女性パイロットは、中国人とおぼしき正体不明の工作員を機内で倒し、ICレコーダーを奪い取った。それには石橋護が竹島上空で韓国政府へ『要求』をする音声が、あらかじめ録音されていた。当の石橋議員は客席でずっと気を失っていた。音声ファイルは、石橋の国会での質問の音声を繋ぎ合わせたものだった。八〇〇人乗りの〈タイタン〉は、航空自衛隊員たちの活躍で救われた。空自のイーグル二機は非武装だったという（凄いパイロットがいるものだ）。

これが小松の第六航空団に在籍する、夏威の高校時代の同級生・月刀慧から聞かされた事件の経過だ。

月刀慧は、当該女性パイロットの同僚だが、空自の幹部である以上、秘匿情報を外部へ漏らすことは出来ない。しかし夏威にだけ事実経過を知らせてくれた。女性パイロットが持ち帰ったICレコーダーも託してくれた。警察へ渡しても、国のためにはならないだろうと言う。同感だ。

しかしICレコーダーは、今日、沢渡有里香が分析を頼んでいた民間の音響研究所から何者かにより盗まれ、その音声があたかも誰かが悪戯《いたずら》でこしらえたふざけた動画のようにして世間に公開されてしまった。ユーチューブの静止画のスライドには『俺が乗っ取って独島《トクト》へ行ったんだ』『思い知ったか韓国』などと石橋の写真に吹き出しの台詞《せりふ》まで付けられている。

「私は、半沢局長の爆死は〈タイタン事件〉と無関係ではない、と思っている。局長は、咲山総理の韓国訪問のための演説草稿があまりに売国的と判断し、石橋議員へリークしようとしていた。総理に逆らい、石橋護を利する行動をとろうとして――」

『わたしも、ひょっとしたらあの〈半魚人〉に迫れるネタを掴んだのか、と思いました。でももう、使えなくなってしまった』

少し沈黙になった。

「咲山は」

夏威は、その容貌《ようぼう》から〈半魚人〉とあだ名される、長身の総理大臣を頭に浮かべた。

「あの男は、体調不良で国民の前に出て来ないと言われているが。本当はどうなんだ？　君は知らないか」

『それが、官邸にも私邸にも、行きつけの高級イタリア料理店にもまったく姿が見えないんです。かといって、病院へ入院しているという情報もないし』

「そうか」

『マスコミでは、噂していいます。ひょっとしたら日本にいないんじゃないか――って』

「まさかな」

『ええ』

「とにかく」

夏威は、電話の向こうの女性記者をねぎらった。

「動いてくれて、ありがとう。この件は仕方がないだろう」

『夏威さん。わたし、もう少し何か出来ないか、動いてみます』

「いや、いいんだ」

夏威は頭を振る。

「私の提供した情報のせいで、君の身が危うくなってはいけない。我々の〈敵〉が何だったのかも、分かっていない。危険な目に遭わせたらすまない」

『でも、いいんですか夏威さん？　大切な上司だった人が殺されたのでしょう』

「だから言っている。うちの局長のように——君が同じような目に遭わされたら、たまらない。〈敵〉はレコーダーを盗むだけではなく、君を自殺か事故に見せかけて殺すことも出来たかも知れない。私は自分の身くらいは護れるつもりだが——」

いい。

ここからは、俺が独りででも探ってみよう。

女性記者に礼を言って通話を切ると、夏威は携帯を胸ポケットにしまい、堀の向こうの緑を見た。

（……局長。あなたの仇《かたき》は必ず）

その時
「夏威君」

背中から呼ぶ声が、夏威の思考を遮った。

「電話の話は済んだのかね？」

驚いて振り向くと。

（……!?）

夏威は、鋭い目を見開く。

二十メートルほど後方、歩道につけて黒塗りの公用車が停まり、後部座席のドアを開いている。黄色いハザード・ランプの点滅。ダブルのスーツの男が歩道へ出て、ポマードの頭を風に吹かれて夏威を見ていた。爬虫類のような、ぎょろりとした目。

「話は済んだのかね。夏威課長補佐」

「――き、局長」

揚手雄三……!?　いつの間に、そこにいたのか。

電話の会話に集中してしまい、背後の気配に気づけなかったか――『剣道五段』を持つ俺としたことが。

「乗りたまえ」

絶句する夏威に、揚手は車内を指した。

「ちょっと、つき合ってもらおう」

都内　路上

「東京は変わらんね」

車が静かに発進すると、キャリア外交官の男はポマードの頭をめぐらせ、霞が関に近いビル街の様子を見回した。

「五年も留守にしていたが、変わらんな。だが中国は違うぞ。ははは」

「………………」

後部座席の左側に座らされた夏威は、新しく上司となった人物のポマード頭を見た。

揚手雄三は、いきなり背後に現われて「車に乗れ」と促した。俺をどこかへ連れて行くつもりか……あるいはただ車中で話をしたいだけか。

「局長は、どちらへ」

「うん？　あぁ、赤坂だよ」

「赤坂？」

「そうだ、今日はこれから主民党の淵上幹事長の誕生会だ――いや今は臨時総理代行か。ははは、客もたくさん来る。君もどうだ」

「い、いえ」

主権在民党の、淵上逸郎の誕生会……？

赤坂ということは、料亭で開かれるのか。

淵上逸郎――

夏威はＴＶや新聞でよく目にする、黒ずんだ仏像のような顔を思い出す。細い眼をして滅多に笑わないが、前に主民党政権発足時、国会議員一六〇人を連れて北京を表敬訪問した時だけは国家主席の前で満面の笑みを見せた。それが強く印象に残っている。

しかし。

「局長、淵上幹事長は確かに臨時総理代行ですが。間もなく、選挙では」

任期満了に伴う衆議院と参議院のダブル選挙が、夏に迫っている。これから暑くなり、台風がいくつか過ぎた頃にはダブル選挙だ。長年の自由資本党体制から政権を奪い取った劇的な前のあの選挙から、もう三年半になる。

現在、彼らは政権の座にはあるが――

主民党は、国民に約束したマニフェストは何一つ実行せず、幹事長が大勢の議員を連れて北京を訪問したり、総理大臣が「日本列島は日本人だけの所有物ではない」と発言したりしているうちに尖閣諸島も竹島も今のような状態になった。次の選挙では主民党は大敗して、自由資本党政権に再び戻る、というのが大方の見方だ。中央省庁の官僚の中には、もうその日に備えて自資党の有力議員と懇談したり、関係構築に動く者もいる。

あとわずかで政権から転げおちるのが分かっている政治家の、誕生会……？

だが

「選挙か。選挙ねぇ、ははは」

揚手は、横顔で目をぎょろりと動かした。

「なぁ夏威君。ところで君は、最近の北京や上海《シャンハイ》の街並みを見たかね？　一年経つごとにどんどん変わる。再開発でビルを建てるのも空港を造るのも、向こうでは党が決めればすぐだ。金は外国から出させる。邪魔する住民がいたら、これだ」

シュッ、と口で音をさせ、掛手雄三は自分の喉元を横に切る仕草をした。

「…………」

「ははは、思うんだがね。日本も共産党の一党支配にして、四年ごとの選挙など止《や》めてしまえばいい。中国のあのスピードと効率性をこの国が持ったとしたら、どうだろう？　すばらしいじゃないか」

掛手は両腕を広げ、何かが大きく膨らむようなジェスチャーをした。

「例えばだよ、成田空港だ。あそこに三本目、四本目の滑走路を造って、二十四時間使えるようにする。騒音？　住民に文句など言わせない。そこへシュッ、と都心から一直線に新幹線を走らせる。線路用地は強制収用だ、住民に文句は言わせない。どうだね、たちまち成田はアジアのハブ空港になれるぞ。経済は活性化する。それから全国数か所に核燃料廃棄物の最終処分場を造る。住民に文句は言わせない。これで原子力発電を、安全に安定的に終焉《しゅうえん》させることが出来る」

「…………」

「票を持っている住民などの反対で何も出来なくなるのは、四年おきに選挙なんかやるからだ。そうして停滞しているうちに、わが国はどんどん諸外国に抜かれる」

　搦手は『情けない』と言わんばかりにポマードの頭を振った。

「夏威君。今の日本は、有権者の顔色を気にして、次の選挙を気にして為政者が何も思い切ったことをやれない。このままではこの国は腐った弱虫になる、いや、とうになっているか。一昨年の尖閣諸島での〈漁船衝突事件〉を見たまえ」

「尖閣の――〈漁船衝突事件〉、ですか？」

　夏威が見返すと。

「そうだ」搦手は大きくうなずいた。「覚えているだろう。魚釣島《うおつりじま》の近海で、中国の工作漁船が海上保安庁の巡視船にわざと衝突して来た。海保は当該漁船の船長を逮捕し、当初は国内法に基づいて裁こうとした。しかし、中国国内で日本の商社員三名がスパイ容疑で逮捕され『死刑にするかも知れないぞ』と脅《おど》されたら、政府はたちまち降参して船長を釈放した。国民三人を人質に捕られただけで、これだ。たった三人でも見殺しにしたら日本では政権がもたない。片や相手は、文化大革命では三〇〇〇万人殺したと言われる中国共産党だぞ。喧嘩になるわけがない」

「…………」

「アメリカの言いなりになり、民主選挙なんか入れるからこうなるのだ。夏威君、日本はこれからは、変わらなければいけない。アメリカの属国なんか止め、むしろ我々は中華冊《さく》封《ほう》体制の一員となって、その中で強くなっていくのが良いんじゃないのか。それこそが正しい道じゃないのか。アメリカ人の書いた平和憲法のせいで、君の古巣の防衛省自衛隊はどれだけ苦労をさせられている？　そもそも、ここは中華冊封体制の一地域であるのに、アメリカに食い込まれ占領されている。この歪《ゆが》んだ構造をおかしいとは思わないか」

車は、いつしか三車線道路から路地へ入っていた。

和風の低い塀の続く一角だ。

運転士がウインカーを出した。

赤坂　料亭街

「いいかね、私は思うのだが」

揚手雄三は、両腕を広げ主張した。

「中国に一言、この国をあげますと言えば、我々は『中華帝国内随一の優等生』として、今よりももっともっと良い暮しが出来るのだ。プライドを持って生きていけるのだ」

「────」

夏威は絶句した。

この男は、いったい何を言っている。

五年間、駐中国大使として北京にいたというが――

プライド……?

いぶかしさに、思わず眉をひそめると

「そうだ、プライドだよ夏威君」揶手はうなずいた。「分かるかね。例えば君の気にしている日韓関係だ。現在韓国とわが国との間にある諸問題を解決する最良の手段は、何だと思う? それは一つしかない。我々が中華帝国内の並いる属国の中で、一番の序列になることだ。そうなることによって初めて、あの国からの様々な要求に対して『黙れ』と一喝できる。一喝された方は黙るしかない。序列が下なのだからな」

「…………」

「中国共産党は優秀な家来が欲しいから、もはや我々に南京大虐殺を謝れとか、靖国神社へ行くなとか言わない。君たちは優秀な、なくてはならないパートナーだと言うだろう。韓国・北朝鮮は序列が上のわが国に対して、敬意をもって接するだろう。どうだね」

「…………」

「アメリカが今まで、我々に何をした? 恩着せがましく、でも心の中に罪悪感しか植えつけないようなひどい教育と、社会を作ったじゃないか。権利ばっかり主張して、空港を作るな、道路を作るな、ゴミ処理場を作るなと国の足を引っ張ってばかりいるような国民を作ったじゃないか」

「…………」

「どうだ夏威君。今こそ、国を変える時だと思わないか」

（――――）

夏威は絶句していた。

この男は……新任のアジア大洋州局長は、俺にいったい何を言うのか？

目の前は塀――一軒の大きな料亭の前だ。黒塗りの車が次々に横づけし、招待客らしき人物が降りていく。見覚えのある議員、官僚の姿もある。タクシーを乗りつけて来るのは着飾った女たちだ。細身に華やかな色彩のドレス。ホステスか――いや芸能人か。

「夏威君、君は有能だ。今からでも遅くはない、白百合出身のお嬢さんをもらって、我々チャイナ・スクールの一員とならないか」

揶手は、カメレオンが空中の蠅《はえ》を睨む時のようにぎょろり、と夏威を見た。

「今、我々は淵上先生を担いでいる。間もなく我々の理想が実現すれば、新たな地平がひらける。有能な者は中国本土へ渡り、共産党の官僚にもなれるだろう。そうすれば収入など、今の数十倍だぞ」

「――――」

「どうだ夏威君、一緒に降りて料亭へ来い。淵上先生にも、君を紹介しよう」

「――う」

その時。

言葉を失う夏威の視界を、ふいに黒い影が横切った。

何だ、あいつは……。

一瞬、目がその影に引きつけられた。縁無し眼鏡をかけた、長身のダークスーツの男。道を横切って料亭の玄関へ入っていく――年格好は同じくらい、その男に夏威は、自分と同じような匂いを嗅《か》ぎ取った。官僚か、議員秘書か……？　向こうも一瞬こちらを見た。車のウインドー越しだったから目が合ったかどうか分からない。だが〈勘〉が教えた。

危険だ。

あいつは――日本人じゃない。

危険だ、この塀の中へ入ってはいけない。


「――局長」

夏威は、ぎょろりと睨む目を、見返した。

「私も、アメリカの属国はよくないと思います。しかし中国の属国にも、なるべきではないと考えます。聖徳太子も」

「何？」

夏威は、なぜ聖徳太子が口を突いて出たのか、自分でもわからなかったが続けた。

「聖徳太子も、たぶん同じことで悩んだと思います。しかし、私は彼は正しかったと思います。料亭には、入りたくありません」

「そうか」

ふん、と搦手はうなずいた。

「それは、残念だな」

「期待に沿えず、申し訳ありません」

あなたには従えない、という意味を込め、夏威は頭を下げる。

「料亭には――」

「いや、いいのだよ」

搦手は急に冷めた声に変わると、遮った。夏威を見据えたまま、右手を運転席へ差し出した。

運転士が、Ａ４サイズの紙封筒をその手に渡す。

「夏威君、では早速で悪いが。君に仕事をひとつ頼もう」

「？」

「いや大したことではない、これから南西諸島へ飛んで、海底資源調査の現場を視察して来てもらいたい。期間は一週間ほどだ。この車を使って構わない。このますぐ、羽田へ向かいたまえ」

「……？」

夏威は、猫なで声のようになった搦手から差し出された封筒を、やむを得ず手に取ったが何を言われたのか分からない。

地域政策課の課長補佐として、ただでさえ忙しい。今、この男は何と言った。南西諸島へ、これから行け……？

「どういう」

「私からの業務命令だ。この足ですぐ行きたまえ。宮古島《みやこじま》までの航空券と、現地の海洋調査船までの交通手段は、その中に詳しく載っている。日用品などは途中で買って、領収書を後で出したまえ」

「…………」

絶句していると、運転士が前席から降りて、右側のドアを開いた。

搦手は降りながら「私は宴会に出るので、これで失礼するよ」と夏威の肩を叩いた。

「いい報告を期待している、夏威課長補佐」

3

羽田空港　国内線第二ターミナル
出発ロビー

「団《だん》か。俺だ――くそっ」


一時間後。

夏威は羽田の国内線ターミナルで、沖縄・那覇行きの搭乗手続きを済ませていた。

赤坂の料亭の前から、空港へ直行させられたのだった。

やむを得なかった。押しつけられたＡ４の封筒に入っていた辞令は、正式なものだ。官僚としてとりあえず、従わないわけにいかない。

業務指示は、外務省アジア大洋州局の課長補佐として、現在南西諸島で行われている海洋調査にオブザーバーとして参加し、活動状況を視察して報告せよと言う。

封筒には、那覇経由・宮古島までの航空券のｅチケットが、すでに『予約済み』として同封されていた。

しかし、なぜ外務省の外交官が、海洋調査に——？

（航空券の予約された時刻は、午後一時——俺が局長室で、見合いの勧めを断った直後か……）

揚手雄三は、着任早々、俺を自分の所属するグループへ引き入れようとした。

しかし言う通りにならないとわかると——

くそっ……。

『どうした、夏威』

繋がった携帯の向こうで、いきなり舌うちを聞かされた通話相手が驚いて見せた。

『お前、早速新しい局長と衝突したのか』

「察しがいい、その通りだ」

封筒には、辞令のほかに詳しい指示書が入っていた。それによると、本日中に那覇経由で沖縄県の宮古島まで空路で行き、一泊して、翌朝、海上保安庁のヘリで洋上の調査船へ向かえとある。ヘリは調査船に随伴して警護に当たる海保の巡視船〈しきしま〉の飛行甲板《かんぱん》へ着くので、そこから小型艇で調査船へ移る。

夏威が乗船させられるのは財団法人・海底研究開発センター所有の海洋調査船〈ふゆしま〉。同船は、深海潜水調査船〈わだつみ６５００〉を搭載して、運用している。今回は東シナ海の日本の経済水域内の海底資源調査が任務らしい。

コピーされた海図も入っていた。おおざっぱなものだが、船のいる位置は宮古島の遥か北西の海域、洋上に斜めに引かれた日中中間線のすぐ内側に当たる。

この辺りは、尖閣諸島と中国大陸のほぼ中間か……。巡視船が警護についているというのは、中国側からの妨害行為を懸念してのことか。


夏威は出発ロビーのベンチで、処理中の地域政策課の案件について課の職員たちに指示を出すと（課長補佐の急な出張に誰もが驚いていた）、那覇行きの便の搭乗時刻までのわずかな隙に防衛省の同期生へ電話したのだった。

新局長に気をつけろ、と教えてくれた一人だ。

「赤坂の料亭の前まで無理やり連れて行かれ、『チャイナ・スクールの仲間に入れ』と言われた。断ったら、これだ」

通話相手の団三郎《さぶろう》は、国家公務員Ⅰ種として防衛省に採用された時からの同期だ。

夏威は途中で外務省へ出向したが、団は現在でも、市ケ谷の防衛省内局で運用課長補佐の任についている。文官（背広組）の中堅幹部だ。

『赤坂？』

「そうだ」

夏威は、先ほどまでの経緯《いきさつ》をかいつまんで説明した。

「料亭で、主民党の淵上逸郎の誕生会だというのが、はなから奇異だった。すぐに迫った総選挙で、淵上は権力の座から転げおちるのが目に見えている。そんな宴席に、事務次官を狙う搦手が行くのは変だ。ところが料亭は、ほかにも見覚えある官僚や議員が集まって大にぎわいだった」

『そりゃ――』

「変だ。淵上逸郎自身にそんなに人望があるなら別だが。チャイナ・スクールがほかにどんなメンバーで構成されているのか、俺には分からない。しかし連中はいま淵上臨時総理代行を担いで、何かやろうとしている」

『何かやるって――自由資本党へ政権が戻る前に中国へ行って、勝手な約束でもして来るつもりか？』

「もうすぐ選挙だ。中国だって分かっている、前は淵上に国家主席が面会したが、もう向こうが相手にするとも思えん。まともな官僚なら、次の自資党政権樹立を視野に、今から準備や根回しをするものだ」

『それはそうだ』

電話の向こうで、同期生はうなずいた。

『実はこっちも次期政権を視野に、いろいろ大変でな。自由資本党の今の総裁は、木谷《きたに》信《しん》一郎《いちろう》だ。お前もよく知っているだろう、前の自資党政権では外務大臣。ちょうど〈北朝鮮ミグ亡命事件〉の時だ。北朝鮮に対して毅然《きぜん》とした態度を取ったことで、木谷は国民の人気が高い。現憲法をアメリカ人が作ったと広言してはばからないし、日本はアメリカというヤクザの親分に囲われる愛人だ、と過激なことも言う。次の選挙で木谷政権誕生ということになれば、いよいよ憲法改正が視野に入って来る』

「うむ」

『そうなれば当然、中央新聞を中核とする一部のマスコミが、足を引っ張ろうと大キャンペーンを張るだろう。憲法を改正すれば自衛隊が戦争をする、若者が徴兵される——俺は今の若い奴は全員、二年くらい自衛隊へ入れて鍛えた方がいいと思っているんだが、それは別として、自衛隊に対してネガティブ・キャンペーンが大々的に張られるに違いない。それを見越してこちらも手は打つ。とりあえず、ソフトで明るいイメージを国民に持ってもらうため、次の空自の戦競では女子パイロットを活躍させることにした。ちょうど初の女性飛行班長も誕生している。マスコミに取材させ、航空自衛隊は女の子が頑張っている職場、という印象をアピールしていく』

「そ、そうか」

航空自衛隊——

夏威は心の中で、団に『すまん』と詫びた。

小松基地の月刀慧からICレコーダーを預かったことを、団には告げずにいる。自衛隊のルールを運用する運用課幹部の団に言えば、証拠物件を内密に提供してくれた月刀に迷惑がかかる。録音内容の解析が出来た後、いずれは話そうと考えていたが――

「もう、戦競が開催される時期か」

『そうだ。件《くだん》の空幕初の女性飛行班長だが、これは陸自へ出張してレンジャー・バッジも取ってきたというなかなかの猛者《もさ》だ。彼女をリーダーにチームを組ませ、飛行教導隊と対決させる。絵になるぞ、美女対野獣だ』

ははは、と団は笑うが、笑いは長く続かない。

『とにかく、気をつけて行けよ夏威。南西諸島は今緊張している。中国の海洋監視船が尖閣諸島へ近づき、頻繁《ひんぱん》に領海へ侵入するのは報道されている通りだ。海保が対処しているが、一触即発の状態だ。防衛大臣から〈海上警備行動〉が発令されない以上、自衛隊は後ろで見ているしかないが』

「団、そういえば」

夏威は思い出して、気になっていたことを口に出した。

「中国の新しい空母なんだが」

訊きかけた時。

「――夏威さん?」

聞き覚えのある声が、すぐ後ろでした。

（……!?）

夏威は、振り返って目を見開く。

ほっそりした影がいた。白いシャツブラウスにジーンズ、足元はショートブーツ。車輪付きの小型スーツケースを片手で引いている。

見る人は、雑誌に出るモデルだろうか、と思うだろう。

久しぶりに見る姿だった。

「……若菜《わかな》」

「久しぶり。偶然ね」

「あ、あぁ」

夏威は携帯に「すまん、またかける」と断って切り、内ポケットへ突っ込んだ。

いかん、何をうろたえているんだ、俺は……。

ガラスの向こうに青いボーイング777の機首が見えている。

空港の出発ゲート脇のベンチにいた夏威に声をかけたのは、旅姿の女だった。

年齢は、夏威と同じくらい――いや、一つ下だ。夏威が高校三年の時、森崎《もりさき》若菜は同じ高知市内にある女子高校の二年生だった。

あれから、何年になるのか……。

「出張？　夏威さん」

「あぁ、そんなようなものだ」

「フフ」

森崎若菜は、小作りの白い顔で笑った。

普通の人と、やはりちょっと印象が違う。十七歳の時に高知から上京して歌手デビューし、途中で女優業へ転じている。たまに会うたびに顔が小さくなっているような印象を、夏威は受ける。

「何か、おかしいか」

「だって、話し方が剣道部主将の頃から、全然変わらないんだもの」

「――――」

夏威は、頭を掻《か》くしかない。

立ち上がると、夏威は頭一つ小さな森崎若菜の顔を、思わず覗きこんだ。顔色を確かめようとする動作だった。

「大丈夫だよ。お酒の匂い、しないでしょ」

「――あ、あぁ。すまん」

「夏威さんに救急車を呼んでもらった時みたいなこと、多分もうないと思う。安心して。もう迷惑はかけないと思う」

「迷惑とは――」

夏威は口をつぐむ。

わざわざ口で繰り返すことはない。数年前の出来事には触れずにおいた。

「仕事なのか、若菜」

「うん、隣の飛行機」

三十代の女優は、隣のゲートを指した。

〈小松行き〉と出ている。

「午前中は幕張《まくはり》のスタジオでTVショッピングの生放送やって、これからドラマのロケで金沢なの」

「ドラマ、か」

「うん。また二時間ドラマ。犯人の役」

「そうか」

「能登半島の崖《がけ》の上で犯行を告白して、飛び降りるの。凄いのよ、わたし半年間で三人も殺しちゃった」

「そうか」

頭上で『小松行きのお客様は、みなさまご搭乗ください』とアナウンスが促した。

「時間みたいだから、行くね」

「あぁ」

夏威はうなずくが、キャスターを引いて行こうとする横顔に訊いた。

「あの、若菜。小松ってことは、月刀とは会うのか?」

「月刀君とは、ロケで行った時は、たまに会ったりするけど」

森崎若菜は、携帯を持つ仕草をした。

「今回は、何か大きな競技会があって、その準備で忙しいって。空港へも迎えに来られないかも知れないって」

「そうか」

「じゃ、行くね」

隣のゲートの小松行きは、出発直前だったらしい。係員に「お急ぎ下さい」と促され、白いシャツブラウスの背中は改札口へ消えて行く。

夏威は見送って、息をついた。

「――あいつは『月刀君』で、俺は『夏威さん』か……」

いや、昔からそうだったが――

夏威は目を伏せ、懐から携帯を出すと、画面を見た。ストックしてある無数の写真の中から一枚を指で選び、拡大した。古い写真だ。

剣道着姿の二人の少年が笑っている。どちらも坊主頭だ。二人の間に、小柄に見えるショートカットの少女。

唇を噛んだ。

（――同じ東京にいる俺が、手を出さずに我慢しているんだ。月刀、お前さっさと何とかしろ……）

小松基地　整備ハンガー

「――へくしっ」

水銀灯に照らされた格納庫の床で、機体を見上げていた月刀慧は鼻を押さえた。

「ちきしょう、羽毛が飛び散ってやがるせいかな。さっきからやたらくしゃみが――」

また鼻を押さえた。

金属音があちこちでする、小松基地の整備用ハンガー。ここは比較的重度の修理を必要とする機体が収容される、専用の格納庫だ。

隅にガラス張りの整備オフィスがあり、扉を開けて作業服の人影が出て来るところだ。ごま塩頭。痩《や》せて見えるが、背筋は刀のように伸びている。

「中島整備班長」

「おう、月刀一尉」

五十代後半の整備士は、片手を上げて会釈した。もう片方の腕に、プリントアウトした書類の束を抱えている。

「ここには、こいつの整備マニュアルが無いのでな。築城の整備隊から、電子ファイルで送ってもらったところだ」

「そうですか」

長身のパイロットは、整備士と並んでブルーグレーの機体を見上げた。

牽引され、さっきハンガーへ入れられたばかりだ。

F2A。鮫の口のようなエア・インテーク（空気取入口）が、機首下面に開いている。これはオリジナルの米国製F16と同じだ。

F2は、F16をベースに、日本で再設計された単発エンジンの戦闘機だ。機体サイズはイーグルよりも一回り小さい。垂直尾翼も中央に一枚だが、両主翼の下には大型のミサイルを懸架できる頑丈なパイロンが、二か所ずつある。

今、パイロットが降りた後のキャノピーが上方へ跳ね上げられ、整備員が薬剤と雑巾で風防に張り付いた血糊と羽毛を除去している。

あれでよく、前方が見えたな……。

月刀は濃い眉をひそめ、コクピットの様子を眺めた。

パイロットは、張り付いた羽根の隙間から前方を覗いて操縦したのか――？

「五十羽くらいと、いっぺんに衝突したらしいな」

横で、中島整備班長が言う。

「海面の上で餌をあさっていたカモメの群れと、出会い頭だったんだろう。こいつを飛ばしていたパイロットの凄いところは、群れよりも低く飛んでいたことだ。お陰で奇跡的に、エンジンのインテークには一羽も吸い込んでない」

「……そうですか」

「凄いと言うか、無茶と言うかだな。機体は全身に潮を浴びておる上に、血糊だらけ、羽毛だらけだ。俺たちで出来るところは今から作業するが、表面をクリーンにするくらいが精一杯だ」

「そうですか」

月刀は、格納庫へ出向いてきた用件を言った。

「班長。実はこの機体、来週からの戦競に使えそうなのかどうかと――競技会を運営する航空総隊から問い合わせて来ているんです」

「そりゃ何とも言えんなぁ」

整備班長は腕組みをした。

「築城の整備隊からも人が来てくれるが、メーカーにも応援を頼んだ。早ければ今夜中に岐阜から三菱の技師が来て、やられたセンサーとアンテナ類の交換をやる。だが機体そのものも怪しい、あちこち微妙にボコボコへこんでおる」

「へこむ――って、鳥に当たってへこむんですか？」

月刀は目を円くする。

海岸に面した小松基地では、Ｆ15もよく鳥に当たる事例を起こす。バードストライクは珍しくないのだが――

「イーグルとは造りが違うんだよ」

班長は苦笑して、機体を顎で指す。

「見た目はアメリカ製戦闘機だが、三菱が全面的に作り直したんだ。零戦《ゼロせん》の思想で作っているから、極限まで薄く、軽くしてある。前方からの衝撃にはまだ強いが、横方向からはいかん。整備士が脚立をちょっと強くぶつけただけで外板がへこんでしまう、と言われておる」

「…………」

「その代わり、対艦攻撃任務でミサイルを発射して、クリーン状態になった後のこいつは格闘戦に強いよ。翼面荷重は小さいし、軽いから推力の余裕が十分にある。おまけにフライバイワイヤで、ＣＣＶ機動をする。これでレーダーさえ優秀なら、世界第一級の制空戦闘機になれるんだが」

「じゃ、防弾とかは」

「防弾……？　はは」

初老の整備士は、軍手をした手のひらで機首の下面をポン、と叩いた。

「運動性が最大の防弾かな」

「………」

「〈バイパーゼロ〉とは、よく言ったもんだ。三菱は昔から、やることが全然変わっておらん」

月刀が絶句していると
「月刀一尉」
背中で、呼ぶ声がした。
漆沢美砂生は、陸自のレンジャー訓練でよほど声を張り上げたのか、以前に比べて声が少しハスキーになっている。呼ばれるとすぐに分かる。

「ここでしたか。捜しました」

「おう漆沢」

月刀は、飛行服姿で近寄って来る漆沢美砂生を見た。

昔、沖縄の離島で初めて見た時は、肌の白いＯＬだったが——

今では顔つきも違う。

「戦競に、リーダーで出るそうだな。頑張れよ」

「あのですね」

困ったことを訴える時、両目をクルッと一度回すところは前と変わっていない。

あの時。空自へ誘ったのは冗談だったのだが、当人は本気にして一般幹部候補生となり、もうすぐ階級では月刀を抜く。世の中では何が起きるか、分かったものではない。

「月刀さん。戦競のこと、前から決まっていたなら、どうして早く教えてくれなかったんです」

「だって言ったら、お前、嫌がるだろ」

「当たり前です」

きっ、と月刀を睨んだ。美人なのだが、不思議に色気を感じない。

「飛行班長にさせられただけでも、大変なのに」

「しょうがないだろう、早稲田の法学部なんか出るからだ」

　月刀は頭を掻いた。

「それにお前、訓練中はピンクカードも無しで、操縦の方も成績優秀じゃないか。大丈夫だ、やれるよ」

「そんな問題じゃ」

　漆沢美砂生は、ため息とも唸《うな》りともつかない声を出し、格納庫の空間をぐるりと見回した。

「何だかあたし、空幕にやたら買い被られているような気がするんですけど。気のせいでしょうか」

「上の方からの、ご指名らしいな」

「だってあたし、イーグルに乗って実質三年ですよ？」

「ほかの選手の連中も、みんなそんなものさ」

　月刀はうなずく。

「戦技競技会は、各飛行隊の若手ホープが、飛行教導隊の胸を借りる場だ。各隊のチームが教導隊と対戦して、スコアを競う。教導隊に勝てるなんて最初から誰も思ってない、いかに少ない損失でうまく負けるか——ってとこだな」

「月刀さん、それであたし、聞きたくて来たんですけど」

「ん」

「戦競って出たことあります？」

「あぁ、あるよ」

月刀は腕組みをして、天井を見上げた。

「千歳《ちとせ》にいた頃だ。もちろん、リーダーじゃなくて選手だったが——その時の教導隊の副隊長が鷲頭《わしず》さんで、終わってから千歳の呑み屋でこれだ」

「？」

「教導隊は、戦競で『これは』と思った選手を一本釣りするんだ。飛行教導隊の隊員は、これだけは腕がなければ絶対になれない。それも人事というものではなく、教導隊が目をつけたパイロットを一本釣りでスカウトするんだ。俺はその時、誘われてな」

「はぁ」

「鷲頭さんに誘われて、呑み屋で意気投合して、戦術論で盛り上がったところまではよかった。ところが些細《ささい》なことで喧嘩になってな」

「……はぁ」

「ま、その話はいいや」

月刀がまた頭を掻くと、飛行服の袖のポケットが振動した。

メールか。

飛行機が、予定通りに出たのか――

「あ、ちょっとすまん」

月刀は、けげんな顔をする美砂生に「すまん」と断り、携帯を出して画面を見た。思った通り、メールが入っている。発信者の名を確認し、袖ポケットに戻した。

若菜は『飛行機が出る前にメールする』と言っていた。小松の天候はよくないが、民間旅客機が着陸出来ないほどではない。羽田からの定期便は予定通りに出発したらしい。

「あのう、月刀さん」

漆沢美砂生は、月刀の顔を見上げて言った。

「戦競の話、もう少し詳しく教えてもらえませんか？　あの」

「ん」

「よかったら、今晩、ご飯でも」

「今夜か――あぁ、すまん」

月刀は、滑走路の反対側にある民航ターミナルの方を指した。

「実は、俺はこれから人を迎えに行って、今夜は金沢で飯を食わなきゃいけないんだ。すまん」

「はぁ」

「そうだ漆沢」

「は?」

「お前、ここに残って、中島整備班長からこのアホウドリの整備の見通しを聞いて、火浦さんに報告してくれないか」

「あたしが、ですか?」

「この機体を、来週の戦競で使うんだそうだ。これに乗ってきたパイロットも第七飛行隊の代表選手だ」

「え、でもあたし――」

「俺はちょっと出る、頼む」

小松基地　格納庫前

「何なのよ」

美砂生は、整備用ハンガーの前で、どんより曇った空の下に広がるフィールドを見渡した。

「もう――」

月刀慧は、美砂生に用事を押しつけると、早足でどこかへ行ってしまった。

民航ターミナルへ行く……？　どこかから、知り合いでも来るのか。

あのそわそわした態度、いつもの月刀には似つかわしくない。

しかたなく美砂生は、言われた通り、中島整備班長から修理の見通しを聞いた。

それによると。格納庫へ納まったF２の５２１号機――築城から飛んできた機体は、表面のクリーン・アップをしてみないと、外板の補修が必要かどうかは分からないと言う。外板の補修作業となると、ここでは出来ないので、メーカーの工場へ回航しなければならない。いずれにせよ、今夜にでもやって来る三菱の技師にも見てもらう必要がある――

それ以上は、格納庫にいても分かることはなかった。

司令部へ戻ることにした。

午後の訓練フライトはキャンセルになったが、飛行班長にはデスクワークが山ほどあるうえ、来週の戦競に向けての準備も始めなくてはならない。

「仕事、仕事――か」

美砂生は歩き出しながら、唇を噛んだ。

風谷君と黒羽は、どういうわけかくっついて仲良くしているし――

考えてみると。自分をこの世界――戦闘機パイロットの世界へ誘い込んだのは、二人の男だ。風谷修と、もう一人は月刀慧。

その二人が奇《く》しくも、現在は同じ飛行隊に所属し、同僚になっているわけなのだが。

(月刀さんのあのそわそわした態度……彼女かな、あれは)遠距離恋愛でも、しているのだろうか?

月刀のようにワイルドな感じの男は、美砂生の好みの範囲ではない。でも風谷も月刀もほかに相手がいるのかと思うと――

「あ～ぁ」

歩きながら、思わず声が出た。

「いいわよ、いいわよ。どうせあたしは独りで仕――」

「漆沢一尉」

格納庫を出たところで、呼び止められた。

振り向くと、見覚えのある地上勤務の幹部――総務課長の二佐だ。

「捜したよ。ここにいたか」

「はぁ」

「一尉、ちょっと頼みがある」

中年の二佐は、司令部棟の方を指した。

「実は、あのF2のパイロット――割鞘三尉なんだが。聴取は済んだが、機体があぁだから今日は築城へ帰れない」

「そのようですね」

「第八航空団に問い合わせたんだが、割鞘三尉は来週開催される戦競の選手になっているから、そのまま小松に居させてやって欲しいとのことだ。しかたないので、総務課で独身幹部宿舎の女子棟に空き部屋を確保した。悪いが一尉、これから当人を案内してやってくれないか。何せ女子棟だから」

二佐は、自分では案内出来ないから美砂生に「頼む」ということらしい。

「はぁ」

あの子……。

前がろくに見えないのに亜音速で海面を突っ走って来た。

戦競の選手だったのか。

割鞘忍、といったか。

「それから」二佐は続けた。「着替えとかそういうもの——当人は出来るだけ買うと言っているが、一尉が貸せるものは、貸してやってくれないか。一週間くらいの逗留《とうりゅう》にはなるだろうから、普段着とかだ。部屋は君の隣にしておいた。よろしく頼む」

「いいですけど。でもあの子——いえ、あの割鞘という三尉、背丈が違うからジーンズとかはちょっと無理ですよ」

「いいんだ、出来る範囲で助けてやってくれ。割鞘三尉の第七飛行隊は、ちょうど君たちのチームと組むことになるらしい。ま、合宿と言うか、そういうつもりで一つ」

4

小松市郊外
レストラン〈うさぎ翔ぶ海〉

夕刻。

日本海を見下ろす国道沿いに、海に突き出すようにして灯《あか》りをつけ、営業しているレストランがある。イタリア料理を出す店だ。夕日の眺めが評判で、風谷は前に沢渡有里香に誘われて数回訪れたことがあった。

皿の音があちこちでする、混み合った店内。木曜だったが満席に近い。

「――――」

風谷は、席で軽く咳払いした。

何か、しゃべれよ……。

鏡黒羽とさしむかいで食事をするのは、隊の幹部食堂での昼食を除けば、これが初めてだ。仕事以外の時間に、私服の黒羽と向き合うのも初めてのことだった。いや、向こうにとってもそうだ。

アンティパストの盛り合わせが運ばれてきたのだが、酒を飲むわけではないし、黒羽が何もしゃべらないので、皿の上の前菜が減らない。

今日は黒羽が車を出してくれたから、風谷が自分だけ飲むわけにもいかない（もともとそんなに強くはない）。

二人がけの席に向き合った鏡黒羽は、革のジャンパーに細身のジーンズ姿だ。ジャンパーの下は黒のTシャツだけだが、胸のボリュームはないので、少年のようなシルエットに見える。でも普段の鋭い眼光の両目は、なぜか伏せてしまって、料理を注文した後は風谷の方を見ないのだった。

「あの」

「あ」

向こうも、何かしゃべろうと思ったらしい。でも同時に口を開きかけたので、空中でかち合ってしまう。

「いや」

「うん」

「あの、鏡」

「何」

「新しくMSIP改修した機のマニュアル、読んだか」

「読んだ」

「そうか」


また、沈黙してしまう。

こいつ、自分で誘っておいて、何かしゃべれよ。

改修した機は、APG63が自動的に敵のECMをクリアしてくれるらしいな、とか会話の返しようはあるだろう——

昼休みに『独りだと恥ずかしくて食べられない』と口にして、夕食へ誘ったのは黒羽の方だ。しかし席に着くと、なぜかうつむいてしまって、しゃべらないのだった。

(なんだ)

風谷は、通路を挟んで斜め向かいのテーブルを見やって思った。

独りで食べに来ている女の子、いるじゃないか……。

二十代と思える女性客の背中が見える。二人がけのテーブルに独りで座っている。

黒羽と同じような革ジャンなので、目についたのだ。髪は少し長くて、肩まである。細い食前酒のグラスを横に、バインダー式の手帳のようなものを広げている。

風谷は目の前の黒羽に目を戻す。

でも。同じ編隊のパートナーとして組んで、もう半年だ。実戦なら生死を共にする間柄なのに、今夜までこうして仕事以外で会って話すことはなかった。

考えてみると、俺はこいつのことを何も知らない——

そうも思った。

黒羽が古い黒のＢＭＷを持っていることも、今日初めて知ったのだった。女子で航空学生を志望して入ったというのは、よほど戦闘機パイロットになることについて強い動機があったはずだが、そんなことも話していない。

「鏡」

「何」

「お前、どうしてパイロットになったんだ」

風谷が訊くと。

黒羽は猫のような目を一瞬上げ、風谷を見たがすぐうつむいた。

「……話すと」

「ああ」

「話すと、凄く長い」

「そうなのか」

「もっと、最初は簡単なことから、訊いて欲しい。たとえば」

「？」

「タバスコは要るか、とか」

黒羽はまた、ちらと目を上げた。

「かけたい」

「――あぁ、すまん」

風谷は手を上げて、店のスタッフにタバスコの瓶《びん》を持ってきてもらった。

鏡黒羽は、小瓶に入った赤い液体を、アンティパストの皿に盛られた白いチーズの上に振りかけ始めた。

風谷は驚いた。

「チーズに、タバスコかけるのか？」

「かけるのは、モッツァレラ・チーズだけだ。六本木にいたイタリア人が、こうして食べていた。真似ると美味《おい》しかった」

「そうか」

試してみよう。黒羽から小瓶を受け取る。

「風谷三尉」

「え」

「西日本海TVの記者の子とは、どうなった」

「えっ」

風谷は、手元が狂って生ハムにタバスコをかけてしまう。

「な、なんで」

「どうなったのか、と訊いている」


風谷は、目を見開いて黒羽を見返した。

「そ、そんなことなんで知っているんだ？」

「知っているから、知ってる」

黒羽はムスッ、として窓の外の海を見た。

もう夕暮れて暗い。

「わたしが知っていることを、あなたが知らないだけ」

「さ、沢渡とは、別に何でもないよ。あいつが基地へ取材に来て——東京で前に会ったことがあったから、それでこの店へ二、三度食事に来ただけさ」

「……………」

「もう、東京のキー局へスカウトされて行ったし。ここ半年、連絡もしていないよ」

「あなたの彼女ではないのか」

「違うよ」

「そう」

黒羽は白いチーズを口に入れた。

「ならいい」


また、黙ってもそもそと食べた。

ジリジリと鉄皿の焼ける音がして、ラザニアが運ばれてきた。

エプロンをしたスタッフが、大きな盆に鉄皿を三つ載せて運んできて、どうするのかと思うと、一つは斜め向かいの女性客へ出す（同じものを注文したらしい）。

黙って、フォークを取った。

「でも」

ふいに黒羽が、口を開いた。

「あなたはああいう、色白でクルクルしゃべって、かわいいタイプがいいのだろ」

「なんで、そんなこと思うんだ」

すると。

黒羽は窓の外を見やって、つぶやくように言った。

「整備員の栗栖友美《ゆみ》」

「え」

「あの子にまとわりつかれて、満更でもない顔をしてる」

「え？」

「いつもハーネス締めてもらう時、嬉しそうだ」

「そんなとこ」

見ていたのか……？

「見た」

「俺、そんな嬉しそうな顔」

「した」

黒羽はプッ、と頬を膨らますようにした。

「二番機で隣にいる。嫌でも見える」

「――」

「女子整備員にハーネス締めてもらって、にやけているパイロットが強いはずない」

「お、おい」

いい加減にしろよ、と思いながら睨むと。

黒羽は、我に返ったように瞬きをして、目を伏せた。

「――すまない」

「え」

「すまない。わたし今夜、どうかしてる」

沖縄本島・那覇市
那覇空港ターミナル

『――この熱帯性低気圧は、来週には台風となって九州へ接近する見込みです。南西諸島方面へも影響が出るでしょう』

那覇空港・国内線ターミナル。

乗り継ぎを待つ出発ロビーで、大型ＴＶが夕方のニュースを流している。

『次のニュースです。淵上臨時総理代行は、午後の閣議で、日中関係を根本的に改善するにはまず日本が領土問題の存在を認め、尖閣諸島の領有権をめぐる交渉の場を設けるべきと表明しました。これを受けて外務省では――』

画面では、黒ずんだ仏像のような顔の政治家がぶら下がり取材に応えている。細い眼は開いているのか閉じているのか。一片の笑いもなく、ぼそぼそ話している。

「なんか、遠くへ来ちゃったわね」

沢渡有里香は、ガラス張りのロビーの向こうに広がる夕景に目をやり、息をついた。日の沈む海の手前に、一本の滑走路。一機の双発旅客機が着陸し、スポットへ自走して来るのがシルエットになっている。

羽田を出たのは午後だったが――これからまた離島便に乗り継いで宮古島へ向かう、というか行かされる……。

「どうして総選挙を前にして、沖縄の船の上に」

「仕方ないかも知れません」

ベンチの隣で、道振カメラマンが言う。

「僕ら、ひょっとしたら現職総理のスキャンダルに繋がるかも知れないネタを、かぎ廻ったんです。どこかから報道局に圧力がかかって――」

今日の昼過ぎ、音響研究所から戻った直後のこと。

お台場の大八洲TV報道センターでは直属上司である〈ドラマティック・ハイヌーン〉のチーフディレクター・八巻が出迎え「お前らこれからすぐ沖縄へ行け」と言う。

どういうことなのか。

確かに、ＩＣレコーダーは盗まれ、〈タイタン事件〉の真相に迫る取材はいったん道を絶たれた。しかしこの先、政権交代が再び起きるかも知れないドラマティックな衆・参ダブル選挙が待ち受けている。

この時期に、海洋調査船なんかに一か月……!?

だが
報道局長命令だ、と八巻は言う。

「いやおそらく、報道局長よりもずっと『上』からの指示――あの局長が大事な噛ませ犬を手放さなくてはならないほどの、圧力がかかったんだ。だからお前らをいったんは南西諸島の海洋調査船へ送り込まなくてはならない。だがな沢渡――」

八巻の言葉を、有里香は頬杖をついて思い出す。

「局長は、お前を『調査船〈ふゆしま〉へ送り込め』と命じた。つまり一度船にさえ乗れば、その後お前が波にさらわれようと行方不明になろうと、誰も文句は言わん」

「チーフ、あいかわらず無茶言うなぁ」

有里香はつぶやいた。

八巻は、仕方ないから一度調査船には乗って見せろ、でもその後で何とかして脱出して東京へ戻って来い、と言う。

しかし渡された資料を見ると。

海洋調査船〈ふゆしま〉が現在活動中の位置は、宮古島の遥か北西、東シナ海の日中中間線に近い海域だ。大海の真ん中――一番近い宮古島へ数百キロある。宮古島から海保のヘリ便が一日おきに出ていて、明日便乗させてもらう手配になっている。

そんなところから、どうやって『脱出』するんだ。泳いで戻れとでも……？

「……ねぇ道振君」

有里香は小声で、つぶやくように言った。

「フケよう、やっぱりここから」

「えっ」

道振は、出発ロビーを見回した。

東京行きや、関西・九州方面へ出発する便もある。搭乗を待つ人々で、ロビーのベンチはほぼ埋まっている。土産物《みやげ》の店舗も並んでいて賑やかだ。

「ここからフケる――って」

「だって調査船まで行かされたら、簡単に帰れない。何とかしてここから出て、おもてでチケット買い直して、とんぼ返りで東京へ戻ろう」

「戻るって、カメラとか機材は、もう宮古島まで通しで預けさせられて」

「そんなのいい。あんな奴らの」

有里香は、大型ＴＶを横目で見やった。

画面は、黒ずんだ顔の政治家のアップの下にテロップ。『主民党政権として、中国との間に領土問題が存在することをまず認め、その上でわが国の立場を明らかにしていく』

「あんな奴らの、思いどおりにされてたまるか」

「でもどうやって、外へ出るんですか。もう手荷物検査場を通過してしまったし、経路を逆流は出来ないですよ？」

「これ」

有里香は肩に下げたバッグから、何かつまみ出して見せた。〈報道〉の腕章だ。

「これをつけて、あそこから」

有里香の目は、土産物屋の横を指す。壁に〈職員通路〉と表示された扉がある。『関係者以外立入禁止』の文字。

「え――？」

「何とかして、外へ出よう。東京行きの最終便、まだ間に合――」

だが言いながら立とうとした時。

「沢渡記者と道振カメラマンですな」

頭の後ろで、声がした。

（……!?）

振り向くと。

細い眼の中年の男が、ポケットに手を入れて立っている。かりゆしというのか、アロハ風の半袖シャツに、首から写真付き身分証を下げている。

「はじめまして沢渡さん。私、那覇支局総務課長の渡島《としま》です」男は会釈した。「どういうわけか東京本社の報道局長から、あなた方二人が宮古島行きに乗られるのを確実に見届けて報告しろって。そう指示されましてね。こうして報道パスで中へ」

「………」

「やぁ、会えて良かった。ははは」

大八洲ＴＶの、系列支局の人か。

「大事な取材に行かれるから、見送りの指示ですかね。まぁ、どうぞおかけ下さい」あと十分で搭乗ですから、と総務課長は促した。

立ち上がりかけた有里香と道振は、しかたなくベンチに腰を下ろす。

「暑くなってきましたなぁ、ははは」

総務課長は笑って、扇子を取り出すとぱたぱた扇いだ。

まずい。

有里香は唇を噛む。

ここで姿をくらましたら、報告されてしまう。

宮古島までは、行くしかないか。

「あぁ、宮古島でも、うちの支所の総務係長があなた方を出迎えますからご心配なく。明日の海保のヘリ便に乗られるまで、見届けるよう指示が出ています」

「そ。それは」

有里香は息をついた。

「安心だわ」


「いや、レアアースがあるらしいって言うじゃないですか」

総務課長は、扇子を動かしながら笑った。

「あの辺りの海底に。さすがは日本が誇る潜水艇〈わだつみ６５００〉だ。よく見つけてくれましたな、はは」

「――――」

「――――」

「南西諸島の海底からレアアースが採れるようになれば、我が沖縄経済も活気づきます。今だって結構、頑張ってはいるんですよ。ほらご覧なさい」

総務課長はベンチから、扇子でロビーの外を指した。

夕暮れの滑走路。

（……？）

何だろう。

「ちょうど降りてきます。ムリヤです」

「……え？」

見ると。

巨大な翼のシルエットが、赤と緑の航行灯をつけて舞い降りるところだ。大きい。ずらり縦に並んだ主車輪が、ちょうど有里香の正面で煙を上げ、のっぺりした機首が下がって接地する。グォオオッ、と逆噴射の轟音《ごうおん》。

何だあの飛行機……？　目で追って驚いた。高翼式の主翼には円いエンジンが片側三つ——合計六発も吊り下げられている。垂直尾翼も左右に二枚。

「大きいでしょう、ムリヤという世界最大の輸送機です。ロシア製で、地球上に二機しかないらしい。そのうち一機を中国の貨物航空会社が運航しているんです」

「中国の輸送機ですか」

道振が訊く。

「さよう」総務課長は、閉じた扇子でどこか後ろの方を指した。「那覇郊外に中国企業の工場がありましてね。大陸から半完成の部品を、あれで大量に運んで来ます。主にコンピユータや電子機器ですな。それをここの工場で最終組立てして、つまり最後の螺子《ねじ》を一本しめて〈MADE　IN　JAPAN〉で売るんです。ははは」

「え、それって」

「いや、違法じゃないですよ。最終組立ては日本国内でやっているんだから。沖縄は、このビジネスモデルに適した立地でしてね。自社の製品を〈MADE　IN　JAPAN〉にしたい中国企業が、今どんどん進出して来てくれている。中国人相手の店も繁盛している。これからは米軍よりも中国人相手の商売だね」

「…………」

「…………」

「日本からの輸出品も多いですよ。ここの貨物ターミナルに全国から集荷しましてね。あのムリヤで大陸へ運んで行きます。高級食材とかは、あちらの富裕層や共産党幹部向けですな。他にもいろんなものを積んで行きます。この間なんか、遠赤外線腹巻きの素材をムリヤ一杯、山ほど積んで行った」

「遠赤外線――?」

「腹巻きですよ。遠赤腹巻き。よくTVショッピングで売ってるやつです。中国の奥地は寒いらしい、ははは」

有里香はしかたなく相づちを打ちながら、ロビーの〈宮古島行き〉の標示板を見た。

すでにボーイング737が、搭乗橋に機首をつけている。搭乗開始時刻まで五分。

どうしよう。

雷鳴のような爆音が轟《とどろ》いて、有里香は外の滑走路へ注意を戻した。

ムリヤが滑走路を出るのを待ちかねていたように、二つの鋭いシルエットがオレンジの焰《ほのお》を曳いて滑走し、急角度で舞い上がった。

(F15だ)

目で追う。

二機編隊か――

「ここは、自衛隊も共用なんですね」

道振が言う。

「空自のイーグルか。訓練かな」

「あれはスクランブルよ。バーナー炊いてた」

「空自だけではなく、海自もここがベースですよ」

渡島総務課長は滑走路の一方を指した。

「あっちが空自と海自のエプロンになっています。那覇基地です。滑走路脇のあんな狭いところに、F15とP3C哨戒機《しょうかいき》がぎっしり同居しているんですよ」

「スクランブル、多いんですか」

有里香が訊くと。

「多いですね」渡島はうなずく。「最近は、中国の海洋監視船だけじゃなくて監視航空機も尖閣へやって来るらしい。多い時は日に何度もスクランブルが出て行きますよ。迷惑な話でね、前の〈漁船衝突事件〉あたりからやたら多くなった」

「あの」

有里香は立ち上がった。

バッグを肩にかけ、ロビーの化粧室の表示を指した。

「搭乗前に、ちょっと行ってきます」


有里香は土産物を眺める観光客の間を抜け、化粧室の入口をくぐった。中へは入らず、身を隠した状態でロビーを振り返った。

搭乗開始時刻まで、あと三分。

宮古島行きも乗客は多いのか。ゲートの改札機の前に、もう列が出来ている。

（――――）

有里香は壁に背をつけて、目をつぶった。

どうする。

やっぱり、何とかしてフケよう――

ここを脱出して、東京へ戻ろう。何とかして、そうする。

先月、私を蹴飛ばして官邸の会見場から追い出したあの連中――主権在民党が、衆参ダブル選挙で間もなく国民の審判を受ける。

有里香は思った。

有権者に、正しい判断をしてもらうため、私は出来るかぎり主民党の連中のありのままの姿を報道して伝えるのだ――咲山総理が雲隠れして、いったんは止まっているが、外国人参政権を成立させて国内に住む外国人に投票させせようとする主民党の意志は変わっていないだろう。ところがなぜか、ＮＨＫをはじめ民放他社もそのことを報道しない。先月の官邸での会見でも、そのことについて質問をしたのは私一人だった。質問した途端、党員らしき連中に蹴飛ばされて追い出された……。

（真実を、国民に伝えるんだ。レアアースも潜水艇も、ほかに何もなければいい取材かも知れない。でも私は戻って、あの淵上臨時総理代行に噛み付くんだ……いったいあんたは誰の許しを得て、勝手に国政の舵取りを始めた――!?）

肩で息をした。

でも……。ここで姿をくらませば、あの総務課長は報道局長へ報告するだろう。宮古島まで行ってからフケても同じこと。向こうの総務係長に報告される。八巻チーフは庇《かば》ってくれるだろうが、局長へ『逃げた』と直接言いつけられたら、もう大八洲TVの報道局には居られないかも知れない……。そうなったら私はフリーに転じて、よその局へ売り込むか、記事を書く仕事に替わるしかない。

道振君はどうする。せっかく石川県の地方U局から、東京のキー局へ転職出来たのだ。私の信念みたいなものの道連れには出来ない。いくら相棒と言ったって――

「はぁ、はぁ。決断するのに、時間がなさ過ぎるよ」

あと二分。

背中で、雷鳴のような爆音がまた轟いた。もう一編隊、スクランブルに上がって行ったのか。

有里香は、肩からかけたバッグに手を入れ、腕章を取り出そうとした。行くなら、一人で行くんだ。職員通路から外へ脱出して――そう思った時、バッグの中で冷たく平たい物が指に触れた。

携帯だ。思わず、握って取り出していた。

(――――)

待ち受けの画面。飛び立つ一機のF15の写真がある。前に小松基地で撮った一枚だ。

その機を操縦しているのは……。

もう、半年も電話していない。向こうからは、かかって来ないし――

「はぁ、はぁ」

有里香は息をつきながら、反射的に通話のアイコンを親指で押していた。

お願い風谷さん、私に一言『頑張れ』って言って。贅沢《ぜいたく》は言わない、誰かに背中を押されたい、お願いだから、出て。

5

小松市郊外
レストラン〈うさぎ翔ぶ海〉

「そういえば、今日飛んで来たF２だけど」

風谷は話題を変えた。

午前中、黒羽と共にエスコートして小松へ着陸させた青い戦闘機を思い出して話した。バードストライクを受けながら、海面を擦《す》るような超低空で飛んでいた――

「凄いやつだった。横の位置から見たが、風防が羽毛で真っ白だった。はりついた羽根の隙間から水平線を見て操縦したのかな」

「――」

黒羽は、頬杖をつくと窓の外を見た。

もう日が暮れて夜の海だ。

「――凄くない」

「え」

「わたしだって、あのくらいは低く飛べる。問題は」

黒羽はフォークを、ラザニアの表面に刺した。

「あのF2は多数の鳥と衝突して、無線のアンテナも、おそらくTEWSのアンテナも駄目になっていた。呼びかけに応えない。わたしたちが後ろ上方から接近したことも気づいていたかどうか」

「俺の方を、ヘルメットが向いたから気づいたと思う」

風谷は思い出して言う。

「バイザーで顔は見えなかったが」

「死ぬ覚悟だったということだ」

「?」

「後方を警戒する手段を失っても、超低空を突進し続けるのは『死んでも構わない』ということだ。生還するためにはミッションをキャンセルして、避退《ひたい》するのが本当だ。高度を上げて、上昇旋回で後方をスイープする。レドームの中のレーダーだけは鳥が当たっても平気なはずだ」

黒羽は、飛行隊でデブリーフィングする時の表情になって、手のひらで上昇旋回を表現しながら言った。

「わたしは、戦闘機パイロットはそうやって生還しなければいけないと思う。対艦ミサイルを撃ち放した直後に死んでも構わないから突入を続ける、という考えには共感出来ない。生きて帰らなければ――ある日突然ノートが真っ白になる、あれはちょっと」

「……？」

「ある日突然『死んだ』と知らせが届く。突然、そう言われる。それも」

言いかけ、黒羽は唇を噛んだ。

風谷は、どうしたのだろう――？　と思った。

黒羽はどうしたのだろう。フライト後のブリーフィングの時のような、理路整然とした語り口になったと思えば、ふいに口をつぐんでうつむいてしまう。

「――それもたまらない」

「どうした鏡」

ガチャン、と音がしたのはその時だった。

人の倒れるような気配に驚いて目を上げると、斜め向かいの席だ。革ジャンを羽織った小柄な女性客が、テーブルに突っ伏している。

「ど、どうした」

店のスタッフはどこかで接客中か、やって来ない。風谷はそれを察知すると、立ち上がって女性客の肩に手をかけ、助け起こした。

「君、大丈夫か」

くかー、くかー
白い顔に、食べ終えたラザニアの皿の形に赤いソースがついている。テーブルの上に細いグラスが転がっている。

（……寝てる？）

助け起こして、驚いた。

白い、小作りな人形のように整った顔だ。その頬に赤いソースがついている。

くかー、くかー
風谷に肩を抱き起こされても、唇を半分開けて寝息を立てている。

黒羽が後から立ち上がって、テーブルの空《から》のグラスを取るとくんくん嗅いだ。

「キール一杯でつぶれてる」

女の子一人で、食べに来ている客もいるじゃないか。

さっき、この背中を見てそう思った。黒羽と同じような革ジャンにジーンズだが、顔を見ると『お嬢様』だ。不良っぽい感じはしない。

「息はしてる。寝ているだけか」

驚かしてくれる……。

食べながら、寝てしまったのか……?

見ると、買い物の帰りに食事に寄ったという感じだ。

テーブルの足下に、ユニクロの大きな紙袋が二つ。一つはテープで口を留めてあったが、もう一つの袋は開いていて、折り畳んだオリーブ・グリーンの布地が見えていた。ワッペンが縫いつけられている。

「……?」

これは。

飛行服……!?

はっ、としてテーブルの上を見ると。卓上に広げていたのは小型のバインダー・ノートだった。何かのコピーの上に、びっしりと蛍光ボールペンで書き込みがしてある。

黒羽が手に取った。

「──ASM2対艦ミサイル運用マニュアル、の縮小コピーだ」

「え」

思わず、黒羽と顔を見合わせた。

店のスタッフが「どうしました」と走って来るのを、黒羽が「いいです」と応えた。

「知り合いです。疲れて、寝てしまったらしい」

「君」

風谷は抱き起こした小柄な上半身を椅子にもたれさせ、白い顔をあらためて見た。自分より三つか四つ、年下か——

くかー、くかー、と寝息。

テーブルの下の紙袋と、目を閉じた顔。

「——まさか」

飛行服に、対艦ミサイルって……。

「でも、そうだ」

黒羽が足下の紙袋を取って、開いている口を広げて見せた。

「このワッペン」

オリーブグリーンの飛行服。おそらく、店で服を買って、そこで脱いで着替えたか。

袖に縫いつけられた刺繍《ししゅう》のワッペンが見える。絵柄は、青い戦闘機のシルエットの上に数字の0。

その周囲に〈The 7th SQ F2A TSUIKI〉の文字。

「築城──」

「いま小松へ来ているF2は、あれ一機だ」

「この子が、あのF2の？」

「たぶん」

黒羽はうなずく。

「…………」

風谷は絶句する。

知り合い──には違いないか……。この子が、あのF2のパイロットだとしたら。

あの青い機体のコクピットにいた人影。

顔は見なかったし交信も出来なかったが、洋上から小松の滑走路までつき添って飛んだのだ。無線は通じなかったが、いくら横で『高度を上げろ』と手で示しても、頑として上昇しない。いったいどんな奴かと思っていたが──

手を離すと、白い顔は寝息を立てたまま椅子の上にこてん、と横になってしまう。

「ど、どうする」

「起こせばいい。こんなところで寝かせたら、店に迷惑がかかる」

それはそうだ。

風谷は小柄な両肩を摑むと、抱き起こして「おい君」と揺さぶった。

「起きろ。大丈夫か」

くかー、くかー
「思い切りどやしつけるか、水をかければいい」

「そんなこと」

「酔っ払いには、こうするのが一番だ」

「お、おい」

黒羽が本当に自分のテーブルから水のグラスを取ったので、風谷は目を剝いた。

「よせ」

「こいつは、あのＦ２のパイロットだ」

「確かに面倒はかけさせられたけど、だからって」


「上着を持ってくれ」

風谷は、黒羽に頼むと、小柄な革ジャン姿を横抱きに抱き上げた。

「俺が車まで運ぶ。連れて帰ろう」

航法訓練で飛ばして来たＦ２が、修理が必要になり、築城へ帰れなくなったのか。

こういうとき帰れなくなったパイロットは、飛行先の基地内に宿舎を提供してもらい、泊まるのが普通だ。

「そんなやつ、わたしの車に乗せるのか」

「だって、しょうがないだろう」

風谷は、黒羽に自分の上着を持ってくれるよう頼んだ。

「俺の上着のポケットに財布があるから。支払いもしてくれ、この子も分も」

レストラン前　駐車場

「――――」

鏡黒羽は、風谷のジャケットと、服の入った紙袋二つを持たされ、店を出た。

波の音。日は暮れて、夜の水平線に漁火《いさりび》が瞬《またた》いている。

風谷修が前を歩く。F2乗りらしい女子パイロットを横抱きにして、歩いて行く。せめておぶればいいと思うが、風谷の起こし方が生ぬるいので、起きない。仕方がない。

もう八年前、女子高生時代に遊び場の六本木で酔っ払いをたくさん見た黒羽には、酔い潰《つぶ》れる奴は自己責任という認識がある。見捨てずに水をかけて起こしてやるのは、親切のうちだ。

あいつは優しいな。誰にでも……

ふと、別の男の面差しが浮かび、黒羽は歩きながら一瞬目を閉じた。

（あの人もそうだった……初めて会ったのは夜の六本木で――）

ブーン

右腕にかけた上着の中で、何か振動した。携帯のようだ。

風谷の携帯にメールでも着信したか。

いや、ブーン、ブーンと繰り返し振動している。通話がかかっている。

「風――」

呼んでやろうとした時。

風谷の抱えている女子パイロットが「けほっ」と咳《せ》き込んだ。

「大丈夫か」

風谷は立ち止まると、駐車場に停めた黒羽のＢＭＷの手前で、女子パイロットを地面へ下ろした。肩を抱いて、背中をさするようにした。

「けほっ、けほ」

黒羽は、介抱される白い横顔を見やって、唇を結んだ。

何なんだこいつ、まるで無防備じゃないか。

ブーン

上着の中で携帯が振動し続けている。結構しつこく呼び出している。うるさい——いや

ひょっとしたら、風谷の親族にでも緊急の事態が生じたのか。念の為《ため》、わたしが代わりに

出てやろう……。

黒羽は上着の内ポケットを探って、平たい携帯を掴み出した。暗がりで、着信を知らせ

る画面が光っている。発信者の名が浮き出ている。『沢渡有里香』。

（……）

黒羽は一瞥《いちべつ》して、息をつくとそのまま携帯を戻そうとした。

だが

「君、大丈夫か」

風谷の介抱する腕の中で、白い横顔が目を開くと「ふぁわ？」と甘い声を出した。

「す、すいませぇん、私寝ちゃって」

「大丈夫？　築城のF2の人か」

「えっ」

「…………」

黒羽は唇を結ぶと、白い横顔を睨んだ。手の中で震える携帯も睨んだ。おもむろに指で

『通話』のアイコンを押した。

『――風谷さん!?』

「はい。風谷修の携帯ですが」

低い声で応えると、かけて来た相手が一瞬、息を呑むのが分かった。

『あ、あのう風谷さんは』

「彼なら今」黒羽はちらと、目の前を見やって言った。「そこで可愛い子といちゃついています。後にした方がいい」

相手の驚く声を最後まで聞かず、黒羽は携帯を切ってしまう。

沖縄　本島
那覇空港・国内線ターミナル

「――――」

沢渡有里香は、化粧室入口の壁に背をつけたまま、耳から離した携帯を見た。

今の声。

いったい、何なの……。

出発ロビーの空間のざわめきが、耳に入って来なくなった。

すがるような思いで、半年ぶりに電話したのに――

（……いちゃついてる――って）

誰だったのだ、出たのは。

携帯の面に、時刻が浮かぶ。宮古島行きの搭乗開始まであと一分。

「沢渡さん」

ふいに横から呼ばれ、有里香は瞬きした。

別の女の声。

見ると、切れ長の目をした同い年くらいの女の子が、すぐそばで有里香を見ていた。

気づかなかった。

白いシャツブラウスに、ピンクのカーディガン。ほっそりした上半身だ。

「――あなた……」

見覚えがある。

「……番組の、タイムキーパーの？」

「はい、北鐘《きたかね》です」女の子はうなずいた。「よかった、見つけられて」

「？」

いつの間に横にいたのだろう。

そうだ、この子は――大八洲ＴＶの報道部へ来ている外部スタッフのタイムキーパー、つまり進行係だ。

首から顔写真付きの身分証を下げている。その名が目に入る。北鐘砂織《さおり》。そうか、そういう名前だったか。

〈ドラマティック・ハイヌーン〉のオンエアの時、タイムキーパーは副調整室に詰めて進行をする。報道記者の有里香はあまり話す機会がないが、顔だけは知っている。いつもストップウォッチを首から下げ、進行表のボードを手にしている。

しかし
「あなた、なぜ――」

「しっ」

北鐘砂織は切れ長の目を細め、人差し指を唇に当てた。

細身なので、狐《きつね》のような印象がある。

「沢渡さん、そこの職員通路からフケるつもりですね？」

「えっ」

「しっ。驚かなくていいです、私は味方ですから」

「？」

「八巻チーフから密命を受けて、沢渡さんの便のすぐ次の那覇行きに乗ったんです。間に合ってよかった。私が今から、身代わりになります」

「え？」

わたしの……？　という意味で有里香が自分を指すと。

「はい」北鐘砂織はうなずいた。「道振さんの身代わりも連れて来ています」

北鐘砂織が小さく一方を指すと、土産物店の前にデニムの上下の若い男が立っている。

見たことのない顔だ。

「彼は外部のカメラマンですが、信用できます」

「あなたたちが、わたしと道振君の『身代わり』に……？」

「そうです」

北鐘砂織はうなずいた。

どういうことだ。

八巻チーフの密命……？

見れば、似たような年格好の二人だ。そうか──彼らが替え玉になって、代わりに海洋調査船へ行ってくれるというのか。

入れ替わって、自分は東京へ戻れるのか。

（さすがチーフ、考えてくれる……）

少し元気が出て来た。

「いいですか沢渡さん」

「搭乗開始のアナウンスが流れたら」北鐘砂織は番組のオンエアの時のように、手際よい早口で説明した。「あそこの彼が携帯で、あの総務課長を呼び出してゲートから引き離します。那覇支局の総務課長に局長から指示が下ったと知って、八巻さんが番号を調べたんです。注意をそらした隙に、お二人と私たちが入れ替わって宮古島行きに乗ります。搭乗券を下さい。それから身分証のパスを」

北鐘砂織は、首から下げている身分証を外して、有里香に差し出した。

「身分証——そうか」

有里香もうなずき、自分のバッグから顔写真付きのパスを出す。

身分証は、大八洲TVの目玉のロゴが目立つ。写真はついているが、小さいから、手に取ってしげしげ見比べないかぎり顔の違いなんて分かりはすまい。宮古島支所の総務係長は、有里香の顔なんて知るはずがない。

砂織のパスと取り替え、首に掛ける。宮古島行きの搭乗券も手渡す。

「沢渡さん、私たちはこのパスで出発ロビーへ入って来ています。そこの職員通路のドアを開けると階段があって、下の構内道路へ出られます。検問所を通れば、ターミナルの外です」

分かった、と有里香はうなずく。

「ありがとう。でもあなた、いいの？」

一度調査船に乗船したら、一か月くらい帰れないかも知れない。

「私はタイムキーパーをしていますけど、本来は記者志望です。八巻さんもそれを知っていてくれて。願ってもないチャンスなんです」

「そう」

「急いで下さい。次の東京行きのチェックイン締め切りまで、あと十分です」

那覇空港ターミナル　職員専用階段

カンカンカンッ
一分後。
段取りは、うまく行った。搭乗開始を告げるアナウンスと共に総務課長の上着で携帯が振動した。電話を取った渡島は、何か急を要する問い合わせでもされたのか「えーと、ちょっと待って下さいよ」と手帳を取り出して調べ始めた。
うまいタイミングだ。有里香が「じゃ、わたしたち行きますから」と告げると、渡島は片手を挙げて会釈だけをした。それから「ちょっと待って下さい」と携帯に告げ、電話を脇に挟んで手帳のページを細かく繰り始めた。

宮古島行きは、満席に近いらしい。ゲートをくぐる行列の中で、東京から来た二人と入れ替わった。道振は戸惑ったが、有里香が搭乗券をもぎ取ってデニム姿の青年に手渡し、肘《ひじ》を引っ張って列から外れると取りあえずついて来た。

「ど、どういうことなんです!?」

〈報道〉の腕章をつけて職員通路のドアへ飛び込むと、言われた通りに鉄製の螺旋《らせん》階段がある。有里香に続いて駆け降りながら道振が驚いた声を出す。

「八巻チーフが、あの通り、替え玉を手配してくれた」

「か、替え玉?」

「これで東京へ帰れるっ」

階段を降り切ると、鉄製の扉があった。

これで、空港の構内道路へ出るのか。有里香は鉄扉のハンドルに飛びつくと、引き上げて、押した。次の東京行きのチェックインの締切りが迫っている。

ギギギ、と重たい鉄扉を押し開く。

外の空間へ出た。夜風の中に、旅客機のエンジン音。広大な駐機場の端だ。

手荷物コンテナを芋虫《いもむし》のように繋いで、小型のトラクターが目の前を通過する。

(ターミナルの外へ出る検問所は、どっちだ……?)

道路へ出て、左右を見渡す。すぐ前に、場内作業用の車か、白いバンが一台とまっている。

「あっちだ」

有里香は左の方を指す。

「遮断機が見える。道振君、検問所はあっち――」

だがその時。

頭の後ろで、風が吹くような気配がしたと思うと
ガツッ
「う」

後頭部に衝撃を受けた。な、何だ……!?　考える暇もなく、有里香は身体がふわっ、と浮き、前のめりに倒れながら意識を失ってしまった。

東京　府中
総隊司令部・中央指揮所

「アンノン、針路を変えます」

南西セクター担当の管制官が、振り向いて報告した。

「一八〇度回頭、北西へ変針。我が方の防空識別圏から出ます」

「ううむ」

先任指令官席から立ち上がり、正面スクリーンを仰いでいた葵一彦は、腕組みをしたまま唸った。

南西諸島を拡大させたスクリーンでは、斜め左上——北西の大陸の方角から接近していたオレンジの三角形が五つ、それぞれクルリと向きを変え、来た方へ戻って行く。緑の三角形が四つ、画面の右下から上がって来ている。

「アンノン五機か。今日は多かったな」

「こちらがスクランブルをかけ、アラート機を指向させると、ああやって引き揚げて行きます。ボクシングでジャブを食ってる感じですね」

隣で情報担当官が言う。

「挑発しているつもりかな」

「中国、だろうな」

「それ以外に、あっちの方角から来るアンノンはいませんよ」

アンノン——日本の領域へ接近して来る国籍不明機は、スクランブル発進した戦闘機が目視で確認し報告をするまで、どこの国のものかは断定出来ない。勝手に断定してもいけない。しかし、北西方向から沖縄県の南西諸島へ近づいて来るものは、中国機以外にはあり得なかった。

「ふう」

葵は先任席にどさりと腰を下ろすと、息をついた。

「ロシアだったら、単機で電子情報の収集とか、だいたい行動は読めるんだが。中国のは数も行動パターンも毎回違う。将棋の対局で、盤面の向こうから探りを入れられてる感じだ。気に食わねぇ」

「神経戦ですね」

「おまけに、宮古島からある程度離れてしまうと――特に尖閣の北側では一〇〇フィート以下に降りられたらレーダーが探知出来ない」葵は紙コップのコーヒーを呑んだ。すっかり冷めてしまっている。「今のところ、虎の子のＥ７６７を二機張り付けて、二十四時間警戒してはいるが」

正面スクリーンでは、拡大モードは解除され、通常の日本列島全体を映す画像に戻っている。黒地にピンク色に浮かび上がる巨大な列島の姿が龍のようだとすれば、南西諸島はその尾にあたる。

「そのＥ７６７なんですが」

情報官が、クリップボードを持ち上げて言った。

「実は、先ほど連絡があり、二機のうち一機を引き揚げさせるそうです」

「何?」

「週末の、航空自衛隊観閲式に出すんだそうです。防衛大臣命令です」


「本当ですか」

葵よりも先に、反対側の席から気象担当官が声を上げた。

「困ります。フィリピンに発生した熱帯性低気圧が、発達しながら北上中です。週明けにも九州へ近づく針路ですから、南西諸島も影響を受けます」

「台風になるのか?」

葵が訊くと、気象担当官はうなずく。

「沖縄へ直撃はしませんが、かなり雲は多くなります。早期警戒管制機の支援が十分でないと、スクランブル機を発進させても、目視でアンノンが発見しにくくなります」

6

小松基地
飛行隊作戦室

翌朝。

第四飛行班メンバー全員に臨時召集をかけた美砂生は、入室するなり思った。

（――あれ？）

変だな……。

金曜の朝、午前八時。

通常なら、小松基地に所属のパイロットでフライトの予定を持つ者は、オペレーションルームで気象班からウェザー・ブリーフィングを受ける時刻だ。その日の気象概況を説明してもらい、フライトの準備に入る。

しかし漆沢美砂生は、早めに出勤すると自分の受け持ち班の全員に『臨時ミーティングのため集合』と指示を出した。班員のパイロットたちに、知らせることがあった。

ファイルを手に、前日と同様に班員たちが待つ作戦室へ入る。

福士正道が「起立、礼」と号令をかける、そこまでは同じだったが。

（――あの二人、ずいぶん離れてる……？　ま、どうでもいいけど）

美砂生が目に感じた違和感は、昨日からの変化だ。

風谷修と、鏡黒羽の席が今朝はずいぶん離れている。風谷は前日と同じような席だが、鏡黒羽は端の方にいて、腕組みしてあっちの方を見ているのだった。

「どうした、漆沢」

続いて入室してきた火浦が、『着席』を号令しない美砂生の横顔を覗き込んだ。

「あ、いえ」美砂生は頭を振る。「失礼しました。みんな着席」


今朝は千銘も含め、第四飛行班の全員が集合していた。

「よし、全員いるな」

火浦が、席に着く若いパイロットたちを黒サングラスで見渡した。

「今朝は伝達事項があるので、こうして皆に集まってもらった。ほかでもない、来週行われる戦技競技会の選手が決定した」

ざわっ
十数名のパイロットたちの視線が、集中する。

最前列の菅野一朗が、ぐいと乗り出した。

うわ、そういう目で見ないでよ――

心の中でのけぞりそうになるのを、こらえる。この自分に大役がこなせるのかどうか、その心配だけで美砂生はあまり眠れていない。

「今年は」

火浦が言葉を続けた。

「奇しくも、この第四飛行班から四名が選ばれた。班長から発表してもらう。頼む」

「は、はい」

火浦のサングラスに促され、美砂生は手元のファイルを開いた。

自分の顔に視線が集中するのが分かる。

「発表します。呼ばれた者は、立つように。選手は次の者。菅野一朗三尉」

「はいっ」

がたっ、と椅子を蹴るようにして大男が立ち上がる。

ま、こいつは頑張って取り組んでくれるだろう。

問題は次の二人。

「風谷修三尉」

「え――!?　は、はい」

元美少年が、戸惑う顔で立ち上がる。

「鏡黒羽三尉」

「――――」

鏡黒羽は、無言で立ち上がった（何か機嫌でもわるいのか）。

「リーダーは私、漆沢一尉。以上四名です」美砂生は立ち上がったメンバーを見回して、告げた。「担当ポジションは私が一番機。風谷三尉と鏡三尉で三番機・四番機。菅野三尉は私の僚機に。出場選手に選ばれたあなたたちと私は、週末返上で事前訓練に入ります。悪いけど休み無しで出て来て。いいわね？」

「はいっ」

「は、はい」

「――――」

ぱち、ぱち
立ち上がった三人に向け、まず福士が拍手をすると、全員が続いて手を叩いた。

「頑張れよ」

「隊の名誉がかかっているぞ」

「教導隊に負けるなよっ」

大男の菅野が「どうも、どうもっ」と満面の笑みで会釈する横で、立たされた風谷修は信じられないような顔をしている。端の方では、鏡黒羽が『ま、わたしなら当然ですけど』とでも言うような表情であっちを見ている。

どうしたんだろう。他人の心配をしている余裕はないが、鏡黒羽の態度が明らかに昨日と違う。

（まるで昔のひねくれ具合に戻った……？）何かあったのか。

選手に選んだ以上、一生懸命やってもらわないと困る。

教導隊には勝てないにしても。情けなくボロ負けしたら、来週から基地内でどんな目で見られるか分かったもんじゃない……。

「漆沢」

火浦の呼びかけで、美砂生は我に返った。

「あいつも、紹介しておこう」

「あ、そうですね」

美砂生はうなずいた。

いけない、忘れるところだ。

あの子を、皆に紹介しておかなければ。これから一緒に戦うのだ——

「みんなに紹介するメンバーがいます。割鞘三尉、入って」

「はい」

小柄なオリーブ・グリーンの飛行服が、入室して来ると。

おぉ
おぅ
男子パイロットたちが、小さくどよめいた。まるで舞台の袖で隠れて待機していた芸能人が、目の前に現われたかのようだ。

「おい」

「築城のワッペンだ」

「F2のパイロットだ」

「…………」菅野一朗が、目を見開いて絶句した。

「みんな、紹介します。今度の戦競で、あたしたちと共同作戦をするパイロットです」

美砂生が紹介すると。

白い顔の女子パイロットは、自分に集まる視線を恥ずかしそうに見返しながら
「初めまして。第八航空団・第七飛行隊、割鞘忍三尉です。鞘を割るって書きます。どうぞよろしく」

ぺこりと頭を下げた。

今度は一斉に拍手が起きた。

「凄い」

「あのＦ２を」

「あんな子が……？」

顔を見合わせる者もいる。

「みんな聞いてくれ」

火浦が、どよめきをおさめるように言った。

「今回の戦競は、我々のＦ15とＦ２が共同で任務を遂行する。洋上から我が領土へ襲って来る仮想敵の脅威艦隊へ向け、対艦攻撃を行う設定だ。攻撃はＦ２編隊が実施、Ｆ15編隊はそれを援護する。対する仮装敵側は、四機の飛行教導隊機がＦ２を殲滅《せんめつ》せんと襲って来る。我々はこれを護る」

室内はしん、となった。

「全国のＦ15飛行隊、Ｆ２飛行隊から選手が選ばれ、間もなくここ小松へ集結する。我々第三〇七飛行隊は、築城の第七飛行隊と組むことになった。これから一週間、隊の総力を挙げて闘う。今回選手に選ばれなかった者も、全力でバックアップを頼む」

おおぉっ、とパイロットたちが気勢を上げた。

選手に選ばれなかった者の方が、気楽なのか、元気だ。

「では、チームになった者はこの場に残って。ほかのみんなは通常の訓練フライト準備。ありがとう、解散」

美砂生が号令すると。立ち上がったパイロットたちは口々に「頑張れ」「頑張れよ」と言って菅野と風谷の肩を叩き、作戦室を出て行った。

競技会への段取りは、昨日、防衛部長から聞かされた。

それによると。今日の午後には、福岡県の築城基地から第七飛行隊の残り三機のＦ２が飛来する。修理中の一機――割鞘忍の乗機がもし飛べないとなると、予備機を回してもらわなければならなくなる。

午前中にも、修理の見通しが分かるといいのだが。

とりあえず、パイロットの顔合わせだけでもしてしまおう――

「ええと」

美砂生が口を開こうとすると。

「風谷三尉」

ふいに声がして、小柄な飛行服がトトッ、と並ぶ席の方へ行く。

割鞘忍だ。立ったままの風谷の前へ行くと、またぺこりと会釈した。

「風谷さん、昨夜は、ありがとうございました」

「――あ、あぁ」

風谷は、まだ選手に選ばれたことを驚いているのか。瞬きして、やっとうなずく。

「お世話になりました。戦競でも一緒に闘うんですね。頑張りましょう」

「そ、そうだね」


昨夜はありがとう――って、何のことだ?

美砂生は首をかしげる。

割鞘忍については――結局、昨日の午後、司令部の聴取から放免になったところを、独身幹部宿舎の女子棟の部屋へ案内しただけだ。

総務課長から『服を貸してやれ』と言われたが。身長が五センチも違っていて、サイズが合わない。割鞘忍本人も、基地の外へ買いに出ると言うので、バスの乗り方を教えてやった。ついでに夕食も食べて来ると言う。どこか評判のいい、ラザニアがおいしいお店はありませんかと訊くので、一度だけ行ったことのある海岸沿いのレストランの名も教えてやった。

それきり、今朝まで顔を見ていない。昨夜は適当な時刻に帰って来ていたようだが。

「戦競でもって、なんだ」

訊いたのは、菅野だった。

珍しく緊張した感じで、自分の胸くらいの身長の女子パイロットを見やる。

「こいつのこと、知ってるのか」

風谷を指す。

「はい」忍は白い顔でうなずく。「昨夜、私が疲れて寝ちゃったのを、部屋まで運んで頂いて――」

「ごほん」

作戦室の端の方で、咳払いがした。

鏡黒羽が、腕組みをしたままちら、と割鞘忍を睨んだ。

「あんたを部屋まで運んだのは、わたしだ」

「あっ、そうでした」

割鞘忍は、笑いをこらえるような声で「すみません鏡三尉」とお辞儀した。

すると黒羽は、目を合わせないようにまた窓の外を見てしまう。

(何をやってるんだ……？)

美砂生は、わけが分からない。

「とにかくあなたたち――」

言いかけた時。

「割鞘三尉は、ここか」

作戦室の入口から、制服の幹部が顔を出した。日比野防衛部長だ。

「――防衛部長？」

「漆沢一尉、ご苦労だ」

日比野は美砂生を見て、うなずいた。

昨日は、『市ケ谷からじきじきに指名されているから、戦競に出ろ』と有無を言わさず命じられた。空幕というか、防衛省の内局がそのように決めたと言う。

「割鞘三尉、君を呼びに来た」

小柄な飛行服姿を認めると、日比野は告げた。

「君のF2――521号機の修理が完了した。細かい部分は持ち越しだそうだが、とりあえず飛べる。今から搭乗して、整備完了試験飛行をしてくれ」

「ほ、本当ですかっ」

割鞘忍は白い顔をぱっ、と明るくした。

「直ったんですか」

「整備完了試験をして、ＯＫなら戦競で使える。すまんが、すぐ飛んでくれ」

「わかりました」

もう直ったのか、あのＦ２——

美砂生は目をしばたたいた。

意外だ……あの血しぶきを浴びて、羽毛だらけだった機体が……？　確か、アンテナ類は全部駄目だったはずだ。

「昨日の夕方、三菱重工から技師が三人来てくれて、戦競で使いたいと言ったら、徹夜で作業してくれた。技師たちに礼を言うんだ」

「はいっ」

「それから、風谷三尉、鏡三尉」

日比野は、室内に立っている二人にも言った。

「君たち二人は、一緒に上がって割鞘三尉の機をチェイスしろ。いい機会だ、異機種との編隊の組み方、連係の仕方に今から慣れておけ」

小松基地　整備格納庫

「機体外装の各種アンテナと、センサー類は、すべて新品と交換した」

十分後。

機体修理に使われる格納庫内。

青い戦闘機の機首の下で、整備記録ログを広げながら初老の整備班長が説明した。

「だが、昨日多数の鳥と衝突したせいで、機体表面には微妙に無数の凹凸が生じている。見た目にはどうということはない、機械で測らないと分からないようなへこみだが、無数にあるんだ。それらに強い空気圧力がかかると何が起きるか分からない。とりあえずまっすぐ飛ぶかどうか、その辺りから試してくれ」

「はい」

小柄な女子パイロットは、すでにGスーツを腰に巻いていた。ログブックに英語で無数に記入された修理箇所の記録を、丁寧に目でなぞった。

「班長。キャリー・オーバーは二百時間あるんですね？」

「その通りだ」中島整備班長はうなずく。「機体表面の凹凸の精密修理は、メーカーの規準により二百飛行時間まで先伸ばし《キャリー・オーバー》――つまり修理が猶予されている。しかし、今日の試験飛行で不具合が出たら、すぐにこいつは工場行きだ」

「わかりました」

女子パイロットは整備班長と、後ろで立って見ているメーカーの技師たちにも身体を折るようにしてお辞儀した。

「しっかり見てきます。すいません、皆さんにお手数をおかけして。本当にありがとうございました」

単発エンジンの機体はトラクターで牽引《けんいん》され、格納庫からエプロンへ出て行く。

小柄な飛行服姿は、厩舎《きゅうしゃ》から引き出される競走馬に付き添う騎手のように、横について歩いて行く。

整備員と技師たちは、並んで見送った。

「今どき、礼儀の出来たお嬢さんじゃないですか」

油まみれの手をウエスで拭きながら、三菱のエンジニアが言った。

「育ちがよさそうだ」

「まぁな」

初老の整備班長は、肩をすくめる。

「だけどなぁ」

「何です？」

「あの嬢ちゃんさ。俺はこれまで整備士として、大勢の戦闘機パイロットを見て来たが。ああいうタイプは、怖《こえ》ぇぞ」

「？」

「豹変《ひょうへん》するんだ。上空へ上がると」

小松基地　司令部前エプロン

トラクターがゆっくり止まる。

ずらりと並んだＦ15Ｊの列線のはじっこに、牽引されてきた単発の青い迷彩のＦ２Ａは停止した。ぐん、とおじぎするように止まった。

「割鞘三尉、乗ったらすぐにパーキング・ブレーキを掛けてください。前輪から牽引バーを外します」

「ありがとう」

割鞘忍は整備員たちにうなずくと、ヘルメットを手に、機首に掛けてもらった搭乗梯子を登った。

キャノピーは一杯に跳ね上がっていた。忍はヘルメットをいったん前面風防の枠に掛けると、両手でコクピットの縁を摑んで、慎重な動作で下半身を操縦席に乗せた。Ｆ２Ａは操縦席に入るというより、機体の上に乗っかる感じだ。シートは浅く寝るような姿勢で、計器パネルはパイロットに向かって突き出すように設置されている。Ｆ15のパイロットがやるように足から跳び込んだりすると、勢い余って向こう側へ転げおちてしまう。

（よし）

シートの前後の位置は、前の日に自分が降りた時と変わっていない。前後にわずかしか動かないラダー・ペダルに、ちょうどよく脚が届く。忍は両足を踏み込んでパーキング・ブレーキを掛けると、手で整備員に合図してトラクターの牽引バーを外してもらった。

前面風防は、きれいに洗浄されていた。リクラインした座席から身を起こして、ヘルメットを取ろうとすると、爆音が轟いて来た。

前方に滑走路が見えた。二機のF15が、双発のノズルを膨らませてミリタリー・パワーを出すと、揃《そろ》って離陸滑走に入る。編隊離陸だ。

（――――）

目で追うと、二つの機影は見る間に加速して滑走路を蹴るように浮き、ぐんと機首を上げて上昇して行く。

今日は天候が回復したので、訓練が多い。次々に編隊で上がって行く。

「――イーグル、か……」

忍は機影を目で追って、ちょっと唇を噛むが。

すぐに微笑して、自分の機の前面風防をポン、と叩いた。

「大丈夫、浮気しないよ。きれいにしてもらって良かったね」

ヘルメットを被り、三〇度リクラインした操縦席につくと、後から上がって来た整備員が装具の着装を手伝ってくれた。アンビリカル・ライン を機の生命維持系統へ繋ぐ。ハーネスを締める。具合を確かめ、親指でＯＫサインを出すと「ご無事で」と降りていく。

（行こう）

忍は、流れるような動作で計器パネルのセットを済ませ、右手を挙げて人差し指を立て『ジェットフューエル・スターター始動』を合図した。

機体前方に立つ整備員が、周囲を確認して『スタートよし』の合図を返す。

忍はうなずき、左手の親指をスロットル・レバー根元にあるエンジンスタート・パネルのＪＦＳ始動スイッチにかけた。

「さぁ目を覚ませ、バイパーゼロ」

ＪＦＳ始動スイッチを押し込む。

フュィイイ――

背中のどこかで、補助動力ユニットが廻り出す。パネルに緑灯が点《つ》く。それを目で確かめ、今度は赤いエンジンスタート・スイッチを押す。

キィイイインッ
複雑な手順はいらない、これでＧＥ／ＩＨＩ―Ｆ一一〇エンジンはスタートした。計器パネル右端の排気温度計の針がいったんピーク六〇〇度まで上がってからアイドリング温度へ下がり、おちつく。回転計が二四パーセントで安定。異常なし。

エンジンで駆動される発電機が廻り出し、電力が自動的に供給され、忍の目の前の計器パネルで三面の大型マルチファンクション・ディスプレーがカラーでパッ、パッ、パと点灯した。

「アフタースタート・チェックリスト――ジェネレーター、ON。ピトー・ヒーター、ON。アンチアイス、これはいらない。OFF」

司令部前エプロン　F15

(――ずいぶん、早いな)

F15のコクピット。

始動前手順をしていた風谷は、二機おいて左の方に並んでいるF2がエンジンスタートを終えた様子なので、思わずそちらを見た。

ピトー管のついた、尖った機首の前方で、誘導係の整備員が『タクシーアウトよし』の手信号を出す。垂直尾翼の衝突防止灯が赤く明滅している。

そうか。向こうは単発か――

青い機体がトラクターで曳かれて来たのが見えたので、向こうの支度が出来た頃に自分もエンジンスタートしようと思っていたが。思いのほか、向こうが早い。

すると

『チェイサー・フライト、チェックイン』

ヘルメットのイヤフォンに、ざらついたアルトの声が入った。

はっ、として反対の右横を見ると、並んだもう一機のF15が双発のエンジンを始動して、整備員に車輪止めを外させるところだ。

（鏡、また勝手にどんどん手順をやって――）

酸素マスクの中で唇を噛み、だがぼやっとしてはいられない、風谷は右手を挙げて指を二本立て『ナンバー2エンジンスタート』を合図する。ジェットフューエル・スターターのハンドルを引く。

（――だけどあいつ、どうして今朝から一回も口をきいてくれないんだ……？）

昨夜は食事に誘っておいて。でも今朝は、目を合わせないし口もきこうとしない。わけが分からない――

F2　コクピット

「小松タワー、アルバトロス・ファイブツーワン、リクエスト・タクシー・フォー・テストフライト。お世話になりますよろしく」

『アルバトロス・ファイブツーワン、タクシー・トゥ・ランウェイ24。こ、こちらこそよろしく』

小松基地の管制官は、女子パイロットにあまり愛想《あいそ》を使われたことがないのか、びっくりした声で地上滑走許可をくれた。

なんかなー、ここの女子の人たち、固そうだもんな。

忍は、右前方でOKサインを出す整備員に親指を立てて応えると、両足を踏み込んでパーキング・ブレーキをリリースした。

ぐん、とF2Aは前方へ走り出す。

整備員たちが両側に並び、一斉に敬礼した。忍は両足で直進をキープしながら、両手を左右に振って応えた。

「さて。マスター・モードはA／G——いやA／Aにしとこ」

計器パネルに手を伸ばし、パネル中央下のモード選択スイッチで機のマスター・モードを『A／A（空対空）』にセットした。目の前でヘッドアップ・ディスプレーが点灯し、緑色で右側スケールに『気圧高度二〇』、その下に『電波高度〇』のデジタル数字が同時にパッ、と現われる。

滑走しながら、さらに三面のMFD——マルチファンクション・ディスプレーの表示を選択する。各MFDは四インチのカラー液晶画面だ。左上を火器管制レーダー、中央下を姿勢表示、右上の画面はMAP（地図）。

「滑走路は、こっちかなっと」

並行誘導路へ出よう。右の人差し指で操縦桿のステアリング・スイッチを押し、前輪操向を有効にすると、忍はつま先のラダー操作で機体を左へターンさせる。機がターンすると、右上のMAP画面でカラー表示の地図も回転する。緑の地面の中に、小松基地の滑走路の形が表示されている。GPSとリンクして、このF2戦闘機の位置と機首方位を正確に表示してくれている。

「キャノピー、クローズ――っと」

司令部棟　展望デッキ

「行きますね」

青いF2戦闘機が、司令部前エプロンからタクシー・アウトして行く。

続いて二機のF15が、後を追うようにタクシー・アウト。滑走路24への並行誘導路へ、縦一列で進入して行く。二機のイーグルは風谷と、鏡黒羽だ。

F2は、日比野の指示でこれから整備完了試験飛行へ飛び立つ。洋上の訓練空域で、修理した機体が正常に飛行出来るかをテストする。風谷と鏡のイーグル二機は、チェイス機の役目だ。テストするF2につき従って、異状がないか外側から観察する。

菅野一朗は三つの機影を見送ると、横に立つ漆沢美砂生に「班長」と言った。

「俺たちも、早速出ましょう。戦競に備え、空戦機動の特訓と行きますか」

「ちょっと待って」

だが美砂生は、頭痛でもするかのように手で額を押さえた。

「――どうしよう」

「どうしたんです?」

「作戦、どうしよう。菅野君、あたし攻撃機の編隊を護って戦ったことなんて、いっぺんも無いのよ」

「それなら、午後には築城の連中が来て合流するし――そうだ」

菅野は、手のひらを拳で叩いた。

「鷲頭二佐に、相談されたらどうです? あの人は昔、教導隊の副隊長だったし。何か策を教えてくれますよ」

「あの人が、教えてくれるわけないわよ」

美砂生は、息をつく。

「あぁ、どうしよう」

7

小松沖 日本海上空
G訓練空域

(今日は、良いみたいだな――)

高度一五〇〇〇フィート。

小松を離陸して五分後。

洋上のG空域へ上昇して行くと、天候は良い。昨日より雲が少ない。

コクピットからの視界は、頭上は蒼い天空、眼下には黒に近い青色の海面が広がっている。雲の塊《かたまり》はぽつぽつ浮いている程度だ。

(F2は、あそこか)

単機で先に離陸したF2の機影――後ろ姿を視認すると、風谷は高度を合わせるように機首を下げ、水平飛行にした。

「鏡、ジョイン・ナップする」

『――』

無線に告げるが、返事はない。

ミラーにちらと目を上げると、いつもの右後方の位置に、もう一機のＦ15がくっついて続いている。指示は聞こえているのだろう。

あいつ――

二番機のコクピットを見るが、パイロットはバイザーを下ろしているから表情は分からない。

上昇の推力をそのままにしておくと、風谷の編隊はみるみるＦ２に追いついて行く。

後方から見ると、単発・一枚尾翼の機体はやはり小さい。塗装が青いから、海面を背景にされると視認しづらいだろう――

スロットルを絞って速度を合わせ、Ｆ２の左後方の位置につく。風谷の右手の前方に、Ｆ16を再設計した単発戦闘機が浮いて見える。

「割鞘三尉、チェイス機は位置についた」

風谷は無線に呼びかけた。

「テストを始めてくれ」

『私のことは、上空ではサリーって呼んでください』

無線に声が返って来る。

機体が直って、飛べるのが嬉しいのだろうか。声が弾んでいる。

「いいから、始めてくれ」

なぜだか、割鞘忍が明るく振る舞うごとに、鏡黒羽の機嫌が悪くなっている気がする。

いやそれは、俺の気のせいか……。

『はい』

F2の後ろ姿が明るく応えた。

『五〇〇ノット、水平旋回。右から行きます』

『それっ』

クン、と単発戦闘機は右へ瞬間的に傾くと、腹を見せてたちまち小さくなる。

風谷は驚き、操縦桿を急いで右へ取って追従した。

(……えっ)

驚いた。あの機、いま水平尾翼も一緒に動かなかったか……!?

青い機体の様子を注意して見ていたが。普通は飛行機は、ロール運動をする場合は主翼後縁の補助翼(F2の場合はフラップ兼用のフラッペロン)を使って機体を傾ける。だが目の前のF2は、フラッペロンだけでなく同時に水平尾翼も左右互い違いに舵角を取り、機をクッ、と右ロールさせた(だから瞬間的に傾いたように見えた)。

風谷はF2に追いつくため、Gをかけて旋回しながら一時的にアフターバーナーを使わなければならなかった。

『旋回、終了』

水平姿勢に戻ったF2に並ぶと、涙滴型の大きなキャノピーの中で、小柄なパイロットがこちらを見た。

『調子いいです。大丈夫みたいなので、ちょっと振ってみます』

「振る——って」

『バレル・ロール行きまーす、それっ』

ブンッ
何だ、あの動きは。

風谷は目を見張った。

まるで見えない巨人の手によって放り上げられたかのように、青い戦闘機は上向きに吹っ飛んで消えた。

（……！）

驚いて目で追うと。

太陽の中でクルクルッ、と青い機体は軸廻りに回転し、風谷の一マイル真横の位置へふわっ、と舞い降りると水平に止まった。

『うん、大丈夫大丈夫』

「…………」

風谷は横を見て絶句した。

Ｆ２と言えば、これまで、対艦ミサイル四発を抱えて超低空を這《は》って行くイメージしかなかったが。

この動きは、何だ……これがフライバイワイヤを使ったＣＣＶ機動か――

俺の見間違いでなければ、いま水平尾翼だけじゃなく、フラッペロンも両方真下へ動いたぞ……？

こんなことは、Ｆ15では出来ない。イーグルは従来型の操縦系統だから、機首の上げ下げは昇降舵、ロールは補助翼と舵の役割が決まっている。だがＦ２は、操縦桿と各舵面が機械的に繋がっておらず、三重装備のコンピュータが操縦桿に加えられたパイロットの手の力を検知し、操縦者の意図する動きを機体にさせるためにすべての舵面を同時に動かすのだった。フライバイワイヤと呼ばれる。知識としては聞いていたが、風谷はその動きを目にするのは初めてだった。

『風谷さん、テストだけじゃつまんないです。ＡＣＭやりませんか？』

「えっ」

風谷はまた驚いた。

一マイル右横の位置に浮かぶＦ２。それを操る割鞘忍は、風谷に『模擬格闘戦をしないか』と持ちかけてきたのだ。

「いや、しかし――」

『わたしが相手になる』

アルトの声が、割り込んだ。

黒羽だ。

（……!?）

風谷は、驚いて右後ろを見た。三〇〇フィート後方、編隊の定位置に浮いているＦ15の二番機。

そのキャノピーの中で、バイザーを下ろしたヘルメットがＦ２の方を睨んでいる。

初めて、口をきいたと思えば……。

『ありがとうございます鏡三尉』

忍の声が、嬉しそうに応えた。

『では、ブレークして左右に分かれて――』

『その必要はない』

アルトの声は遮った。

『わたしのシックスオクロック・ハイにつけ。絶対有利な位置から襲って来い』

『え？　いいんですか』


あいつ——

何を怒ってるんだ……？

風谷は真横のF2と、斜め後ろのF15を交互に見た。鏡黒羽は忍に『自分の後ろ上方の位置からかかって来い』と挑発したのだ。

『それじゃ、遠慮なく』

F2は、ひょいと上昇すると、スススッと横へ移動する。

『ツー、編隊を離れる』

「あ、あぁ」

整備完了試験飛行に、模擬格闘戦など含まれていない。

しかし、止《や》めろとも言えない。

黒羽の声は、頑として「やる」と言う。いったい何をむきになっているのか。

風谷の右後ろの位置から、黒羽のイーグルが右バンクを取って離れる。半マイル右横の位置で水平飛行。その真後ろ上方、一〇〇〇フィートくらいの位置に青い機体がぴたりと占位する。

『本当にいいんですか鏡さん？　こんなポジションからじゃ、F2のレーダーでも簡単にロックオンしちゃい――』

『うるさい』

黒羽の声がまた遮る。

『さっさとかかって来い。これで十分だ』

F15二番機コクピット

「――――」

さっきから聞いていれば、へらへら調子に乗りやがって。

鏡黒羽は、鋭い目をミラーに上げ、シックスオクロック・ハイ――真後ろ上方の位置に着いた青い機体を睨んだ。ちょうど、今にも自分の後頭部へ襲いかかる体勢だが。

お前なんか、四十秒で撃墜してやる――

マスター・アームスイッチをON。左手で兵装選択を〈GUN〉に（もちろん実弾は装《そう》塡《てん》していない）。ヘッドアップ・ディスプレーにガン・クロスが出る。

『それじゃ、行きます。ファイツ・オン』

「ファイツ・オン」

無線にコールすると同時に、黒羽はスロットルをフル・アフターバーナーへ入れた。

ドンッ、と加速G。同時に操縦桿を引いて機首を上げる。ぶわっ、と天地が下向きに吹っ飛ぶ。右上昇旋回へ。

F2　コクピット

「えっ」

割鞘忍は、鏡黒羽はスピードブレーキで減速し、自分の腹の下へ潜り込んで来るだろうと読んでいたので、機首の下からイーグルがいきなり上昇したのに驚いた。戦闘機の死角は腹の下だ。潜《もぐ》り込まれたら見えなくなる。そう来ればただちに、機体をひっくり返して見失わないようにするつもりだった。

しかし、イーグルは上昇して逃げた。

「正攻法で来ますか、そうですかっ」

酸素マスクの中でつぶやきながら、左手でスロットルを前方へ叩きこむ。アフターバーナー全開。

ドンッ
右の手首でサイド・スティック式操縦桿を引き、機首を上げる。真上へ吹っ飛ぶように消えた鏡機の機影を追う。途端にずんっ、と腹に鉄球でもおとされたようなG。

（くっ。レーダーをドッグファイト・モード――っと）

双尾翼・双発のイーグルが右上昇旋回で逃げて行く。キャノピーの上の方に見える。忍は上目遣いにその姿を追い、目を離さぬようにしながら左の親指で火器管制レーダーをドッグファイト・モードにした。これで、ヘッドアップ・ディスプレーの中に捉えた標的は自動的にロックオンされる。あのイーグルを目の前に持って来るだけでいい、それで勝ちだ。

「上昇旋回ってことは、推力差と旋回性能で振り切るつもりでしょうけどっ。クリーンのＦ２を簡単に振り切れると思わないでよ」

さらに手首のスナップを利かせ、操縦桿を引く。

その力をフライバイワイヤが感じ取り、主翼の前縁フラップをせり出させた。

Ｆ15一番機コクピット

（……凄い）

風谷は頭上を見上げ、息を呑んだ。

鏡黒羽のＦ15は、オレンジの火焔をノズルから吐いて急上昇旋回する。斜め宙返り前半の軌跡を描き、蒼空の中に小さくなる。しかし下方から追う単発戦闘機は、主翼から白い水蒸気を曳《ひ》きながら追いすがる。引き離されない。凄い上昇力と、旋回性能だ。

（イーグルに負けてない）

F15二番機コクピット

「――！」

黒羽はミラーの中の機影に、目を見開いた。

すでに六Gかけて上昇旋回している。振り向いて後ろを見ることは出来ない、ミラーの中で小柄な機影が主翼から水蒸気を曳き、追いすがって真後ろにつこうとする。

ピーッ

TEWSにロックオン警報。機関砲の射撃位置につかれる……。

「くっ」

だが想定の範囲内だ。面白い、これが爆装していないF2の運動性か。想像以上に軽いじゃないか――

黒羽は慌てなかった。ヘッドアップ・ディスプレーの速度スケールを見やる。五五〇ノット。よし――

フライバイワイヤ機、ではお前に、こんなことが出来るか……!?

黒羽はスロットルをアイドルまで絞ると、いきなり操縦桿をフルに右へ取り、ラダーを左へ蹴り込んだ。

グルッ

F2　コクピット

「もらった——えっ!?」

割鞘忍は、ロックオンしたF15の後ろ姿に向け、操縦桿のトリガーを引こうとして声を上げた。

き、消えた……!?

ヘッドアップ・ディスプレーの正面、すぐ前方に捉えた双尾翼の機影が、いきなり宙でクルッと回転したと思うと目の前から消失した。

「えっ、えっ?」

忍には、鏡黒羽のF15が、みずからの操作でディパーチャー(操縦不能の発散運動)に陥《おちい》り、石ころのように落下して行ったのだとは理解出来なかった。F2ではそんな事象は決して起きないからだ。

一瞬、呆然《ぼうぜん》とした隙に、忍のコクピットのＩＥＷＳ（先進レーダー警戒装置）がピピッとアラームを鳴らした。左上ＭＦＤ画面に脅威表示。赤い光点。真後ろ。

「嘘っ」

ミラーに目を上げると同時に、真後ろ――下方にいつの間にか魔法のように占位したＦ15が見えた。

やばいっ。

機関砲にロックオンされる……！

反射的にスティックを右へ切り、右ラダー。一杯に踏む。右下降急旋回。天地がぐるっと回転する。

Ｆ15二番機コクピット

「逃げても無駄だっ」

下降旋回するＦ２を、黒羽は正面に捉えたまま追った。近い。舵面の動きまではっきり見える、どのようなもがき方をしようと、逃すものか。

ガン・クロスが青い機影に重なる。シュート・キューが出る。もらった。

四十秒もかからなかった。

「フォックス――」

だが次の瞬間。

(……!?)

黒羽は目を剝いた。

かわした……!?

照準レティクルに囲われた一枚尾翼の機影が、ふらっと泳ぐように移動して逃げた。

何だ、ＣＣＶの動きか――いや違う、舵面は動いてない。

「くっ」

軸線を修正、照準レティクルに捉え直す。しかし

ふわっ

また泳ぐように逃げる。ふわふわ不規則に動く。何だこれは――捉えどころが無い。

「この」

わたしの照準を――

「ちょこまか逃げるなっ」

『鏡、鏡』

ヘルメット・イヤフォンに風谷の声。

『降下し過ぎだ、高度一〇〇〇〇を切っているぞ。危険だ、もう止めるんだ』

小松基地　整備格納庫

三十分後。

「それで」

整備完了試験飛行を終え、帰投したＦ２の機体は、再び整備格納庫に入れられて点検を受けていた。

「君が急降下をさせた最中に、その不規則な揺らぎのような運動が起きたんだね？」

三菱重工の技師が、青い機首の下で飛行服の割鞘忍に話を聞いている。

「はい」

忍はうなずく。

「急降下中、ちょうど六〇〇ノット――マッハ計表示で一・一くらいのところで、急に軸線に沿ってふらふらって泳ぐみたいに」

「そうか。上はどうだ？」

機体の上では、コクピット後方のアクセス・パネルが開かれ、別の技師がセントラル・コンピュータにケーブルでパソコンを接続している。

「主任、セルフテストを二回、走らせました。そちらへ結果を送ります。セントラル・コンピュータに異常は見つかりません。全く正常です」

「では、やはり原因は機体そのものだな」


再び格納庫へ入れられた521号機——青い迷彩塗装のF2を遠くから囲むように、漆沢美砂生、菅野一朗、風谷、鏡黒羽が立ったまま様子を見ている。

割鞘忍が急降下で逃げた時、鏡黒羽の機関砲の照準をかわしたのは、忍の回避操作ではなかった。その瞬間、521号機が操縦者の意図しない、揺らぐような不規則運動をしたためであった。

「風谷君」

美砂生は、腕組みしてF2のシルエットを見やりながら、横の風谷に言った。

「整備試験飛行でACMやるって、どういうこと?」

「すみません」

「あなたがついていて——」

「急降下のせいで異常が見つかった」

小さく口をはさむのは、黒羽だ。

「後ろから見ても、変な動きだった。調べてもらった方がいい」

「鏡三尉」

「わたしはチェイス機としての役割を果たした」

それだけ言うと、黒羽は腕組みをしてプイ、と向こうを見てしまう。

「お前ら、F2とACMやったのか。いいなぁ」

菅野は黒羽と風谷を見て、しきりにうらやましがった。

「俺は、見ていただけだよ菅野。でも」

「でも、何だ」

「爆装していないF2は、軽快で凄い。格闘性能はF15と互角だと思った」

「だけどレーダーに弱点があるんだろ」

「その辺りは、俺はよく知らないけど――」


「断定は出来ないが」

機首の下では、セントラル・コンピュータのテスト結果をアイパッドの画面でチェックした主任技師が、忍に告げていた。

「おそらく機体の表面に無数に出来てしまった微妙な凹凸が、空気流が音速を超える辺りで悪さをするのだろう。ゴルフのボールには無数のディンプルがあるが、あれは不規則につけると変な飛び方をするという。それと似た現象だ」

「──そうですか」

「現象が起きた際、操縦不能になったかね？」

「いいえ。コントロールは出来ました。ふらついただけです。ＡＣＭを止めて、速度をおとしたらおさまりました」

「ううむ」技師は唸った。「やはり、この機体は念のため工場へ引き取るかな」

「えっ、待って下さい」

小柄な飛行服は、驚いたように訴えた。

「これを、持って行ってしまうんですか？」

「会社のパイロットを呼んで回航させよう。君に手間は──」

「いいえ、そうじゃなくて」

忍は機首を指した。

日の丸と、５２１の数字。

「私、戦競に出るんです。そのために今日まで、この機体で頑張って来たんです。この機体でやらせて下さい」

「そうは言ってもなぁ」

Ｆ２の機首の下で、この機体を使いたいと訴える割鞘忍を、漆沢美砂生は「早くどっちかに決めてくれ」と思いながら見ていた。

　メーカーの技師は、使わせたくないのだろう。

　築城に予備機を寄越してくれるよう頼むのなら、早くしないといけない……。

　でも、小柄な飛行服はぴょんぴょん跳ねるようにして、主任技師に訴える。

「戦競のミッションは、対艦攻撃です。海面上超低空飛行は五〇〇ノットです、音速以上なんか出しません。ふらついても操縦不能じゃありません」

「しかしなぁ」

　技師は困惑の表情をした。

「完全でない機体に、パイロットを乗せるわけには――」


　その時。

「使わせてやれよ」

　別の声が、横の方でした。

　低い、野太い声。

（……!?）

　美砂生は、見やって驚いた。

　いつの間にか、エプロンに向けて開いた格納庫の入口に、大柄な影が立っていた。

飛行服の袖をまくり、毛むくじゃらの両腕をポケットに入れている。身長が高いので、少し猫背に見える。

(鷲頭二佐……?)

いつからいたのか。いや、どうしてこんなところに。

皆が注目する中、大男の鷲頭三郎《さぶろう》はF2の機首の下へ歩み寄った。

「午前中はフライトがなくて、暇でな。地下の要撃管制室で若い連中の訓練の様子を見物していた。そうしたら」

鷲頭は、自分の胸の辺りまでしか身長のない割鞘忍の頭を、いきなり手のひらでぐわしと摑んだ。

「きゃっ」

「整備試験飛行でACMだと? けしからん奴だ。こんな規則を守らない奴に、まともな機体をあてがう必要はねえ。このポンコツで十分だ、これを使わせてやれ」

「――――」

「――――」

技師たちと、周囲で見ている美砂生たちも絶句する。

「ポンコツじゃ、ありません」

忍は毛むくじゃらの手を払いのけて、大男を睨み上げた。

「世界一の戦闘機です、カッコ私が乗った場合」

「くっ」

大男は、なぜか耐え切れぬように笑い出した。

「――――」

「――――」

風谷と菅野は、顔を見合わせる。

「鏡」

鷲頭は黒羽の方をちらと見て、言った。

「こいつは『ミニ鏡』だな。お前のガンをかわした。まぐれでも大したものだ」

「…………」

鏡黒羽は、返事をせずあっちを向いてしまう。

だが
その猫のような鋭い目が、何かに気づいたように、格納庫の外を見やった。

「……来た」

つぶやいた。

キイイイン――

その爆音に、菅野も同時に気づいた。

「おい、これはイーグルの音じゃない。来たぞ」

小松基地　管制塔

「来た。Ｆ２Ａが縦列で三機」

パノラミック・ウインドーから双眼鏡で洋上を見た管制官が、声を上げた。

「超低空で、一列に並んで来る」

『小松タワー、アルバトロス・リーダー、ナウ・スリーマイル・オン・ファイナル。リクエスト・ストレートイン・ランディング』

無線の声がスピーカーに入って、着陸許可を求めて来た。

『お世話になる、よろしく』

格納庫前エプロン

「築城のＦ２が来たぞ」

菅野一朗を先頭に、若いパイロットたちは格納庫から駆け出て、滑走路へ進入して来る青い戦闘機の編隊を見た。

割鞘忍は、一番後から格納庫を出て、皆の後ろから滑走路を見やった。

「――――」

自分の慣れ親しんだ機体は、どうやら使えることになりそうだ。しかし、喜んだ表情はすぐに失《う》せ、唇を結んで着陸して来る三機を見た。

キュッ

主翼下に、左右二本ずつ、合計四本の魚雷のような大型ミサイルを吊したF2三機は、もっさりと動きにくそうに軸線を合わせてキュッ、キュッと次々に路面へタッチダウンした。

8

沖縄県　南西諸島上空

同時刻。

「いや、今日出発出来て良かったですよ」

白地に青のストライプを引いたベル２０４ヘリコプターが、宮古島へリポートを離陸すると。後部キャビンに乗り合わせた三十代の男が言った。

「週明けから台風の接近で、荒れ始めますからね。〈しきしま〉の飛行甲板が離発着出来なくなると、船へ戻れない」

「台風は、こちらへ来るのですか」

夏威総一郎は、タービン・エンジンの騒音に負けないよう、声を出して訊いた。

ヘリの『乗客』は夏威と、その男だけだった。

ベル２０４は海上保安庁のヘリコプターだ。もちろん一般の人は乗ることが出来ない。大型巡視船〈しきしま〉の搭載機で、二日に一度、宮古島と東シナ海洋上の〈しきしま〉の間を往復している。人員と物資、郵便などの輸送が任務だ。

中型の機体は高度を上げ、眼下には青い珊瑚礁《さんごしょう》の海岸が広がり、すぐ海上へ出た。

「上陸は、九州らしいが。こっちの方も影響を受けて、かなりしけるでしょう」

日焼けした男は、ポロシャツにジーンズ姿だ。笑いじわのある顔で、上半身ががっしりしている。

搭乗前に、夏威が海洋調査船〈ふゆしま〉へ向かう旨を言うと、「僕は〈わだつみ・６５００〉の操縦者です」と笑って右手を差し出した。ダイバーかと思ったが、深海潜水調査船の操艇者——つまり潜水艇パイロットらしい。

「かみさんの出産で、どうしても子供の顔が見たくってね。ちょうど〈わだつみ〉が定期点検だから、無理言って二日だけ休みをもらって東京へ帰ったんです。船へ戻れなくなっちゃったら、えらいとこだった」

「船は、揺れるんですか」

「〈わだつみ〉ですか？　揺れませんよ、深海は」

「そうじゃなくて、〈ふゆしま〉の方です」

夏威は、昨夜は宮古島で一泊し、東京で渡された指示書の通りに宮古島へリポートから海保のヘリに便乗した。すでに夏威の搭乗申請は書面でされており、ほかに便乗者——つまり乗客は〈ふゆしま〉所属の潜水艇パイロットが一名だった。八名乗れるというキャビンには、荷物の段ボールが大量に載せられ、固定された。窓際の二席以外に足の踏み場がない。

潜水艇パイロットは松崎《まつざき》といい、年齢は夏威と同じくらいだ。身分は海底研究開発センターの職員だという。

「〈ふゆしま〉は四五〇〇トンありますから、僕らにとっては大船ですが。素人《しろうと》の人にはしけるときついかな。ははは」

松崎は話し好きらしく、外務省から視察に来たと告げた夏威に、色々訊いて来た。

「外務省から来られたっていうのは、やっぱりあの辺で中国が何をやっているのか、見るためですか?」

「あぁ、たぶんそういうこともある」

夏威は、生返事をするしかなかったが。

「最近じゃ、あの海域は騒がしくてね」松崎は苦笑して見せた。「本当に魚を捕っているのか分からない中国漁船や海洋監視船が近づいて来ちゃ、ぶつけるように進路妨害するから、漁船も調査船も海保の警護なしじゃ活動出来ません。僕らも〈しきしま〉が横についていてくれるので、どうにか安心して潜れる」

「そんなに、多いのですか。中国の妨害」

「なんかね、いずれ大挙して尖閣の魚釣島へ上陸して来るんじゃないかって、時間の問題じゃないかって噂してますよ」

困ったものだ、と言いたげに松崎は笑った。

「海保だけじゃなくて、海上自衛隊に護ってもらえないかって、みんな言ってます」

「…………」

夏威は、唇を噛んだ。

日本の領土の周辺は、領空については航空自衛隊が護るが、領海に関しては海上保安庁が第一義的に警備についている。密輸や海賊など犯罪の取り締まりもしなければならないから、海は海保なのだ。

「国の法律では、尖閣の領海侵入に対処するのは海保の巡視船です。海保が対処し切れなくなった場合、国土交通大臣から防衛大臣へ要請が行き、防衛大臣が〈海上警備行動〉を発令すると、初めて海上自衛隊が対処出来る。そうなっているんです」

「じゃ、目の前で巡視船がやられていても、その何とか行動が防衛大臣から命令されない限り、海自の護衛艦は指をくわえて見ているだけですか？」

「そうなります」

「ひでぇなぁ、そりゃ」

「私も、そう思うのだが……」

ヘリは海上を飛んで、また珊瑚に囲まれた島の上にさしかかった。

「ああ、下に見えるのが下地《しもじ》島です」

松崎は眼下を指した。

「長い滑走路が見えるでしょう。下地島空港ですよ。以前は、民間航空会社が大型旅客機の操縦訓練に使っていたのだけれど、シミュレーターの発達でだんだんいらなくなって。

現在は三〇〇〇メートルの滑走路が、ああして珊瑚の中に突き出しているだけです。地元では航空自衛隊に来て欲しいらしいんだけど、変な連中が入りこんで来て反対運動をするから、黙ってしまいました」

「そうですか」

「ここからなら尖閣まで一〇〇マイルちょっとだから。いざという時スクランブルするのに、ちょうどいいと思うんだけどね」

東京　府中
航空自衛隊総隊司令部・中央指揮所

「今日は珍しく、静かだな」

先任指令官席から、葵は正面スクリーンを見上げてつぶやいた。

黒い中に、ピンク色で浮かぶ巨大な日本列島。

今はその龍のような姿の周辺に、国籍不明機を示すオレンジの三角形は一つも浮いていない。

「たまには、こうでないとな」

コーヒーをすすると、隣で情報担当官が「ええ」とうなずく。

「南西方面が静かなのは、助かります。沖縄に二機張りつけていたE767が片方、観閲式に出すため浜松へ戻っているんです」

「週明けから、また忙しくなるぞ」

後ろで声がしたので、振り向くと。

葵と同期の先任指令官・和響一馬《わきょうかずま》が新聞を手に立っている。

「何だ、もう交替か」

葵は時計を見る。相変わらず、地下のCCPでは時間の感覚が乏しい。

「月曜からは、小松沖のG空域で空自の戦競が始まる。見ろ」

和響一馬が、まるめた新聞でスクリーンを指した。

確かにオレンジの三角形は見当たらないが、その代わりに『友軍』と識別されている緑の三角形が数多く浮いている。自衛隊機だ。

多数の緑の三角形は、日本列島のあちこちから尖端を能登半島の辺りへ向け、続々と寄り集まって行くようだ。

「今年は、F15とF2の共同作戦でやる。北部方面、中部方面、西部、南西方面、各方面の飛行隊から選抜された選手の機が、ああやって続々と小松へ集結しているところだ」

「戦競か。もうそういう季節か」

「またノーズ・アートを撮りに、マニアが来ますね」

「マニアが写真を撮るくらいはいいが、戦競ではECMも使用するから、電子情報を集めに周辺各国の電子偵察機が寄って来る」

「そうだな、あれは五月蠅《うるさ》い」

小松基地
飛行隊作戦室

「第八航空団・第七飛行隊、リーダーの剣名《けんな》一尉です」

築城からのF2三機が到着したので、早速美砂生は彼らを飛行隊作戦室に招き、一緒に作戦行動するメンバーの顔合わせを行うことにした。

作戦室には美砂生以下風谷、菅野、鏡の各メンバーと割鞘忍が集まり、降機した築城のメンバーが案内されて来るのを待った。

飛行服姿で現われた男は、整ったマスクにメタルフレームの眼鏡をかけ、踵《かかと》をそろえ背筋を伸ばした姿勢からピッ、と会釈した。

「よろしく」

「どうも。漆沢――」

「漆沢一尉ですね」

美砂生が右手を差し出そうとすると、遮るように男は言った。

あまり日に灼《や》けていない——いや、元から色が白いのか。眼鏡をかけた戦闘機パイロットも珍しい（規定上、矯正視力でも戦闘機に乗れるが、小松では見かけない）。

「お名前は聞いている。見れば歳は同じくらいのようだが、防大は何期ですか」

「あ、いえ」美砂生は、口ごもった。

剣名と名乗った一尉は、自分と同じくらいの歳でリーダーを務めるなら、当然防大出身なのだろう、という調子で訊いたのだ。

「あたしは、一般大学出身です」

「そう」

なんかなー。

美砂生は剣名一尉の「そう」が『あ、きみ防大じゃないの』と言っている気がした。

昔、早稲田のキャンパスで政治経済学部の学生から「あ、きみ法学部なの」と軽く言われたことを思い出した。

剣名が後ろに引きつれている二名のメンバーも、どちらかと言えば秀才タイプで、菅野一朗のように腕まくりをして『かかって来い』と息巻く感じではない。

機種が違うと、パイロットのタイプも違うのだろうか。

ま、いい。一緒に戦うのだ。チームは仲良くやらないと。

「紹介します」美砂生は、振り向いて自分のチームを指した。「三〇七空のメンバー。菅野三尉、風谷三尉、鏡三尉」

「どうもっ」

「どうも」

「――――」

こら鏡、愛想よくしろ――と思ったが、こんな場で叱《しか》るわけにもいかない。

「ちょっと」

剣名は、黒羽に目をやって、驚いたように訊いた。

「そちらのメンバーは、女子が二名ですか?」

「そうですが」

すると剣名は、ちょっと頭痛でもしたように額《ひたい》を押さえた。

どうしたのだろう。

「あの」

美砂生は、とりあえず後ろにいる割鞘忍も指した。

「そちらのメンバーの割鞘三尉とは、すでに顔合わせして、一度飛んでいます。なかなか腕のいいパイロットのようですね」

あの鷲頭が、褒めた（あれは褒めたんだろう）……。美砂生は、あの元教導隊副隊長が若いパイロットを褒めるところなんか見たことがない。

だが
「ふん」

剣名一尉は、メタルフレームの眼鏡でちら、と割鞘忍を一瞥した。

すると、小柄な女子パイロットは美砂生の後ろに隠れるようにした。

（え……？）

あの元気いっぱいの割鞘忍が、一言も発しないし。どうしたのだろう――

「腕がいい、とは？」

「いえ。うちのメンバーと、ちょっとＡＣＭをやりまして」

「Ｆ２の性能を、見せてもらいました」

風谷が発言した。

「凄い空戦性能です。単発なのに、あれほどとは思わなかった」

風谷は、相手の機体を褒めたのだが。

次の瞬間美砂生は驚いた。

剣名は、美砂生の背中に隠れた忍を睨むと「割鞘っ」と一喝した。

「割鞘。お前はまたそんな意味のないことをしたのか」


意味のない……？

「どういうことです、剣名一尉」

美砂生が訊くと。

剣名は、美砂生の後ろの忍を指して
「こいつは、我々の機体を戦闘機のように振り回して喜んでいるが。意味のないことだ。無意味なことをするな、といつも叱っている」

「どうして、意味がないのです？」

戦闘機のように――って、戦闘機じゃないか。

しかし
「我々は、ＡＳＭ２四発の対艦攻撃能力をもって、日本の領土への侵攻に対して抑止力となる。それがＦ２飛行隊の存在意義なのだ」剣名は言い切った。「空戦ごっこなど意味がない」

「――」

「――」

美砂生をはじめ、三〇七空のメンバーは剣名一尉に注目した。

「割鞘は」

剣名は続けた。

「現場のパイロットたちの多くが『出してやれ』と推薦するから、一度は戦競のメンバー候補にした。しかし聞けば空幕は、三〇七空の経験の浅い女性飛行班長を――失礼」

「あ、いえ、その通りです」

「つまり漆沢一尉、あなたを無理やりリーダーに据えて、国民へ向けての話題作りを画策しているという。こちらの日比野二佐がそれでいいと言われるなら、こちらはそれでいいでしょう。女子を二名出して、TVに映ればいい。しかし我が第八航空団まで同じことをやっている、と世間に見られたら迷惑だ。我々は抑止力として、真面目《まじめ》に任務に取り組んでいる。うちまで同じことをさせられている、と見られたのではたまらない。外そうかと思ったのだが」

「――」

「――」

「割鞘が『出してくれ』と泣いて頼むから。それならお前、腕で出るのならその腕を見せてみろ、相当な腕でなければ認めない、築城から小松まで海面上超低空二〇フィート以下をキープして飛べたら出してやる、と約束した」

こほん、と剣名は咳払いした。

「ここへ来る前、整備隊に寄って、521号機のフライト・レコーダーの記録を見せて頂いた。築城から小松まで、ぴたりと全部二〇フィートだった」

「――」

「――」

「いいだろう。割鞘、お前をメンバーで出してやる。くれぐれも言っておくが、作戦には従うのだ。勝手な行動は許さん」

「は、はい」

忍は美砂生の背中から出ると、ぺこりとお辞儀した。

「ありがとうございます」


神妙な声に、風谷と菅野が顔を見合わせる。

その後ろで鏡黒羽がちと、と剣名を睨んだ。

「あのう、それで」

美砂生は、とにかく本題に入ることにした。

月曜の本番まで時間はあまりない。

「その、本番での作戦なんですが。早速相談を」

「相談——？」

だが剣名は、美砂生をちらと見ただけだ。

「あなた方は作戦を考える必要はありません。あなた方は私の指示する通りに上をカバーしてくれればいい、標的艦へ突っ込む我々から教導隊の対抗機を遠ざけて下さい」

「は？」

「我々の方で、すでに海図を検討し、標的艦〈みょうこう〉への攻撃パターンは決めてある。攻撃要領をお渡ししますから、まず全員でよく読み、頭に入れて下さい。本番ではその通りに動いて下さい」

第三〇七飛行隊　オペレーションルーム

「何なのよ、あいつ」

美砂生は飛行隊のオペレーションルームへ戻ると、ブリーフィング用のテーブルで息をついた。

「班長、よく我慢しましたね」

菅野一朗が、横に立って鼻息を噴いた。

「あれきみ、防大じゃないの――？　みたいな。悪かったな、俺なんか高卒だよ」

「でもさ」

美砂生は腕組みをする。

「あの剣名一尉、いけすかないけど、自分の使命に誇りを持ってる。主義主張もぶれないし、そういうとこは立派よ」

「作戦は、もう考えてあるって言ってましたね」

風谷が言う。

「そうね」

美砂生は、剣名一尉から渡されたばかりのプリントアウトの束を卓上に置いた。

「みんなでこれを見て、攻撃機の援護のやり方を勉強しましょ」

「飯食ってからにしませんか」

菅野が言う。

「俺、腹立てたら腹が減っちまった」

「そんな時間か」

美砂生は時計を見た。

「いいわ。食事の後、集合して」

メンバーたちを食堂へやると、美砂生は一人でテーブルに残り、目立たないように気をつけながら腹の辺りを手で押さえた。

「――あぁ、痛た」

空腹になると胃が痛い。

食堂のあの匂いを、かぐ気になれなかった。

見回すと、昼食時間のオペレーションルームはパイロットたちが出払って、静かだ。

壁には日本海洋上のG訓練空域の全図がある。月曜からの本番では、海自の護衛艦が、対艦攻撃の標的艦として展開してくれるらしい。

もう一方の壁には、様ざまな種類の気象図が貼られている。

(そう言えば、九州には台風が来るんだな……)

美砂生は立ち上がると、気象図を見に行った。

カウンターの中では、気象班の曹たちがテーブルに資料を積み上げ、一心に何か調べていた。

「あら。ご飯も食べないで何してるの」

すると

「食事どこじゃ、ありません」

「そうです。月曜から、教導隊が来るんです」

毎朝、飛行前にウェザー・ブリーフィングをしてくれる気象班の曹たちは、まるで中間テスト直前の中学生みたいに一心不乱に勉強している様子だ。

「……？」

何をしているんだ……？

司令部棟　中庭

「何をしている」

鏡黒羽は、食堂への渡り廊下から見える中庭の芝生に、小柄な飛行服が寝転んでいるのを見つけた。割鞘忍が仰向《あおむ》けになり、両手を頭の後ろに入れて空を見ている。

ひょっとして——と思い、近寄って声をかけた。

「昼、食べないのか」

「星を見てるんです」

割鞘忍は、頭を動かさずに言った。

「星か」

「そうです」忍は、目を動かさずに応える。「戦闘機パイロットが視力を鍛えるのに、真昼の空で星を探すといいって。何かの本に書いてあったのを読んで」

「見えるのか？」

「――――」

忍が何も言わないので、黒羽はその横に腰を下ろした。

「そんなことしている奴、珍しい」

「私たちのＦ２は、レーダーの空対空モードの性能がいまいちで。敵機が一〇マイルに接近するまで、コンタクトしないんです」

「一〇マイル……？」

「新式のフェーズドアレイ・レーダーなんだけど、駄目なんです。一五マイルで、目で見つけた方が早いんです。だから視力を鍛えようと思って」

「そうか」

黒羽は、腰の横の芝をちぎって、フッと飛ばした。

「視力か」

「でも」忍がつぶやくように言う。「剣名一尉は、そんなこと無駄だって」

「無駄？」

「どうせＦ２は超低空で、偵察機から教わった位置座標へ向けてＧＰＳのマップを見ながらひたすら突っ込んでいくだけだから。敵艦は水平線の向こうだし、レーダーが駄目でも関係ないって」

「ふん」

黒羽は鼻を鳴らした。

「あいつは、近眼だからな」

「乱視だって、本人は言ってます」

「そうか」

「鏡さん」

「ん」

「私のこと、嫌いでしょ」

「なぜそう思う」

「だって、私がはしゃぐと怒るし」

「分かるのか」

「分かりますよ。私、他人の顔色に敏感だもの」

「よく言う」

黒羽は、忍の横に仰向《あおむ》けになった。

「すまなかった」

「え」

「あんたは、わたしに出来ないことが出来る。それで、ちょっと妬《や》いた」

「？」

忍は、黒羽の横顔を見た。

「出来ないことって、ＣＣＶ機動とか？」

「それもあるが――いろいろだ」

黒羽は笑うと、空の一角を指した。

「オリオン座ならあっちだ」

「え？」

「ちょうど真ん中の星が三個、ポプラの木のてっぺんの少し上にある」

「み、見えるんですか」

「戦闘機パイロットは眼だ。わたしも時々、暇だと星を見る。祖父のノートに、そうしろと書いてあった」

「……？」

東シナ海　日中中間線付近

ヘリは洋上を飛び続けた。

下地島を後にすると、もう島影は見えなかった。海だけの景色になると、松崎は仕事の話をした。深海潜水調査船〈わだつみ6500〉は、有人潜水艇では世界一の潜航能力だという。資源探査や研究調査のため、日本周辺だけでなく、〈ふゆしま〉に載せられ大西洋まで出張することもあるという。

「〈わだつみ〉は、僕が休暇中はちょうど定期点検整備に入っていましたから。月曜には整備あけのテスト潜航をします。見学を兼ねて、良ければお乗せしますよ」

「そ、そうですか」

夏威は「ぜひお願いします」とは言わなかった。高校時代、高知で月刀の実家のダイビング・ボートに一度乗せられた時、ひどく酔ったのだ。


宮古島を出て一時間後。

周囲三六〇度、海しか見えない視界の前方に、小さな白い点が見えた。

キャビンから操縦席を覗くと、海保のオレンジ色の飛行服を着た二名のパイロットの間に、カラーのマップ画面がある。たぶんGPSの位置情報を頼りに、母船へ向かっているのだろう。

「あれが〈しきしま〉です」

松崎が窓から指した。

「全長一五〇メートル、六五〇〇トン。大きいでしょう、海保で最大の巡視船です。その向こうに、ちっちゃく見えて来たのは〈ふゆしま〉。あれでも一〇〇メートルあります。船尾にAフレームっていうクレーンがあって、搭載した〈わだつみ〉を揚げ下ろしするんです」


大きいな、と夏威は感じた。

白い巡視船の船体が、目の前に迫る。

青い斜めのストライプが入った船首に『PLH31』という識別記号。

（砲塔もあるな）

もともとは防衛官僚の夏威は、海自の艦艇もよく見学した。その時も艦載ヘリで洋上のDDH（ヘリ搭載護衛艦）に着艦するのだが、眼下に近づく〈しきしま〉は、海自のヘリ搭載艦やイージス艦に匹敵する大きさだ。

船首の砲塔の位置は、護衛艦と同じだが、搭載しているのは速射砲ではなく連装機関砲のようだ。船橋の上部構造には複数のレーダー・アンテナ。

（あれはＯＰＳ14か。対空レーダーも備えているのか……）

夏威は思い出した。

そうか。この〈しきしま〉は、ずっと前に日本と欧州間のプルトニウム燃料輸送を行った際、警護についた大型巡視船に違いない。

「着船します。つかまって下さい」

パイロットの声がした。


ベル２０４は、後部飛行甲板に立つ誘導員の合図で機体軸線を合わせ、着船した。

「夏威さん、あなたの携帯にスカイプのアプリは入っていますか？」

荷物を手に降りながら松崎が訊いた。

夏威は、宮古島の雑貨店で急ぎ買い集めた身の回りの品を、羽田のターミナルで購入したキャリーケース一個に納めていた。一週間の視察にしては軽装だ。空港のドラッグストアで酔い止め薬も買い求めていた。

「スカイプ、ですか」

確か、インターネット経由で無料で通話が出来るアプリケーションだ。遠方と国際通話をする人には重宝されているという。夏威は使っていない。

「なかったら、アプリを入れておいた方がいいですよ。船の上は衛星経由で、無線ＬＡＮが完備しています。ネットからスカイプを取得しておけば、東京と話せます。普通の携帯の回線は、もちろん通じません」

「そうですか」

夏威は陽光の照りつける飛行甲板を歩きながら、胸ポケットの携帯を出してみた。画面の表示は『圏外』だ。

東京と一週間も通話出来ないのでは、もちろん困る。夏威は言われた通りにすることにした。

「〈ふゆしま〉から、もうすぐ迎えのボートが来ます。一度乗ったら、当分帰れませんから覚悟して下さいよ」

第Ⅲ章　熱闘！　戦技競技会

1

小松基地　管制塔

三日後。早朝

「来ました。飛行教導隊です」

双眼鏡を手にした管制官の一人が、パノラミック・ウインドーから海の上を指した。

滑走路24の最終進入コースに、複数の機影が現われると、たちまち大きくなる。

主任管制官がマイクを取った。

「アグレッサー・リーダー、こちら小松タワーです。クリアア・フォー・ヴィジュアルアプローチ。小松へようこそ」

すると

『管制規則にない用語を使うんじゃねえっ』

スピーカーが、いきなり怒鳴った。

司令部前エプロン

「対戦は、今日の午後。二番手か……」

漆沢美砂生は、飛行服の腰にGスーツを巻いた姿で、本番に使う自分の機体――927号機の周囲を回って目視点検していた。

土曜、日曜と連日飛んでリハーサルをして、やるべきことは覚えたつもりだ。築城からやって来た四機のF2との連係も、予行演習の最後の方ではスムーズに出来るようになった。後は、今日の本番で飛ぶだけだ。

「……F2が敵艦をエイミングして超低空へ降下、そこへ対抗機が襲ってきたら、あたしたちはまずAAM4をロックオンして――」

「漆沢」

ぶつぶつつぶやいていると、背中から声をかけられた。

「月刀さん」

「お前、寝られたのか。昨夜」

近寄ってきた長身は、美砂生の顔を覗き込んだ。

「寝られましたよ。二時間くらいは」

美砂生は、機首の下で月刀と向き合った。

「ああきたらこうする、こうきたらああするって、作戦のパターンも覚えたし」

「教導隊は、その日の気象条件を利用して、臨機応変に襲って来る。パターンでは勝てない、リーダーの判断力がものを言うんだ」

「分かってますけど。そんなこと」

「お前な」

月刀は、早々と身支度をして機体を点検する美砂生を、心配して見に来たのか。

「午後のフライトなのに、もうGスーツなんか着けるな。いいからどこかへフケて、少し寝て来い」

「出来ませんよ、そんなこと」

「だろうなぁ」

月刀は頭をかくと、飛行服のポケットから何か取り出して、美砂生の手に握らせた。

「これ、さしとけ」

「──目薬？」

「目が赤い。リーダーがそんな目じゃ、班員たちが心配する」

隣のスポットでは、鏡黒羽が自分の機体の機首を見上げて、怒っていた。

「誰だっ、わたしの機にこんなものを描いたのは⁉」

戦競に参加する機の機首には、整備隊の隊員の手によってスペシャルマーキングが入れられていた。一番機、二番機、三番機には第三〇七飛行隊のエンブレムである黒猫サーフィンが勇ましく描かれていたが、四番機だけは怒った少女のキャラが描かれている。

「これは、何だっ」

「そ、それはルイズです」

近くにいた若い整備員が、黒羽のけんまくにびっくりして応えた。

「昨夜、みんなで徹夜で──」

「ルイズって何だ⁉」

黒羽は、珍しく腰に手を当て、声を張り上げて怒った。

「誰がこんなもの描けと言った」

「でも、似てますよ三尉に。みんなが鏡三尉の機体には特別にルイズ描こうって──」

「馬鹿、すぐに消せ」

黒羽は怒鳴った。

「すぐ消せ。こんな機体、恥ずかしくて乗れない」

そこへ
「鏡」

怒鳴り声に気づいたのか、列線を見回っていた火浦がやって来て、とりなした。

「戦競では、整備隊の有志が応援の気持ちを込めてノーズ・アートを描くんだ。この機体に乗ってやれ」

「嫌です。今すぐ消すか、替えて下さい」

「教導隊が来るから、整備の連中はこれから忙しい。無理を言うな、それに」

火浦は、前方を睨むような、目のきつい美少女のキャラを指した。

「これ、似てるぞ。お前に」

「────」


教導隊が来たぞ、と誰かが叫んだ。

エプロンにいた整備員の何人かが、吹っ飛ぶように走って行く。

司令部前エプロンの一角に、小松基地の整備員たちがたちまち十数名、整列して姿勢を正した。その前へ、機体に茶色のまだら模様を入れた複座のF15DJがスポット・インして来る。気をつけ、と若手の整備班長が号令する。

Ｆ15ＤＪは、次々にスポットへ入ってきた。四機。いずれもまだら模様の迷彩を入れているが、青いものも黒いものもある。

「何ですか、あれ」

美砂生は、整列して出迎える整備員たちと、まだら模様の四機を見やった。

先頭でスポット・インした茶色の迷彩機は、まるで虎の毛皮の模様のようだ。

「なんか趣味悪い」

「あれが飛行教導隊だ」

月刀が、腕組みをして顎で指した。

「降りて来るぞ」

茶色の迷彩の機体から、大柄な飛行服の影が降り立つと。整列して立った整備員たちが一斉に「よろしくお願いしますっ」と一礼した。

飛行服の大男は、ちらと整備員たちをねめ回すと、やおら膝をついて地面から何か拾い上げた。

「エプロンに小石がおちている。今日の整備管理者は誰かっ」

「は、はい」

「エンジンに吸い込んだら、どうするつもりだ馬鹿野郎っ」

「はいっ、申し訳ありません！」

「今すぐ全員で拾い直せっ」

整備員たちが一斉に地面へかがむのを見やって、美砂生は息を吞んだ。

「何ですか、あれ」

「虎谷《こたに》三佐だ。教導隊の副隊長だ」

月刀は言う。

「飛行教導隊は、俺たちパイロットだけでなく、管制も整備も気象班も厳しく教える——っていうか、しごく」

「…………」

四機の迷彩イーグルから降り立った四つの飛行服姿は、横一列になると、こちらへずんずんと歩いて来る。

他の機体をケアしている整備員や、通り掛かった人員もみな気をつけをして、通り過ぎるまで最敬礼する。

四人の顔が見えて来る。

「来たぞ。虎谷三佐を先頭に遠藤《えんどう》、相川《あいかわ》、柳刃《やなぎば》。勢ぞろいだ。教導隊四天王だ」

「…………」

やだ、と美砂生は思った。

(なんかみんな鷲頭さんみたいな――いや現役だけあって、もっとギラギラしてる)

美砂生は思わず、「ちょっとすいません」と月刀の背中の陰に隠れた。

四人が通り過ぎるのをやり過ごそうとした。

しかし
「お嬢ちゃん」

四人の立ち止まる気配がすると、低い声がした。

「そこにいるのは分かってんだ」

お嬢ちゃん……？

「出てきな」

「……は、はい」

仕方なく、美砂生は月刀の長身の陰から出た。

途端に胃が、きゅっと痛んだ。

「月刀、お嬢ちゃんのお守りか」

「お久しぶりです。虎谷三佐」

月刀も一礼する。

「お嬢ちゃん」

大男は、鋭い目で美砂生を見下ろした。

「は、はい」

美砂生は、まるで猛獣に睨まれたような気がした。

「戦競に出る以上、容赦はしねえぞ」

「………」

胃がまたきゅっ、と痛み、美砂生は返事が出なかった。


「虎谷三佐。朝一番で訓練空域を押さえてあります。空域慣熟をされますか?」

司令部前では、クリップボードを手にした調整役のオペレーション・オフィサーが出迎えた。

飛行教導隊の四機は、夜明け前に宮崎県の新田原《にゅうたばる》基地を離陸してきた。九州には、南の海上から昼にかけて台風が上陸するので、タッチの差で出てきたことになる。

「いらねえ」

大男は頭を振った。

「俺たち教導隊は、日本のあらゆる訓練空域に精通している。天気図を見ただけで空域の雲の様子まで全部分かる、さっさとやろうぜ」

飛行隊作戦室

午前八時。

「ただいまより、今年度戦技競技会の実施要領を説明する」

幹事航空団の飛行隊長である火浦が、作戦室の壇上に立つと、段取りを説明した。

階段状の座席をずらりと埋めるのは、全国の各飛行隊から選ばれて出場するF15、F2の選手パイロットたちだ。いずれも経験三年から五年、若い顔ぶれだ。

戦競は、すべての選手チームが教導隊と対戦する総当たりの形式で、そのスコアを競うものだ。

「これが今回の舞台となる日本海・G訓練空域だ」

火浦は正面に張り出したG空域全図を、棒で指して説明した。

「知っての通り、このように小松の沖から北東方向へ斜め長方形の形状をしている。今回の標的艦――つまり〈敵艦〉の役をしてくれる海自のイージス艦〈みょうこう〉は、ここだ。空域の一番奥、一八〇マイルの位置にいて、情況スタートと同時に二〇ノットで移動を開始する。移動方向はランダムだ。我が方にはP3C哨戒機がいて〈敵艦〉の位置を知らせてくれるが、直後にＰ３Ｃは撃墜され、その後の正確な位置は分からない、という設定だ」

「――――」

「――――」

真剣な視線が、壇上へ集中する。

「各チームのＦ２隊、Ｆ15隊は最初は並んで編隊を組み、一五〇〇〇フィート、五〇〇ノット、磁方位〇三〇度にてＧ空域へ進入、その直後に情況スタートとなる」

火浦の説明を聞きながら、飛行服の膝につけたボードに数字をメモする者、中には自分の手の甲に直接書きつける者もいる。

メタルフレームの眼鏡を光らせる剣名の横に、割鞘忍の小柄な姿もある。

「Ｆ２隊は対艦モードのレーダーで〈敵艦〉を探知次第、座標をインプットしてリーダー機の判断で攻撃開始。たぶん〈敵艦〉からの迎撃を避け、超低空へ降下することになるだろう。海面上をこのように、〈敵艦〉予想位置へ向け進撃、ＡＳＭ2対艦ミサイルの射程距離に近づいたら発射するが、その前に教導隊の対抗機四機が襲って来る。Ｆ15隊はこれを見つけて牽制《けんせい》し、Ｆ２隊の対艦攻撃を成功させなければならない。〈敵艦〉もミサイル迎撃手段を取るので、おそらく少数のミサイルでは命中前に撃ちおとされてしまう。十分な数のＡＳＭ2を効果的に発射して、飽和攻撃をかけなければ命中はおぼつかない」

飛行隊オペレーションルーム

三十分後。

実施要領の説明の後、パイロットは全員オペレーションルームへ移動し、小松基地の気象班から訓練空域のウェザー・ブリーフィングを受けた。

この場には、〈敵機〉役を務める飛行教導隊メンバーも参加する。

「九州に上陸しつつある台風の影響で、日本海の大気の状態もやや不安定となりG空域には塔状積雲が散在しますが、本日の演習に影響はありません」

「一つ、質問がある」

気象図を説明する一曹に、最前列から虎谷が手を挙げた。

「はい。な、何でしょう」

「この小松沖には、冬でも積乱雲が発達するな。それはなぜだ」

「は……？」

気象班の二十代の一曹は、瞬きをした。

台風が近づいているので、きっと台風についての質問はされるに違いないと、気象班の班員は週末も出勤して勉強していたのだった。しかし——

「訊いている。小松で冬に積乱雲が、つまり入道雲が出るのはなぜだ」

「そ、それは、上空の寒気の影響で……」

「冷たいのに、どうして入道雲がわくんだ？　夏で暑いのなら分かる、冬で大気が冷てぇのに空気が上昇して入道雲が発達するのは、変じゃねえか。どうしてだ」

「……そ、それは」

「馬鹿野郎っ」

全パイロットが見ている前で、虎谷は一曹を怒鳴りつけた。

「てめえの縄張りの気象の仕組みも説明出来ねえで、それでパイロットにブリーフィング出来るかっ」

「も、申し訳ありません」

「今日の気象の説明、最初からやり直せっ」


「よさねえか」

その時。

オペレーションルームの横の壁際から、声がした。

虎谷と同じような低い声だ。

固まっていた若いパイロットたちが、思わず、という感じでそちらを見る。

大男が、腕組みをして壁にもたれていた。飛行服の袖をまくり、毛むくじゃらの腕が見えている。

「虎谷。欠点を鋭く指摘して、人に恥をかかせるのは品のない行いだ」

「鷲頭さんか」

虎谷は、ふんと鼻を鳴らした。

「そうか。あんた今、こっちで居候――いや雇われ用心棒だったな」

「――」

鷲頭三郎は、腕組みをしたまま虎谷を見返した。

2

日本海上空　G訓練空域

午前九時一〇分。

『ファイアフォックス・リーダーよりオフサイド』

高度一五〇〇〇フィート。

ミサイルを抱えた機体の群れを、朝日が横から照らしている。Ｆ15Ｊ四機、Ｆ２Ａ四機からなる編隊は水平飛行に入った。

小松基地を九時ちょうどに離陸、予定通りの空域進入だ。

戦競初日の午前中、一番手で空域へ上がってきたのは、千歳基地に本拠を置く第二〇五飛行隊のＦ15と、三沢基地に本拠を置く第三飛行隊Ｆ２のチームだ。

Ｆ15各機は、胴体下に六〇〇ガロン増槽、胴体下側面ハードポイントにＡＡＭ４中距離ミサイル四発、左右の主翼下パイロンにはＡＡＭ３熱線追尾ミサイル四発にＩＲＳＴ赤外線索敵照準ポッドも装着し、フル装備だ。

すぐ斜め下に編隊を組むＦ２四機は、胴体下に三〇〇ガロン増槽、左右の主翼下パイロンに二発ずつ、各機四発のＡＳＭ２対艦ミサイルを吊している。ＡＳＭ２は魚雷のように太い。さらに左右の翼端にはＡＡＭ３熱線追尾ミサイルも取りつけている。

Ｆ15編隊のリーダー機が、無線で演習統制管制官を呼んだ。

『ファイアフォックス・フライトは空域へ進入した』

『同じく、ウェーブライダー・フライトも空域へ進入。準備よし』

Ｆ２編隊のリーダー機もコールした。

無線の声は、酸素マスクの呼吸音も混じり、緊張の空気だ。

『オフサイド了解。演習開始を許可する。情況開始、情況開始』

F15ファイアフォックス一番機

「情況開始」

リーダーの一尉は、許可を復唱すると編隊各機に命じた。

「全機アフターバーナーON、進撃せよ」

小松基地　地下
要撃管制室

「始まります」

スクリーンを見上げ、当直要撃管制官が声を上げた。

「F15ファイアフォックス編隊、F2ウェーブライダー編隊、同時に加速して進撃」

「――――」

「――――」

黒板サイズの画面上で、四つずつくさび形に並んだ緑の三角形が、一斉にデジタルの速度表示を増加させる。ジリ、ジリとスクリーン右上——北東方向へ進む。いつもとは違い、Ｇ空域の右上の端にはポツンと、赤い舟型のマークがある。

観戦のために降りてきた幹部たちが、息を呑むように見上げる。

「今日は、新しい演習評価システムを試す日だったな」

中央に立って見ている日比野が、スクリーンを指した。

「ミサイルの軌跡が出るやつか」

「はい防衛部長」

管制官はうなずく。

「演習機は、実弾は発射出来ませんが。その代わりに模擬発射されたミサイルの軌跡が、演算されスクリーンに表示されます。命中判定もされます」

「うむ」

「編隊が、右方向へ変針するな」

火浦がスクリーンの三角形八つの動きを見る。

「空域の右端を行って、太陽を背にする作戦か」

G空域
F15ファイアフォックス一番機

「俺たちは太陽を背にしている。一番手で不利かと思ったが、そうではないぞ」

　くじ引きで教導隊と対戦する順番が決められた時、初日の午前中が当たってしまい、班員が萎縮《いしゅく》するのをリーダーの一尉は叱咤《しった》して来た。

　天候は、散在する塔状積雲――小山のような雲に横から朝日が当たっている。下の海面は見える。

　先に離陸した教導隊対抗機は、どこか前方から襲って来るのだろう。だがこうやって訓練空域の右端を行けば、右の方からは襲って来ない。左側だけ注意すればいいし、午前中の太陽を背に出来る。見ていろ、俺たちが最初に最高点をマークしてやる……！

『ウェーブライダー・ワンより各機。〈敵艦〉をコンタクトした』

　F2隊のリーダーの声が、編隊周波数に入る。興奮した息。

『いたぞ。前方イレブン・オクロック（十一時方向）、一一〇マイル。位置座標を入力。各機、攻撃モード〈ASM―PRE〉』

『ウェーブライダー・ツー、〈ASM―PRE〉』

『ウェーブライダー・スリー、〈ASM―PRE〉』

打てば響くように、F2隊の各機が応答する。

F2のレーダーは、空中の敵機は見つけられないというが、海面にいる艦船を探知する能力には長《た》けているようだ。ただちに〈敵艦〉の位置座標は、ASM2の弾頭にインプットされただろう。

『行くぞ、超低空だ。続けっ』

斜め下にいたF2四機――青い海面迷彩の戦闘機が、一斉に機首を下げてダイブして行った。

同時に
「――来た。教導隊だ」

リーダーの一尉は、レーダー・ディスプレーに現われた四つの白い菱形を認めて言った。

距離八〇マイル。探知した。十時方向。左にいる。ほぼ同高度。左側をすれ違うように動く。

敵は二手に分かれるか……？　いや、四つ一緒だ。

「こちらも四機で対抗する。続け」

一尉は、超低空で〈敵艦〉へ向かったF2編隊と、対抗機の群れの間に割って入るように左へ旋回した。ミラーの中、リーダーに従う二番機と、三・四番機の編隊が続く。

　すると対抗機とおぼしき四つの菱形も、レーダー・ディスプレー上で向きを変え、こちらへまっすぐに向かって来る。同高度、距離五〇マイル、相対接近速度一二〇〇ノット以上――みるみる近づく、四六マイル。四二マイル。

「AAM4で行く」

　一尉は編隊各機に命じた。

「各機、ロックせよ」

『了解』

『了解』

　中距離戦だ――

　電波誘導ミサイルのAAM4は、レーダーで狙って発射をする。海面を背にしていない目標への射程は四〇マイルだ。

　F15のAPG63レーダーは、同時に複数の目標へ向けてのミサイル発射は出来ない。だからこういう場合、編隊の何番機が左から何番目のターゲットをロックオンする――というようにあらかじめ打ち合わせてある。

　ぬかりはない、教導隊と言えど、中距離ミサイル戦で特別なことが出来るはずはない。近接戦にもつれ込む前に、片をつけてやる……！

一尉は兵装選択を〈ＭＲＭ〉、レーダー・ディスプレーで画面上の一番左端のターゲットをカーソルで挟み、クリックしようとした。

その瞬間。

「う!?」

レーダー・ディスプレーが、一瞬で真っ白になった。

『ジャミングです』

「慌てるな、すぐクリアされる」

近代化改修を受けたＡＰＧ63レーダーにはカウンターＥＣＭ機能があり、ジャミングを受けても自動的にパルス繰り返し周波数を変更し、妨害をクリアしてくれる。

「ＩＲＳＴで、見えるはずだ。敵の位置を見失うな」

『赤外線では見えません』

「何？」

一尉は前方の空間を見上げた。ハッと気づいた。いくつかの塔状積雲が山のようにそびえ、障害物となっている。

しまった、雲の陰か。

レーダーの画面ばかりに気を取られ、前方の様子をよく見ていなかった。ジャミングをかけられ、巨大な雲の陰に隠れられたら、もう探知出来ない。

レーダー・ディスプレーが、正常に戻った。

しかし
「……いない⁉」

前方一二〇度の扇状空間をスイープするレーダー画面。ジャミングはクリアされたが、何も映っていない。わずか数秒の間に――

しまった、どこへ行った――⁉　と周囲を見回すのと無線に悲鳴のような声が届くのは同時だった。

『ウェーブライダー・ワン、後方からロックオンされたっ』

『ツー、ロックされたっ』

「何」

小松基地　要撃管制室

「アグレッサー編隊の四機、F2ウェーブライダー編隊に対し、AAM4をロック」

情況表示スクリーンでは、F15ファイアフォックス編隊の真下を超音速でくぐり抜けた教導隊の対抗機四機が、海面を進むF2四機へ後ろから襲いかかるところだ。

「アグレッサー編隊、ウェーブライダー編隊の後方一五マイルへ。ルックダウンの射程に到達。ＡＡＭ４を発射――続けて発射」

スクリーンで、高度三〇フィートを這《は》い進む四つの緑の三角形の背後に、赤い三角形が四つ廻り込み、たちまち追いつくと『発射』マークを表示した。各パイロットが操縦桿の発射トリガーを引く動作が、データリンクで伝えられたのだ。模擬発射されたミサイルの仮想軌跡を示す糸のような輝線が緑の三角形へ伸びる。糸は四本。さらにもう四本。

「ううむ」

日比野が唸った。

「何と言う、素早い攻撃だ」

「ウェーブライダー編隊、チャフを撒《ま》き避退」

スクリーンでは、緑の三角形はバラバラにもがくように向きを変えるが

「駄目だ」

火浦が頭を振った。

「一機に対し、ＡＡＭ４が時間差で二発だ。チャフを撒いても逃げられない」

「アグレッサー編隊、上空のファイアフォックスへ向かいます」

続いて赤い三角形四つは、一斉に反転し始めた。高度表示は一〇〇〇フィート。F2を屠《ほふ》るため海面近くまで急降下していたが、自分たちが模擬発射したミサイルの行方《ゆくえ》を確かめることもせず、今度は一斉に回頭する。

上空に取り残された格好の、F15ファイアフォックス編隊四機へと尖端を向け直す。

『ウェーブライダーが攻撃された』

『教導隊は、アグレッサーはどこだっ』

『下だ、下だ』

F15四機がさかんに交わす声が、スピーカーに入る。

『まさか』

『こっちへ来る』

『ライトターン、ライトターン』

ファイアフォックス編隊を表わす四つの緑の三角形は、赤い三角形が完全に向き直った後で、ようやく右へ廻り始める（上空では高Gで急旋回しているのかも知れないが、スクリーン上ではゆっくりした動きにしか見えない）。

『対向戦だ』

『AAM4、ロックしろ』

「駄目だな」

火浦がまた、頭を振る。

「アグレッサーはすでに低空へ降りて、海面を背にしている。上空のファイアフォックスを見上げる体勢だ。反対にファイアフォックスからは見下ろす体勢。同じ性能のＡＡＭ４ミサイルでも、ルックアップなら射程四〇マイルだが、ルックダウンでは海面反射が邪魔になり一五マイルまで近づかないと撃てない」

その言葉のとおり。

スクリーン上では、四つの赤い三角形と緑の三角形は並んで向き合ったが、赤い三角側が『ミサイル発射』マークを表示して糸を伸ばし始めても、緑の三角側は混乱するばかりだ。その間に、赤い三角側はさらに四本の糸を伸ばす。

「アグレッサー、第二波、もう四発発射。八発がファイアフォックスへ向かいます」

『ロックオン出来ない、間に合わない、チャフ、チャフ！』

『ワン、ライトブレーク！　いや違うレフトだレフト』


三十秒後。スクリーン上に、生き残っている緑の三角形は一つもなかった。

「いけませんね」

クリップボードを手に、採点をした航空総隊の係官が息をついた。

「Ｆ２隊は、標的艦〈みょうこう〉の五〇マイル以内に一機も到達出来ず全滅。Ｆ15隊もミサイルを一発も発射出来ず全滅。ポイントは零点です」

小松基地　司令部前エプロン

十五分後。


「馬鹿野郎っ」

紅い狐のエンブレムを機首に描いたF15が四機、スポットに入って並んでいる。基地へ帰投し着陸したばかりの、第二〇五飛行隊所属機だ。

その先頭の機の前で、大柄な飛行服が声をあらげている。

隣のスポットには茶色まだら模様のF15DJ。

「レーダー画面に気を取られ、前の様子も見てねえとは。貴様それでも飛行班長かっ」

「は、はい」

向き合ってうなだれているのは、三十代前半の一尉だ。飛行服のままシャワーを浴びたように見えるのは、全部汗のようだ。

「……す、すみませんっ」

「馬鹿野郎っ、初級課程からやり直せっ」

「何よ、あれ」

漆沢美砂生は、その様子を自分の機体の機首の下から見た。

ウェザー・ブリーフィングを聞いた後、また機体の状態が気になり、エプロンの列線へ出てきていた。

向こうで怒鳴っているのは、虎谷だ。

もうフライトを終えて戻ったのか……？

「美砂生さん」

風谷が歩み寄ってきて、言った。

「そこで聞いてきた。午前中のチーム、開始五分で全滅したらしい」

「え」

開始、五分……？

美砂生が目を見開くと。

「班長」

今度は菅野が駆けてきて、息をあらげて言った。

「今、降りてきた二〇五空の奴に聞いたんですけど。教導隊が、目の前から突然消えて、気がついたら後ろから襲ってきてたちまちやられた——って」

「何よそれ。わけが分からないわ」

「はい、『わけが分からなかった』って言ってました」

「…………」

美砂生は、二〇五空のリーダーらしい一尉を怒鳴りつける大男を見やった。「八人殺したんだぞ貴様は」とか、叱りつけている。一尉はうなだれるばかりだ。

（なんか泣いてるよ。あの人）

虎谷は、腕で顔を覆う一尉に「やめちまえ馬鹿野郎」と怒鳴ると、ヘルメットを手に司令部へ引き揚げて行く。

ひどいことをする……フライトの出来が悪かったからといって、班員たちの前であんなに吊し上げられたら、あの人は立場ないじゃないか。

（いや、午後にはあたしも同じ目に――う）

また胃の辺りがきゅっ、と差し込んだ。

「うぅ」

「美砂生さん、大丈夫ですか」

風谷が、心配そうに覗き込んだ。

「フライトは午後なんだから。少し休んだら」

「いい」

どうしてあなたは、優しくして欲しい時にしらんぷりで、こういう要らん時にそんなこと言うのよ。

リーダーの飛行班長が、腹痛で横になるなんて言えるわけがない。

「ところで、鏡三尉は？」

あの跳ね返り娘の顔が見えない。

「鏡なら、あっちで寝るって」

「え」

「午後まで、することがないからって。喫茶コーナーのベンチで寝てます」

食堂　喫茶コーナー

「――――」

午前中の幹部食堂には人けがない。

鏡黒羽は、自動販売機の並ぶ喫茶コーナーのベンチの一つに飛行服のまま仰向けになると、目を閉じた。

静かに息を吐き、イメージ・トレーニングを始めた。

頭の中に思い浮かべた。天気図から想定できる、空域の雲の様子――訓練空域へ進入した後、〈敵艦〉を探知して急降下するF２隊、どこか前方から襲って来る教導隊の対抗機――どちらから来る……？　AAM４の発射手順は。ジャミングをかけられたら。想定されるあらゆるパターンを頭の中で繰り返す。

コト

物音がしたが、構わずに目を閉じたまま続けた。

誰かが入ってきた。灰皿の置かれた壁際で、立ったままライターを使う気配がした。

ふう、と煙が吐かれる。

煙草と汗のしみた飛行服の匂い。

（……？）

薄く目を開けると、あの教導隊の大男だ。

もう、午前のフライトを終えて戻ってきたのか。少し早い。

黒羽が飛行服でベンチに寝ているのは、目に入るはずだが、気にする気配もなく立ったまま煙草をふかしている。

そこへ

「ご苦労だ」

足音がして、もう一つ大柄な影が現われた。袖をまくった飛行服。鷲頭だ――

「あんたか」

虎谷はふうっ、と煙を吐いた。

「さっきは驚いたよ。あんたの口から、品なんて言葉を聞くとはな」

大男二人が、壁際で話し始めた。

「虎谷」

「なんだい」

「今のフライトだが。俺たちがその気になれば、戦いの素人を嵌《は》めるなんざたやすい」

すると

「何が言いたい」

虎谷は煙を吐き、鷲頭に向き合った。

鷲頭も腕組みをする。

「虎谷。お前、何のために若い奴をしごいている?」

「決まってるさ。国防のためだ。俺たちはこの国の防衛の水準を支えている」

「本当か」

「何」

「怒鳴る時は、そいつのためを思って怒鳴っているか？　いつの間にか、気持ちいいからやってるだけになっていないか」

「何だと」

虎谷は、煙草を灰皿にぎゅっ、と押しつけた。

「酒飲んで暴れて辞《や》めたあんたに、そんなこと言われる筋合いはねえ」

「――」

「いいか鷲頭さん」虎谷の低い声は言った。「昔、周りからは〈教導隊の鷲と虎〉って呼ばれ、俺はあんたと組んで飛ぶのが誇りだった。いずれあんたが隊長になったら、俺はその下でリーダーとなり若い奴らをまとめる。そういう日が来るのを楽しみにしていた」

「――」

「それを、くだらねえ喧嘩沙汰で出て行きやがって。俺はおちぶれたあんたなんか見たくねえ。何が品だよ、昔あんたがやってたしごきに比べたら、今の俺のなんかまだ幼稚園のお遊戯じゃねえか。あんた、俺の指導を『甘い』って叱ったじゃねえか」

「――教導隊を辞めたのは、あれだけが理由じゃない」

「何だと」

「歳を取れば、いろいろ見えて来ることもある、お前にも」

「ふん」

遮るように鼻息を噴き、虎谷は鷲頭に背を向けた。

「俺は、俺が好きだった頃のあんたに教わった通りに、やっているんだ」

苛立《いらだ》ったような靴音が、食堂を出て行く。

（————）

黒羽は、イメージ・トレーニングを中断して、その音が去るのを聞いていた。

鷲頭はまだ、そこに立っている。

「おい鏡」

「——はい」

呼ばれて、黒羽はベンチから身を起こした。

やはり、ここにいたのは見えていたのか。

鷲頭は、食堂の出口を見送ったまま背中で言った。

「イメトレか」

「はい」

「雲の状態は、摑んでいるな」

「はい」

黒羽はうなずいた。

しかし鷲頭の背中は

「お前は、上へ行けば墜とされる。あいつらは強い。たぶんお前でも、まともに行ったら秒殺される」

「――――」

「一つだけ、言っておく。戦競は実戦だ。最低限のルールはある、しかしそれさえ守れば後は何でもありだ」

「――――」

黒羽は鷲頭の背中を見た。

大男は、ちらと振り向いて黒羽を見た。

「いいか。生き残る奴は強い奴でも賢い奴でもない、変化できる奴だ」

それだけ言うと、大男はポケットに手を入れ、少し猫背になって食堂を出て行った。

司令部前エプロン

「漆沢一尉」

美砂生が、機体下面に潜ってAAM4ミサイルの取付け具合を手で確かめていると。

クリップボードを手にしたオペレーション・オフィサーが、かがみ込んで呼んだ。

「一尉、こちらでしたか」

「なぁに」

「ちょっとすみません。急で申し訳ないのですが」

「……………?」

司令部棟　中庭

『第三〇七飛行隊および第七飛行隊の出場選手は、ただちにオペレーションルームへ』

構内放送が、スピーカーから呼んでいる。

「…………」

芝生の上に仰向けになった割鞘忍は、両手を首の後ろに入れて頭を動かさず、真上の空に目を向けていたが。

『繰り返す。三〇七空および七空の出場選手、全員ただちにオペレーションルームへ集合せよ』

「……んもう」

瞬きをすると、身を起こした。

「せっかく、ちょっと見えかけてたのに」

飛行隊オペレーションルーム

「みんな聞いて」

午後のフライトに向け、それぞれ準備をしていた選手パイロットたちが集合すると。

漆沢美砂生は、皆を見回して告げた。

「知っての通り、午前中一番手のチームがあまりにも早く負けたので、時間が空きました。いま競技会運営本部から要請があり、午後のあたしたちのフライトをこれからすぐ始めたいとのこと」

「――!?」

「――!?」

立ち並んで、美砂生を取り囲むパイロットたち。

聞いてない、という表情の者もいる。

あたしだって聞いてないわよ。

でも――

「オペレーション・オフィサーからは、台風の影響で明日以降の天候が崩れる可能性があるとのこと。出来るだけ、スケジュールを前倒ししたいと。剣名一尉、どうですか？」

「問題ない」

剣名は、端正なマスクで即座にうなずいた。

「い、いつでも要請があれば、我々は上へ行って仕事をするだけだ」

「じゃ、いいわねみんな」

美砂生は腕時計を見やった。

どうせ、午後まで待っていたって、胃が痛いだけだ。

「三〇七空ブラックキャット編隊、七空アルバトロス編隊はただちに支度をして、十五分後に搭乗。G空域へ離陸します。かかれ――」

「待ってくれ」

一番後ろに立っていた鏡黒羽が、低い声で遮った。

「みんな待て」

全員が、振り向くように黒羽を見た。

美砂生は訝《いぶか》った。

どこかに隠れていたと思ったら。突然、何を言い出すんだこいつ……？

だが鏡黒羽は、鋭い目で皆を見回すようにする。

「一分だけ、時間をくれ。わたしの話を聞いて欲しい」

「……？」

「……!?」

「そ、そんな暇はないっ」

「剣名一尉」

「何だ」

「あなたは、午前の連中のように負けたいのか」

3

日本海上空　G空域

一五〇〇〇フィート。

茶色の迷彩を施した機体を先頭に、複座のイーグルが編隊で旋回する。

「オフサイド、こちらアグレッサー・リーダー」

先に小松を離陸した虎谷三佐以下、アグレッサー編隊のＦ15ＤＪ四機は、日本海を北東へ伸びるＧ訓練空域の一番奥まで進出すると、四機そろって廻れ右をした。

遥か下の海面にいる標的艦〈みょうこう〉を、背中に護る体勢だ。

「位置に着いた。準備はいいぞ」

『了解。ブラックキャット編隊とアルバトロス編隊は、たった今離陸したところです』

演習統制管制官が応える。

『間もなく、空域進入予定』

「準備が遅いじゃねえか」

旋回を終えるコクピットで、虎谷は巨体を揺らした。

『しょうがないですよ副隊長、次はお嬢ちゃんチームです』

編隊各機が口々に言う。

『今年の連中は、弱過ぎて話になりません』

『副隊長、腹が減りました』

「そうだな」

虎谷はうなずいた。

そう言えば明け方に宮崎県の新田原を出てから、ずっと働いている。

次は、うんと複雑な作戦を考えていたのだが——

「よし。予定を変更し、次のお嬢ちゃんチームはさっきと同じパターンでさっさと片づける。早く降りて飯にするぞ」

『了解』

『了解』

やがて
『こちらブラックキャット・リーダー、遅れてすみません、空域へ進入』
『アルバトロス・リーダー、位置に着いた』
演習統制周波数に、息の上がったような女子パイロットの声と、緊張した若い男の声がした。

虎谷は眉をひそめる。

急にスケジュールを繰り上げられたくらいで、慌てやがって。

『こちらオフサイド。ブラックキャット、アルバトロスとも空域進入を確認。演習開始を許可する。情況開始、情況開始』

『了解、情況開始』

小松基地　要撃管制室

「始まります」

要撃管制官が、スクリーンを見上げて告げた。

「ブラックキャット、アルバトロス両編隊、進撃を開始」

くさび形に並んだ四つの緑の三角形、それが二組。

そろってG空域の手前から、北東方向へ進撃を開始した。

「――」

「――」

日比野、火浦、そして今回は月刀も地下へ降りてきて、スクリーンを見守った。

「漆沢たちは、まっすぐ行くな」

火浦が言う。

「ええ」

月刀がうなずく。

「もう太陽の位置が高い、東側へ迂回《うかい》するメリットもありません」

「アグレッサーも動きます」

八つの緑の三角形の、そのずっと右上――G空域の奥からは、アグレッサー編隊四機を示す赤い三角形がそろって左下へ動き出す。

「対向して接近。一分で互いにレーダー探知圏内へ入ります」

G空域　アグレッサー編隊F15DJ・一番機

来やがったな。

虎谷は、レーダー・ディスプレーの上限ぎりぎりの八〇マイル前方に、八つの白い菱形を確認すると。

（よし、右だ）

空域全体の雲の様子を一瞥し、複座イーグルの機体を大きく右へターンさせた。

何も言わなくとも、僚機と三・四番機の編隊は続いて来る。それをミラーでちらと確認し、前方に散在する塔状積雲の谷間のような場所へ、機首を向けた。

編隊をいったん右へ振ったのは、競技選手のF2隊を、標的艦へ向け突っ込ませやすくするためだ。わざと突入用の空間をあけ、超低空へ降下しやすくして、F2隊とF15隊とを引き離す。

教導隊のアグレッサー機には、競技選手側——ブラックキャットとアルバトロスの編隊周波数は聞こえて来ない。だが選手のF2隊は〈みょうこう〉を探知したのだろう、八つの菱形のうち左側四つが、分離して急激に高度を下げて行く。

(かかったな)

虎谷は軽く酸素マスクの中で唇を嘗めると、低空へ降りて行くF2隊を横から突くように、今度は左旋回に入った。

レーダー・ディスプレーの中、高々度に残った四つが、こちらの前方へ割り込むように廻り込んで来る。たちまち画面上で向かい合う。間合い四〇マイル、お嬢ちゃんたちは一人前に阻止するつもりか。

中距離対向戦の体勢になった。相対接近速度一二〇〇ノット。三六マイル、三二——TEWSのスコープを見やる。まだロックオン警報は出ない——何だ、レーダーの操作に手間取っているのか?

「遅い。容赦はしないと言ったはずだ」

虎谷は左手で、スロットルの後ろのECM管制パネルの〈ALQ〉スイッチを押す。

教導隊のF15DJは、胴体下にALQ131電子妨害ポッドを装着している。強力な電子戦能力を持つ敵を想定しているのだ。ただちにレーダー妨害がかかる。前方四つの機のコクピットでは、レーダー画面が真っ白になったはずだ。

次いで

「あらよ」

虎谷は操縦桿を右へ取り、機体を背面にした。クルリと天地が回転。すかさず操縦桿を引き、背面のまま、手近に目をつけた雪山のような塔状積雲の陰へ機首を突っ込む。

真っ逆様に降下。

ドグォオッ

スロットルを出す。急降下しながらさらに加速、選手側の機体のカウンターECM機能がジャミングをクリアするまでの数秒間で、巨大な雲の陰に身を隠してしまう。これで、IRSTの赤外線索敵でもこちらは見えない。後方に僚機三機が続く。そのまま構わずアフターバーナー全開、雪山の壁面に沿うように加速急降下。

ズン、軽い衝撃と共に音速を突破、操縦桿を左へ取って姿勢を順面に戻すと同時に、雲の中へ入る。グガガガッ、と凄じく揺れるが、構わずにマッハ一・四まで加速。ミサイルを抱えた形態のＦ15の最大速度だ。ミラーに目を上げると三機は密集してついて来る。どんな動きをしようと編隊は崩れることがない。さらに真上をちらと見る。雲で見えないが、いま選手側の四機の真下を、超音速ですれ違うようにくぐり抜けたはずだ。

（きょろきょろしてろ、お嬢ちゃん）

虎谷は前方へ目を戻す。まず、Ｆ２隊に背後から追いついて襲いかかり、標的艦の五〇マイル圏内へ到達する前に中距離ミサイルで全滅させる。返す刀で、上空に取り残されたＦ15隊を、下方から突き上げるように襲って全滅させる。さっきと同じ要領だ。

悪いな、零点だ。お嬢ちゃん――

ぱっ、と雲が切れ、広大な海面が広がった。高度はすでに六〇〇〇。マッハ一・四を保ち、機首を北東へ向けると――いた。

レーダー・ディスプレーのルックダウン視界に、四つの白い菱形。三五マイル前方、海面上超低空を進んで行く。高度五〇フィート、速度五〇〇ノット。かすむ海面の遥か前方、まだ肉眼ではとても見えないが――

「――五〇フィート？　ふん、ずいぶん下手くそなＦ２乗りだぜ」

虎谷は兵装選択を〈ＭＲＭ〉、レーダー・ディスプレー上で四つの菱形の一番左の一つをカーソルに挟み、クリックした。ロックオン。

「ワン、ロック」

虎谷が言うと

『ツー、ロック』

『スリー、ロック』

編隊の僚機たちも、それぞれ獲物のロックオンをコールした。

ヘッドアップ・ディスプレーに、AAM4の有効射程までの距離が出る。デジタル数字が減って行く。向こうが海面すれすれ、こちらは空中にいるので、一五マイルまで追いつかないと発射出来ない。しかし速度差は二〇〇ノット以上、時間の問題だ。

「ロックオンされても、逃げねえか。敵艦へ突っ込む根性だけは褒めてやる――ん？」

G空域　海面上超低空

「来たぞ」

F15・ブラックキャット編隊一番機のコクピット。

TEWSのスコープに、真後ろ上方からのレーダー波の警告が表示されると、美砂生は叫んだ。

ピーッ

ロックオンされた。

さっきから足の裏がむずむずしてたまらない、でも鏡黒羽が「少なくとも五〇フィートまで下げないとF2のふりが出来ない」と言うので、無理して編隊を率いて海面上五〇フィートまで降りたのだ。水平線から押し寄せる海面が、足の下へ吸い込まれ、ヘッドアップ・ディスプレーが潮を被るような低さ。

「全機、引き起こせっ。インメルマン・ターン！」

指示すると同時に、操縦桿を引いた。

ぐんっ

海面上五〇フィートを五〇〇ノットで飛んでいた、機首に黒猫サーフィンのエンブレム（一機だけ〈ゼロの使い魔〉のルイズ）を描いたイーグル四機は、そろって海面から引きはがすように機首を上げた。

ぐううっ、と下へ押しつけられるGと共に、目の前にあった海面が下向きに吹っ飛び、視界が上から下へ激しく流れた。美砂生のイーグルが、機首を引き起こして宙返りの前半を使い、真後ろ上方へ向きを変えている。

「向きを変えたら背面のまま攻撃するっ」

一秒をあらそう勝負だ。

まったく、とんでもないことを考えてくれる……！

アグレッサー編隊Ｆ15ＤＪ・一番機

「何？」

虎谷は眉をひそめた。

こいつら、どうして引き起こして向かって来る……!?

白い菱形四つは、急激に前進速度を減じると同時に、高度を増加させている。つまりまっすぐ上に引き起こして、反転しこちらへ向かって来る。

まさか。

ピーッ

「まさかこいつら、全部」

つぶやきかける虎谷のコクピットで、ＴＥＷＳが前下方からのロックオンを表示した。警報のアラームが鳴る。前下方、対向、三〇マイル。ＡＡＭ４に照準された……！

「うっ――」

しまった。

ブラックキャット編隊F15・一番機

「ブラックキャット・ワン、MRMをロック」

逆さまの視界に目を上げながら美砂生がコールすると。

『ツー、ロック』

『スリー、ロック』

『フォー、ロック』

編隊全機が、ロックオンをコールした。

「撃てぇっ」美砂生は怒鳴った。「フォックス・ワン！」

アグレッサー編隊F15DJ・一番機

こいつらは全部F15かっ……！

しまった、たった今くぐってすれ違った四機が、F2だったのか──!?

振り返っても遅い。

「ええいっ、くそ」

虎谷は唸った。

教導隊を嵌《は》めるとはっ……！

小松基地　要撃管制室

「ブラックキャット編隊、低空からアグレッサーに対し、ＡＡＭ４発射。続いて第二波、第三波、第四波を発射」

管制官が振り向いて叫んだ。

「合計十六発が、教導隊に向かいます！」

「――」

「――」

観戦する幹部たちが、息を呑んだ。

まさか、攻撃隊を護衛するＦ15が、Ｆ２のふりをして超低空へ降りるとは――

「漆沢が、こんなことを」

月刀がつぶやくと
「いや、あれは鏡だ」火浦は言った。「たぶん」

スクリーンでは、斜め左下——南西方向へ向きを変えた四つの緑の三角形から、無数の糸——ＡＡＭ４の仮想軌跡が伸びていく。対する赤い四つの三角形は、間合いが二〇マイル以上あるためミサイルを発射出来ない（ルックダウンの有効射程外だ）。

「き、教導隊が」

「チャフを撒いて逃げて行く……⁉」

幹部たちの誰も、こんな光景は見たことがなかった。

「一機に対して四発が襲う。教導隊でも逃げられるはずは——」

「いえ、待って下さい」

管制官がスクリーンを指す。

「一機だけ、チャフを撒きながら高Ｇビーム機動。ＡＡＭ４の自律ロックを外しました。離脱します」

「誰の機か？」

日比野が訊く。

「アグレッサー・ワン、虎谷三佐の機です」

G空域　高々度

『〈敵艦〉を確認』

一番機の剣名一尉の声が、コールする。

『トゥウェルブ・オクロック（十二時方向）、九〇マイル。位置座標を入力。各機、攻撃モード〈ASM―PRE〉』

第七飛行隊のF2アルバトロス編隊は、アグレッサーをやり過ごすと機首を北東へ向け直し、遥か前方の海面にいる標的艦〈みょうこう〉をレーダーに探知した。

一番機の指示で、すぐさま位置座標が各機のASM2の弾頭に入力されたが。

当初の計画よりも、高い高度で標的艦へ近づいたので、〈みょうこう〉のレーダーにもロックオンされてしまった。ぼやぼやしているとSM2艦対空ミサイルを発射されてしまう。

『全機急降下、続けっ』

一番機を先頭に、四機は鋭く機首を下げ、急降下に移った。

一秒でも早く、〈みょうこう〉から見て水平線より下方へ降下しなければならない。

ブラックキャット編隊F15・一番機

「――やったかっ」

美砂生は機体を順面へ戻すと、レーダー・ディスプレーを見ながら肩で息をした。

アグレッサー編隊はチャフを撒きながら、ばらばらに逃げて行くのか。画面には多くのダミー反応が現われてしまい、何がどうなっているのか分からなくなってしまった。

『こちら統制管制官』

無線に声が入った。

『判定を伝える。アグレッサー・ツー、スリー、フォーは撃墜判定、空域を離れよ。アグレッサー・ワンは生存判定。繰り返す、アグレッサー・ワンは生存。競技続行せよ』

「な、何だって!?」

美砂生は瞬きをした。

持っていたAAM4を、全部発射したのに――

逃げた奴がいる。

でも、画面に映っているどれが、逃げた一機なんだ……!?

美砂生には、チャフと敵機の区別もつかない。

アグレッサー・ワン——敵の隊長機が生き残った。

反撃されるかも知れない、あるいは目の前から離脱して行って、〈敵艦〉へ向かうＦ２隊を襲うかも知れない。

『高い高度で、北東へ行く奴』

疑問を察したかのように、鏡黒羽の声。

『高い高度で北東へ行けば、〈みょうこう〉のＳＭ２にやられる。やられないで浮いているのが敵機』

「そ、そうか」

そうは言っても。

美砂生にはやっぱり、画面に映っているどれがどれなのか分からない。

『高度を上げるな』

黒羽が言う。

『上がれば、こっちも〈みょうこう〉のＳＭ２にやられるぞ』

G空域　奥
F2アルバトロス編隊

一番機を先頭に、四機のF2Aが海面上三〇フィートを行く。

ズゴォオオッ
凄じい勢いで、海面が眼下を流れていく。

四発の対艦ミサイルを主翼下に吊した単発戦闘機は、五〇〇ノットで水平線の向こうにいるはずの〈敵艦〉を目指した。

編隊は、前方からのレーダー反射面積を最小化するため、縦一列の棒のような陣形だ。前の機のジェット後流を避けて数メートルだけ軸線をずらし、単縦陣で進む。

『〈敵艦〉へ六〇マイル、有効射程まであと一〇マイルだ』

一番機から剣名一尉の声。

一〇マイル――あと一分二十秒か。

最後尾を行く四番機のコクピットで、割鞘忍は暗算をした。〈敵艦〉へ五〇マイルを切ったところでASM2を発射してやれば、ミサイルはターボジェット推進で、あらかじめ入力した位置座標へ向け海面すれすれを飛んでいく。うまくやればF2の編隊は、その時点で戦域を離脱出来る。

もちろん、さっきレーダーで探知した位置から〈敵艦〉は動いているはずだから、その位置へだいたい近づいたところで、ミサイルは赤外線索敵センサーで水平線上を捜す。今回は長さ一〇〇メートル以上の海上物体を見つけたら赤外線画像でロックオンするよう、あらかじめプログラムしてある。ミサイルは針路を修正し標的に襲いかかる。

ASM2の優れたところは、レーダーでなく、赤外線画像処理で標的をロックオンするところだ。自分からレーダー電波を出さないので敵に接近を探知されにくい。

だが
ピーッ
忍のコクピットの計器パネル左上、〈火器管制レーダー〉にしてあるMFD画面が警告音を発した。機のIEWSが、後方からのミサイル・ロックオンを知らせてきたのだ。

（真後ろから、狙われてる……!?）

忍は反射的に振り向きたくなったが、こらえた。超低空飛行では水平線から決して目を離してはいけない。機の姿勢を水平に保つためと、鳥の群れを一瞬でも早く見つけるためだ（そうは言っても、この間は『あっ』と思ったら突っ込んでいた）。

「はっ、チャフ」

忍は気づいて、スロットル根元にあるチャフ・ディスペンサーのボタンを押した。

コクピットからは見えないが、機体尾部ディスペンサーから大量の細かい金属片が噴出し、空気中に散布されたはずだ。しかし

ピピッ

(効いてない)

MFDの表示は、シックス・オクロック——真後ろの位置に赤い光点を瞬かせている。

後方のどこかから、照準レーダーにロックオンされた。

鏡さんたちの、撃ち漏らした敵機か——!?

統制周波数を聞いていたら、鏡黒羽が出発前に提案した〈作戦〉は功を奏し、教導隊を三機『撃墜』したという。しかし一機が生き残っている。

もう、襲ってきたのか。

なんて速い……。

敵のレーダー波を照射されたことは、編隊の全機が同時に分かったのだろう、先を行く三機が微《かす》かに身じろぎしたように見えた。

『こ、このまま行く』

剣名一尉の声。

『ミサイルを発射と同時に、チャフを撒き避退』

『ツー、了解』

『スリー、了解』

「フォー、リクエスト・エンゲージ」

だが忍は、即座に『自分だけ反転して、後ろの敵を攻撃させて欲しい』と上申した。

今の縦一列の隊形では、最後尾の自分しかチャフは撒けない（後ろの機がエンジンに吸い込むので危険）し、撒いても急速離脱機動をしないかぎり敵レーダーのロックオンは外せない。

ＩＥＷＳは、後ろから狙われていること、その相対方位が六時方向であることは教えてくれるが、敵機が何マイル後方にいるのかは表示しない。

こんな時、Ｅ７６７がいたら教えてもらえるのに……！　だが今回は早期警戒管制機の支援は受けられない、という設定だ。仕方がない。自分たちは海面上にいて、敵機は上空だろうから、ＡＡＭ４でロックオンされても後方一五マイルまでは発射されない、しかしあと――

（――あと一分五秒以内に、射程に追いつかれたらどうするんだ）

敵はＡＡＭ４を四発装備している。下手をすれば、編隊は全滅だ。

しかし

『駄目だ割鞘、このまま突っ込む』

剣名の声は言う。

『全機、編隊を崩すな』

小松基地　要撃管制室

「アグレッサー・ワンが、アルバトロス編隊へミサイル・ロック」

管制官が叫んだ。

「超音速。間もなく、射程に追いつきます」

「むう」

日比野が唸った。

「何と言う、素早い反撃だ」

「漆沢たちは？」

火浦はスクリーンを見やるが、横で月刀が「まずい」と唸る。

「今、気づいて追い始めましたが、超音速を出そうとして高度を上げれば〈みょうこう〉のＳＭ２にやられる。不利です」

アルバトロス編隊F2・四番機

「私が立ち向かって牽制すれば、残り三機で〈敵艦〉をやれます」

忍は、自分が編隊を離れて反撃に出ることを、もう一度上申した。

しかし
『駄目だ、相手はイージス艦だ、十六発必要だ』

剣名の声は却下する。

F2攻撃隊は、依然海面上を我慢強く進む。

ピピッ
MFDの赤い輝点は明滅する。もう十秒間もロックオンされてる――

忍は一瞬目を閉じ、開けた。

「――行きますっ」

『おい！』

次の瞬間、忍は左手の親指で兵装管制パネルの赤いガードを跳ね上げ、兵装投棄スイッチを押し込んだ。

「パージ」

ガチッ
同時にサイドスティックの操縦桿を、右手でクンッ、と右へ取った。

がくん、軽い衝撃と共に主翼下の四発の対艦ミサイルがパージされて捨てられ、瞬時に身軽になったF2の機体は翼端で海面を擦るように急旋回した。

F2はAAM4は持っていない。しかし両翼端に自衛用のAAM3熱線追尾ミサイルを二発装備している。

忍はほとんど垂直に急旋回する視界の、上の方を睨んだ。

「レーダー、空対空モード。兵装選択〈SRM〉、AAM3対向撃ちっ」

4

G空域
アグレッサーF15DJ・一番機

「――ぬうっ」

マッハ一・四。

Ｆ２編隊を追って突進するＦ15ＤＪ。その操縦席で虎谷は歯噛みした。

すでに獲物の群れ、その一番手前の四番機をロックオンしていた。自分ならば連続技で、ＡＡＭ４を早撃ち出来る。四機全部、十秒あれば片づけてやる……！

だが操縦席の目の前のヘッドアップ・ディスプレーで中距離ミサイルのレンジ・マークが有効射程に達しようとした瞬間。レーダー・ディスプレー上でロックオンした白い菱形が、つつつつっと真横へ動いた。チャフを撒きながら横へ移動する——いや急旋回して、こちらへ向かってくる。

「小癪《こしゃく》なっ」

間合い一五マイルから、急激に近づいてたちまち一〇マイル、九、八——二時方向、肉眼で見える、小さいシルエットはＦ２だ。

ピピピッ
ＴＥＷＳが警報。向こうの射撃レーダーにロックオンされた。ＡＡＭ３の赤外線ミサイルシーカーがこちらを狙っている。対向撃ちを決めるつもりかっ。

逆に虎谷の機は、ＡＡＭ４の最小安全発射距離を割り込んでしまう。

「ええいっ」

虎谷はスロットル根元のフレア・ディスペンサーのスイッチを親指で弾くと、空戦のセオリー通りに相手とクロスする右方向へ急旋回をかけた。

ズグォッ！

一瞬、キャノピー左をすれ違う、猛禽《もうきん》のような影が見えた。

小松基地　要撃管制室

「虎谷三佐がドッグファイトに入ります！」

管制官の興奮した声が響いた。

スクリーンを見上げる一同は、一瞬声を失う。

「──あ、あの虎谷が、ドッグファイトにもつれ込んだだと!?」

「あのF2は誰だ」

「アルバトロス・フォー。TACネーム〈サリー〉、割鞘三尉ですっ」

「────」

「────」

スクリーンでは、赤い三角形と緑の三角形が真っ向からぶつかるように重なると、互いに後ろを取ろうと窮屈そうにその場で廻り始めた。

「虎谷は、速度が出過ぎている」

火浦がつぶやいた。

「旋回半径が大き過ぎる、F2が後ろへ廻り込むぞ」

G空域
アルバトロス編隊F2・四番機

ビュンッ、と猛烈な相対速度で頭上を交差した機影の行方《ゆくえ》を、それでも忍の目はかろうじて追いかけていた。

「――パイロットは、目を鍛えてなんぼだっ」

手首で操縦桿を引き、機影の消えた方向へ最大Gで引き起こす。ほとんど垂直旋回。凄じいGが小柄な忍を押しつぶそうとするが、三〇度リクラインしたF2の射出座席はその身体を支える。

「ぐっ」

縦になって流れる水平線。耐えろ。耐えろ――ヘッドアップ・ディスプレーの数字は読み取る余裕はないが高度は三〇〇〇フィート位だ。〈みょうこう〉のレーダーには捕まっただろうが、アグレッサーと乱戦になればSM2なんか撃てるものかっ。

(――いたっ)

見つけた。視界のずっと上の方、おそらくスピードが出過ぎてる、ハイスピード・ヨーヨーで上へ離脱しようとしてる。

（知らないぞ、茶色まだら模様なんて、派手な塗装にするからっ……！）

ドッグファイト・モードに切り替えたレーダーが、迷彩の複座イーグルの背中をFOVサークルで囲んで自動的にロックオンした。

ピィーッ
〈IN　RANGE〉

「――うぅっ」

凄じいGに歯を食い縛りながら、忍は右の人差し指でトリガーを引いた。

「フォックス・ツー！」

小松基地　要撃管制室

「アルバトロス・フォーがAAM3を発射。アグレッサー・ワンに向かいます」

スクリーンの赤・緑ふたつの三角形は、重なってもがいているようで様子がよく分からない。それほど狭い範囲で絡み合っているのだ。

「アグレッサー・ワン、フレアを放出。反対方向へ急速離脱」

「――」

「────」

「かわしました、かわしましたっ」

G空域
アルバトロス編隊F2・四番機

『統制管制官より。ただいまのフォックス・ツーはフレアにより無効。繰り返す、フレアにより無効』

「くっ」

忍は、Gで目がくらみそうになりながら視界の上方から転がるようにフッ、と消えた機影を追いかけた。

消えた。

ど、どこへ行った……!?

何だ。姿が消えた、しまった機首の下かっ……!?

はっ、とした時には遅い。

ピーッ

ＩＥＷＳが鳴った。とっさに忍は機を背面にする。目を上げる。

「うっ、嘘」

ミラーに上げた目を見開く。やだ、茶色いの、いる。

後ろに廻られた⁉

いったい何をどうすれば、見失った数秒の間にわたしの後ろにつけるんだ。あいつは、妖怪か。

逃げろ。

本能が教えた。

ピピッ
射撃レーダーにロックされた、やばい。

忍は上げていた機首を下げ、背面から切り返すと最大Gで左水平旋回に入れた。スロットルを思い切り前、アフターバーナー全開。高度がない、下向きの機動は出来ない。上へ逃げたら推力差で捕まる、水平に逃げるしかないが、まっすぐ飛んだらたちまちミサイルの餌食《えじき》だ。

『――割鞘っ』

その時、ヘルメット・イヤフォンに声がした。若い男の声。

『割鞘、聞こえるかっ』

ブラックキャット編隊F15・三番機

「割鞘、水平旋回で逃げ続けろっ」

風谷修は、海面を這うイーグル三番機のコクピットで、レーダー・ディスプレーを見ながら無線に怒鳴った。

前方一〇マイル。高度二〇〇〇で、二つの白い菱形が円を描いて動いている。同一円周上を、互いの後尾を取ろうと廻っている——いや片方が、差を詰められ食らいつかれようとしている。

もう風谷の機にも、漆沢美砂生の機にも菅野の機にも鏡黒羽にも、AAM4はない。一機残ったアグレッサーをやるには、三マイル以内に近寄ってAAM3を発射するしか手段はない。

「そのまま、あと十秒持ちこたえろっ」

一番機のリーダーを差し置いて、割鞘忍へ呼びかけたのは、直感したからだ。

このレーダー画面上の動き——ワゴンホイールだ……！

「スリー、リクエスト・エンゲージ」

風谷は、斜め左前を行く漆沢美砂生の一番機に『自分が攻撃したい』と申し出た。

五〇メートル前方、先行して低空飛行しているF15――一番機のキャノピーで、ヘルメットが振り向いてこちらを見る。いきなり無線を使ったので、驚いている。

「やらせて下さい、美砂生さん」

『い、いいわ行って』

「鏡、行くぞ」

『ツー、いや今日はフォー』


割鞘忍が、F2隊を攻撃ポジションへ進ませるため単独でアグレッサー機に立ち向かった状況は、レーダー画面上で摑めていた。あの教導隊一番機とドッグファイトに陥り、健闘していた。

〈敵艦〉からの対空ミサイルを警戒し、低く這って追ってきたが、アグレッサーと乱戦になれば狙われる心配はもうない。風谷はスロットルを最前方へ叩き込むと、同時に操縦桿で機首を上げた。

ドンッ
アフターバーナー点火。

「うっ」

座席の背に叩きつけられるような加速Gと共に、海面が下向きに吹っ飛ぶ。高度表示は五〇フィートから、瞬時に二〇〇〇フィートへ。操縦桿で機首を押さえる。

ヘッドアップ・ディスプレーの向こう、水平線の少し上――円を描いて急旋回する二つの機影が見えた。

（見えた）

青い機影は翼端から水蒸気の白い筋を引き、ほとんど垂直に近いバンクで廻っている。白い筋が円を描く。その後方に、食らいつこうとする茶色まだら模様の機影。

「鏡」

『分かってる』

風谷は、ミラーにちらと目を上げ、鏡黒羽の四番機が右斜め後ろにぴたりとついて来ているのを確認した。黒羽は、風谷がリードを取るともう口は出さず、僚機のポジションをしっかりとキープしていた。

日頃の練習の通りに、やるだけだ。兵装選択を〈ＳＲＭ〉にする。近づく。二機が廻る輪の外側からは、やはり茶色のＦ15ＤＪをロックオン出来ない。二機が近づき過ぎていて、ヘッドアップ・ディスプレーのＦＯＶサークルの中に二機とも入ってしまう。

「やはり奴のシックスを取る。鏡、行くぞ」

『フォー』

アグレッサーF15DJ・一番機

「よくGに耐えるじゃねえか」

虎谷は、水蒸気の筋を曳きながら逃げようとする青い機体を、ヘッドアップ・ディスプレーのターゲット・ボックスに捉えた。すでに兵装選択は〈GUN〉――機関砲にしてある。

「だがこれで終わりだ」

その時
ピーッ
「何」

目を上げると、ミラーにいつの間にか一機のF15が入り込んで、虎谷の背中にAAM3の照準をロックしていた。

『フォックス・ツー！』

若い男の声。

「しゃらくせぇっ」

虎谷は離脱をためらわなかった。目の前に捉えかけていた獲物に執着せず、左手でフレア・ディスペンサーを作動させると同時に操縦桿を右、右ラダーを蹴るように踏み込んで機体をクルリと回転させた。天地が逆さまになる、そのまま機首を下へ向けて、海面すれすれまで降りようとした。急旋回でだいぶ速度エネルギーを失った、新たに飛来した選手の機をやるには、速度をつけるのが得策だ――

だが

フッ

ふいに日が陰った――そう感じて目を上げた時には遅かった。

（――!?）

ば、馬鹿な。

虎谷は目を疑った。ミラーの視界からはみ出すように大きく、一機のＦ15が真後ろ頭上に覆いかぶさり、機関砲の砲口を虎谷の後頭部にぴたりと突き付けていた。

『フォックス・スリー』

アルトの声が告げた。

『あなたは撃墜された、アグレッサー・ワン』

小松基地　要撃管制室

「こ、虎谷三佐、撃墜されましたっ」

管制官が叫ぶと。

居合わせた幹部たちは、顔を見合わせた。

「月刀」

火浦がつぶやくように言った。

「飛行教導隊が全滅——って、聞いたことあるか」

「ありません、全然」

「F2アルバトロス編隊、有効射程に到達。標的艦へ向けASM2を発射します」

スクリーンでは、標的艦〈みょうこう〉——空域の一番奥の海面に浮かぶ赤い船のマークへ向け、投弾隊形に散開した三つの緑の三角形から次々に光る糸が伸びる。

だが赤い船のマークからも、模擬発射された対空ミサイルの軌跡が伸びていく。両者が絡み合うように会合する。

「ASM2、〈みょうこう〉へ十二発。〈みょうこう〉もSM2を発射。会合します」

「——」

「――――」

全員が見上げる中、スクリーンの中で接触した輝線が次々に消えていく。

「八発、迎撃されました。〈みょうこう〉へ四発が向かいます。〈みょうこう〉、第二段迎撃。七六ミリ砲を射撃開始。一発おちます。また一発おちました。二発が向かいます。〈みょうこう〉は近接防御、CIWS射撃開始」

赤い船のマークに到達しようとしていた二本の輝線も、その寸前で消滅してしまう。

「ASM2、全弾が迎撃されました。〈みょうこう〉に命中弾、なし」

東京　府中
航空総隊司令部

「先任。今、そこで聞いてきたんですが」

総隊司令部・地上棟の幹部食堂。

葵一彦が、午後からの勤務を前に昼食をとっていると、盆を持った後輩の管制官が来て言った。

「なんか、小松で行われている戦競で、飛行教導隊が全滅させられたらしいですよ」

「全滅……？」

葵は、箸《はし》を止めて苦笑した。

「そりゃ、デマだろ」

総隊司令部　地下
中央指揮所

「九州の台風は、どんな感じだ？」

巨大なピンク色の列島を見上げながら、先任指令官席で和響一馬は訊ねた。

「上陸したのか」

「はい」

気象担当官が、振り向いて報告する。

「ただいま、南九州へ上陸しました。今日一杯、九州全域が暴風雨圏内です」

沖縄本島　那覇
航空自衛隊那覇基地・管制塔

同時刻。

「風が強くなってきたな」

主任管制官が、双眼鏡を取って、パノラミック・ウインドーから周囲を見渡した。

那覇空港は、もともとは空自と海自航空部隊が同居する那覇基地に、さらに民間航空のターミナルを併設して空港にしたものなので、管制業務は空自の管制隊が担当している。管制塔も自衛隊施設の中に立っている。

管制塔から見渡すと、足下には第三〇九飛行隊のＦ15Ｊがずらりと並び、さらに隙間を空けずに海自のＰ３Ｃ哨戒機も並んでいる。その向こうが、民航ターミナルだ。滑走路は一本。一見して、ぎゅう詰めの印象がある。

滑走路を隔てて反対側の海の手前に、椰子《やし》の木が並んで植わっている。強風に、葉がちぎれそうになびいている。

「台風は九州の方へ行ってくれたが。今日一日は強風に注意だな」

「こんな時にアンノンが来ると、嫌ですね」

「あぁ」

次席管制官の言葉に、主任はうなずく。

『ナハ・タワー、スーパーノヴァ・カーゴ〇〇一、ナインマイル・オン・ファイナル』

天井スピーカーに、無線の声が入った。

くせのある、東洋人英語だ。

『リクエスト、ランディング・クリアランス』

「スーパーノヴァ・カーゴ〇〇一、ナハ・タワー。クリアー・トゥ・ランド、ランウェイ36」

主任管制官はマイクを取り、進入して来る民間機に着陸許可を出した。

「ウインド、二七〇ディグリーズ・アット二五ノッツ。ユーズ・コーション、ストロングウインド」

強風に対する注意もつけ加えた。

「来ました」

次席管制官が窓を指した。

「ムリヤです。あいかわらずでかい、いつもの〈ＭＡＤＥ　ＩＮ　ＪＡＰＡＮ〉定期便です」

六発エンジンの超大型輸送機は、横風の偏流修正をしながら、宙でゆさゆさと巨体を揺すって滑走路へ進入して来る。

5

東シナ海　日中中間線付近
海洋調査船〈ふゆしま〉

ジーッ
枕元に置いた携帯が振動している。

「――うぅ」

夏威総一郎は、仰向けのまま手探りで摑むと、耳に当てた。

「はい、夏威」

『よう、気分が悪そうじゃないか。どうした』

電話の向こうの声が笑う。

「団か」

夏威は顔をしかめながら、上半身を起こした。

「う」

途端に、眩暈《めまい》がした。船室全体が上下に微妙に揺らいでいる。沈んでは上がる——この感じが、ずっと続いているのだ。

夏威は丸三日、寝込んでいた。

「しけているんだ。船が揺れる」

『仕事になるのか？』

「スカイプが通じる。本省の地域政策課の案件は、ベッドに仰向けでも指示が出せる」

『そうじゃなくて、調査船の仕事だよ』

この調査船に乗り込んでからというもの、実は『視察』の方はさっぱりだ。

東京で継続している案件については、寝たまま携帯で課員に指示を出していたが、こちらではまだ船長に話も聞いていない。

自分が、こんなに船に弱いとは思わなかった。前に海自の護衛艦を見学した時には、天候も良かったし、一通り見たらすぐに帰った。三日も船の上にいるのは初めての経験だ。しかも外はしけている。

〈ふゆしま〉では、外務省から官僚が視察に来たというので来賓《らいひん》用の船室をあてがってくれたが、ほとんど部屋から外へ出ていない。

『面白いニュースがあるんで、ご機嫌伺いのついでに、教えてやろうと思ってな』

「面白い……？」

『たった今だ。小松で行われている戦競で、例の三〇七空の女性飛行班長だよ。飛行教導隊を全滅させたそうだ』

「教導隊を、全滅……？」

『四対ゼロ、完勝だ』

「うそだろう」

夏威は、瞬きをした。

息をつきながらベッドを降りる。

食事も運んでもらっている状態だ。これ以上、この船の人々に迷惑もかけられない。

(そろそろ、起きて『仕事』にかからなくては)

携帯を耳に当てたまま、スリッパを履《は》き、船室備えつけの洗面台へ行く。

「教導隊といえば、空自では最強の戦闘のプロだろう」

『そのはずだが』

「相手が女子だからと、手加減したか」

あるいは油断をしたか。剣道でもたまにある——そう思いながら鏡を覗く。やれやれ、ひどい顔だ……。

『そっちはどうだ夏威。海底にレアアースが見つかったそうじゃないか。採掘は、採算に乗りそうか？』

「それを今日あたり、船長に訊く」

まず、ひげを剃《そ》ろう。

通話を切ると、夏威は洗面台に向かった。

剃刀《かみそり》を使いながら、円い船室の窓に目をやると、外は白く煙るような一面の白波だ。

台風は、九州の方へ行ったそうだが……。風は強いらしい。白波の向こうに、警護に当たる巡視船〈しきしま〉の白いシルエットが小さく見えている。

「……三〇七空、か」

夏威は思い出してつぶやいた。三〇七は月刀のいる飛行隊だ。

そう言えば。あいつから預かったＩＣレコーダーを盗まれてしまった。そのことをまだ言っていない。

それに——

小松基地
司令部前エプロン

三機の青い戦闘機が、整備員の誘導でスポットに入る。

そろって機首を上下させるようにして停止すると、エンジンが切られる。

アルバトロス編隊の本隊のF2三機は、G空域の奥まで進出したので、帰投したのは最後だった。

キャノピーが開くのを見ると、割鞘忍は一番機の機首の下へ駆け寄った。

「ご無事でしたか」

忍は、すでに装具室でGスーツも取り外し、飛行服だけの姿で仲間を出迎えた。

だが搭乗梯子を降りて来た剣名一尉は、肩で「はぁ、はぁ」と息をすると、手にしたヘルメットを忍の胸に叩きつけるように渡した。

「お前の」

「え」

「お前の四発があれば、〈敵艦〉をやれた」

「…………」

ヘルメットを両手で預かった忍は、絶句する。

ブラックキャット編隊――漆沢美砂生たちと一緒に帰投して来た忍は、飛行教導隊をやっつけたのが信じられない思いで、その後のアルバトロス隊の投弾結果をよく聞いていなかった。

ミサイル、当たらなかったのか……。


二番機、三番機から降りてきた二人の先輩たちも、消耗し切った様子だ。

「命令違反だ、割鞘」

剣名は叱りつけた。

「あれほど勝手な行動を取るなと言っただろうっ」

「で、でも」

「でも、何だっ」

「………」

二人の先輩が「剣名一尉」「そこまで、言わなくても」ととりなしてくれるが、剣名の勢いは収まらない。

「当分、謹慎していろ。お前はデブリにも出なくていい」

「え」

「それ、装具室にしまっとけ」

それだけ言うと、剣名は二人を引き連れて、司令部へ引き揚げていく。

「…………」

忍は、ヘルメットを抱えたまま、三人を見送った。

「ひ、ひでぇことするなぁ」

背中で声がした。

見ると、三〇七空チームの大男──萱野一朗だ。

「割鞘三尉、君の反撃がなければ、今頃あの連中は死んでたかも知れないじゃないか」

「……命令違反って言われたら、その通りです」

「俺が、かけ合ってきてやるよ、デブリ出られるように」

それだけ言うと、萱野一朗は駆け出していく。「剣名一尉、剣名一尉っ」と叫びながら走って行く。

「…………」

あっけに取られていると、ポンと肩を叩かれた。

振り向くと、猫のような鋭い目がある。

「鏡三尉」

忍は、会釈した。

「さっきは、お見事でした」

すると鏡黒羽は、剣名たちを顎《あご》で指した。

向こうで、メタルフレームの横顔が、呼び止めて抗議する菅野に「駄目なものは駄目だっ」と言い返している。

「なぜ言わなかった?」

黒羽は訊いた。

「え」

「言えませんよ」

「言えばいい。『でも私のお陰で投弾できた』」

「なぜ」

「何となく」

「そうか」

「お嬢さんだな」

「え」

「ま、いい」黒羽は息をついた。「競技終わったし、今夜ラザニア――」

言いかけて、気配に気づいたように振り返った。

同時に忍も、背後にぬうっ、と近づく気配を感じて振り向いた。

「きゃっ」

巨大な手のひらが、ぐわし、と忍の頭を摑んだ。

「こ」

虎谷三佐……!?

見上げるような大男が、右手で忍の頭を摑んでいた。

「ふん」

「……？」

大男は、鼻で息をすると、自分自身に言うようにつぶやいた。

「相手が弱そうでも油断するな――か。あんまり昔に教わったから、忘れちまったぜ」

「？」

「？」

忍には、大男が一瞬フッ、と笑ったように見えた。

「腹が減ると、ろくなことがねえ」

それだけ言うと、教導隊の大男は忍の頭を放し、ヘルメットを手に装具室の方へ引き揚げていく。

忍は、黒羽と並んで見送る。

「――ラザニア」

見送りながら、横で黒羽が言った。

「食べに行くか。今夜」

「はい」

飛行隊オペレーションルーム

「――よう、夏威か」

戦競は午後も続くので、幹事航空団の幹部は昼も休めない。月刀慧は、オペレーションルームで立ったままカツサンドを囓《かじ》っていた。

携帯が振動したので画面を見てみると、夏威総一郎からだった。

三〇七空の女性飛行班長が教導隊に勝った――という話は、瞬く間に広まったらしい。

外務省へ出向中の夏威も早速「聞いたぞ」と電話してきた。

「あぁ、あれは何と言うか、騙《だま》し打ちだ。女の策略は怖い」

月刀は壁に掲示された最新の天気図に目をやりつつ、笑った。

「俺たち三〇七空は一安心だが、午後に対戦する連中は大変だ。天気は何とかもちそうだが、虎谷三佐たちが今カッカしながら飯を食ってる」

海洋調査船〈ふゆしま〉

「ところで、お前にわびを言わなくてはならない」

夏威は、ワイシャツに袖を通しながら、携帯に告げた。

「前に預かった、あのレコーダーなんだが」

夏威は、大八洲ＴＶの記者に調査を託したレコーダーが消え、ユーチューブに恣意的《しいてき》な動画がアップされた一連の経緯を説明した。

『ま、しょうがない』

電話の向こうで月刀は言う。

『やばい世界には、首を突っ込まない方がいいだろう。俺たちの専門じゃない』

「すまん」

『それにあれだろ』月刀は言う。『もうすぐ衆参ダブル選挙で、政権も代わるんだろう。俺も投票に行くつもりだが、今度はちっとは国を護る気のある政府に、代わるんじゃないのか』

「――そうありたいな」

『どうした。元気がなさそうじゃないか』

「実は、いま船に乗っているんだ」

『船？　お前、船なんか乗れるのか』


電話の向こうで驚く月刀に、夏威は自分が今いる場所と、東京から飛ばされて来た経緯をかいつまんで説明した。

「正式な業務指示である以上、仕方がない。これから船長に話を聞いたり、潜水艇の見学をしたり、いろいろだ」

『そうか』

「ところでな月刀」

夏威は話を区切った。

「この間、そっちに若菜――」

気になっていることを訊こうとすると
『あっ、ちょっと待ってくれ』

月刀が遮った。

電話の向こうの月刀は、呼ばれたらしい。通話口を押さえるようにして、早口で誰かと言葉を交わす。

何だろう、険しい気配がする。

『すまん夏威、ちょっと大変なことが起きた』

「？」

『いずれまた話そう、すまん』

小松基地 司令部オフィス

「那覇で何が起きた⁉」

二階へ駆け上がって来た日比野が、司令部オフィスへ駆け込むなり、訊いた。

「『基地機能停止』とは、どういうことだっ」

「あっ、防衛部長」

赤い受話器を手にした幹部の一人が、振り向いて応える。

「お知らせした通りです。総隊司令部からたった今連絡が入り、沖縄の那覇基地は現在、民間機のトラブルにより滑走路が使用出来ないと――」

「民間機のトラブル……？ TVをつけろ」

「あ、そうでした」

地下の要撃管制室に詰めていた日比野に、知らせがあったのは数分前だ。

沖縄本島の那覇基地——那覇空港で、民間機のトラブルが起きたという。それにより、滑走路が一時的に閉鎖されたという。

オフィスの応接セットのＴＶがつけられると、いきなり画面に現われたのは燃え上がるエプロンと格納庫の映像だった。

民放の昼の情報番組だが、〈緊急〉と赤いテロップが出ている。

『——の巨大輸送機が、那覇空港で強風にあおられ、滑走路を逸脱して自衛隊那覇基地へ突っ込みました。繰り返してお伝えします。つい先ほど沖縄県那覇市の那覇国際空港で、世界一の超大型輸送機ムリヤが着陸後強風により滑走路を外れ、自衛隊の那覇基地へ』

「——」

「——」

防衛部の課員たちは、言葉を失った。

爆発・炎上しているのは格納庫と、それに突っ込んだ巨大な機体らしきものの残骸《ざんがい》だ。片側に三発のエンジンをつけた主翼が、かろうじて黒煙の中から突き出て見える。

「これは」

日比野はつぶやいた。

「民間機トラブル、なんてもんじゃないぞ……」

『この巨大輸送機は、中国に本社があるスーパーノヴァ貨物航空の定期便で、全備重量は五〇〇トン以上、積載していた貨物は何らかの化学物質と見られ――』

東京　府中
総隊司令部・中央指揮所

「那覇はどうなっている!?」

葵が交替して先任席につくなり、その第一報が知らされた。

緊急通報。

沖縄本島・那覇基地のエプロンと格納庫に、滑走路を逸脱した民間貨物航空会社のムリヤ輸送機が突っ込んだ――

耳を疑ったが
「那覇基地の防衛部が、緊急電話に出ません」

横の席で情報担当官が頭を振る。

「駄目です、連絡が出来ません」

「第三〇九飛行隊はどうなった。海自のＰ３Ｃはっ」

「かなりの機が、今日は天候不良のため訓練をキャンセルして駐機していたはずですが。わかりません、連絡が取れないのでは」

「TVの中継の方が、情況が分かるかも知れません」

別の管制官が言う。

「そうだな」

葵はうなずく。

「正面スクリーンに、ウインドーを開け。どこか現地の中継をしている、地上波の放送を出すんだ」

東京　赤坂
料亭〈蓬莱千鄭《ほうらいせんかく》〉

まばらな通行人が、「何だろう?」といぶかる表情で通り過ぎていく。

ここ港区赤坂の裏路地は、平日の昼間には人通りも少ない。黒々とした板塀が、ワンブロックを占有するくらいの長さで続く料亭街だ。

今その一軒の老舗《しにせ》らしい料亭の板塀の前に、紺色の出動服に身を固めた機動隊員たちがずらりと並び、無線のイヤフォンを耳に入れて警備についている。

料亭の玄関らしき門の横には、黒塗りのハイヤーや公用車と見られる車が十数台並び、地元の警察官が出動して、覗き込もうとする通行人を追い払っている。

その料亭の内部。

議員バッジをつけた一人の男が靴下を滑らせてすすすっ、と廊下を行くと、つき当たりの障子を「失礼いたします」と引き開けた。

「先生、ご報告いたします」

池のある庭園を見る大広間。

水墨画の掛け軸を吊した上座に、赤いもうせんを敷き、その上に座布団を置いて座っているのは黒い顔をした人物だ。

「淵上先生、おもての警備は万全でございます」

「――うむ」

障子の手前で平伏して報告する議員バッジの男に、黒々とした顔の人物はうなずく。仏像のように細い眼は、表情をあらわさない。

「席につけ。国家公安委員長」

「はは」

大広間は、上座を見るように両側に席が並ぶ。畳の上に居並ぶ者たちは、服装こそスーツだったが、主君の前で評議する時代物映画の重臣たちのようにも見える。

上座の黒い顔の人物のすぐ横には、ダークスーツの長身の男が正座して控えている。

「――クク」

ダークスーツの男は、広間に居並ぶ者たちより若い。鋭い目に縁無しの眼鏡、短髪。座卓に載せたノートPCに何かの画像が表示されると、イヤフォンを耳から外して「クク」と笑った。

「始まりました。臨時総理代行」

第Ⅳ章　海賊船《ワリヤーグ》を討て

1

東シナ海　日中中間線付近
海洋調査船〈ふゆしま〉

「この周辺の海底にレアアースが見つかったのは良いんですが、また一層きな臭くなって来ましてね」

全長一〇〇メートル、四五〇〇トンの調査船。

その前甲板を見下ろす船橋で、白波の立つ水平線を指しながら五十代の男が言った。

潮焼けに、銀髪。もう定年が近いだろう。御手洗《みたらい》という〈ふゆしま〉の船長だ。

「今日はまだ姿を現わさないが、このところ毎日のように来るんですよ。中国国家海洋局の監視船——白く塗ってありますが旧型の駆逐艦を改造したやつです、それが毎日のように近づいて来る。〈しきしま〉が横にいてくれるので、露骨な妨害はまだ無いが」

「そうですか」

さすがにネクタイまで締める気にはならず（この船上で締めている者もない）、開襟《かいきん》のシャツ姿で船橋へ上がった夏威は、うなずいた。

視察の手始めに、夏威は〈ふゆしま〉の責任者に挨拶《あいさつ》を兼ねて話を聞いた。

軽い挨拶のつもりだったが、東京からやってきた夏威に船長は訴えた。

「夏威さん、中央によく言って下さい。せめて海自が、どこか後ろで、訓練だけでもしていてくれるといいんだ。それだけで我々は心強いんだ」

「そうですか……」

夏威は口ごもる。

同じようなことを、深海潜水艇パイロットにも言われた。

「いや、難しいのは分かっているんだ」船長は潮焼けした顔を苦笑させる。「今の防衛大臣では、海自に訓練どころか、たとえ何かあっても海上警備行動なんて簡単に命じないでしょう。主民党政権になって、あの淵上という幹事長——今は臨時総理代行ですか、あの政治家が国会議員を百何十人も連れて北京へ行ってからですよ。急にこの海域に、中国船が入り込んで来るようになった。尖閣の魚釣島周辺の領海にもしょっちゅう侵入しているじゃありませんか。収まる気配もありはしない、いったいこの海――」

「船長」

航海士の一人が、船橋へ入ってきて告げた。

「ＴＶのニュースを。那覇が今、大変なことになっています」

船橋から一階層下の、娯楽室を兼ねた食堂へ降りると。

手の空いた乗組員たちが集まって、大型ＴＶの画面を注視していた。ＮＨＫの衛星放送だ。

（――これは……!?）

夏威は一瞥するなり、眉をひそめた。

画面は、緊急報道番組のようだ。黒煙を上げる格納庫と、煙の中から突き出す巨大な片翼が映っている。化学消防車の放水が手前に小さく弧《こ》を描いている。

『――中国に本社をおくスーパーノヴァ貨物航空のムリヤ輸送機が、先ほど着陸時に強風にあおられ、このように自衛隊那覇基地へ突っ込みました。駐機場と格納庫、基地施設はただいま炎上しており、那覇空港は現在閉鎖されています。これにより約一万人の乗客の足に影響が』

「おい」

隣で、潜水艇パイロットの松崎が声を上げた。

「那覇空港が使えなくなると、本土との連絡はどうなるんだ」

「…………」

夏威は、それよりも煙に覆われる駐機場の様子に目を奪われた。

F15と、P3Cの並ぶ列に突っ込んだのか……!?

『国土交通省では、空港が再開され次第、事故調査委員会を現地へ派遣することを先ほど決めました』

東京　府中
航空総隊司令部・中央指揮所

「那覇の第三〇九飛行隊はどうなった!?」

葵は訊くが
「分かりません」連絡担当官が振り向いて頭を振る。「まだ、連絡が取れません」

「被害の状況も分からないのか」

「はい」

「まずいですね。何かあっても、那覇からスクランブルが出せない」

情報担当官も横でスクリーンを見上げて言う。

正面スクリーンには、ＮＨＫの報道番組がウインドーを開いて映し込まれている。

格納庫を覆う火勢が、ますます強まっている。風が強いのだ。

「九州には台風が上陸中です」

気象担当官が言う。

「築城も新田原も駄目です。地上でも風速六〇ノットを超える暴風雨です。何かあっても、スクランブルは出せません」

「――く、くそ」

葵は唇を噛む。

黒を背景に浮かぶ、ピンク色の日本列島。

その竜を想わせる姿の、尾に当たる部分。

（今、あの南西諸島方面にアンノンが現われたら……う）

はっ、と気づいた。

「おい、Ｅ７６７はどこにいる。南西方面の哨戒を続けているのか⁉」

「えっ」

情報担当官が、我に返ったように自分の情報画面を検索した。

「し、しまった」

「どうした」

「つい三十分ほど前、『燃料補給のため那覇へ戻る』と連絡が」

「何っ」


葵はスクリーンを振り仰いだ。

黒煙が山のように盛り上がり、その下に何があるのかさえ見えない。

「ひょっとして――E767はあの中かっ」

「先任、ブランケット・トス〇〇一と連絡出来ず。E767は現在、飛んでいません」

東シナ海　日中中間線付近
海上保安庁巡視船〈しきしま〉

「対空監視席より報告」

護衛艦並みの規模を持つ〈しきしま〉には、OICと呼ばれる統合情報作戦室がある。護衛艦のCIC（戦闘情報センター）に近い能力を有している。窓の無い空間にレーダー操作席が並び、水上を監視する捜索レーダー、周囲の空域を監視する対空レーダーが常時稼働している。

「対空レーダーに感。方位三五〇、低空にて本船へ接近する飛行物体あり。複数」

同時に、水上捜索レーダーの監視員も声を上げた。

「水上監視席より。水平線上に船影」

「中国の監視船か？」

当直士官がレーダー画面の並ぶ席へ歩み寄ると、監視員たちの後ろから覗き込んだ。

「北から現われたか。こっちへ来るのか」

「速度、二〇ノット弱。北の水平線からこちらへ近づきます。反応大きい」

「飛行物体、近づきます。方位三五〇度、速度およそ一〇〇ノット。ヘリのようです」

「分かった」

当直士官はマイクを取ると、上の層の船橋を呼んだ。

「ブリッジ、こちらＯＩＣ。方位三五〇度、北の水平線から何か来る。大型の船影と、ヘリが複数」

『了解した。目視確認する』

海洋調査船〈ふゆしま〉

「さぁ、本島が心配なのは確かだが、こうしていても仕方がない」

ＴＶを囲む人垣の後ろで、誰かが手を叩いた。

「みんな仕事に戻ってくれ。しけが収まったら、調査再開だ」

「夏威さん」

画面に見入っていた夏威に、松崎が声をかけてきた。

「この波じゃ、海面には降ろせませんが。〈わだつみ〉の整備が済んだので見学されますか？」

「――あ、あぁ」

夏威は、うなずいた。

乗組員の皆は、沖縄と本土との交通手段が絶たれることを心配していたが。

夏威は『いま南西諸島にアンノンが出たらどうするんだ……？』と心配をした。

確か、九州には台風が上陸している。中国大陸方向から国籍不明機が接近した場合、那覇基地に代わって対領空侵犯措置を実施出来るのは――

築城も新田原も駄目なら、次に近いのは小松か……。大変なことになる、Ｆ15は超音速では長い時間飛べないし、燃料ももたない。巡航スピードでは、おそらく小松からこの海域まで三時間はかかる。

（俺が心配しても、仕方はないが）

おそらく、総隊司令部が何か対策を考えているだろう。

「お願いします。潜水艇をぜひ拝見したい」

夏威は、見学を頼むことにした。何かしていないと、また気分が悪くなりそうだ。

〈ふゆしま〉後部甲板・格納デッキ

「ここが格納デッキです」

〈ふゆしま〉の船体後部は海面に向かって低く開かれており、ちょうど護衛艦のヘリコプター格納庫のように、格納と整備の行われるブロックがあった。

下から見上げると、大文字の『A』の形をした大型クレーンがあり、何本ものケーブルに吊されたままの格好で白いずんぐりした流線型が鎮座している。

「〈わだつみ6500〉です。世界最高性能の有人深海調査船ですよ」

松崎が指すのを、横で夏威も見上げた。

思ったより小さい。クレーンに吊されたまま台座に載っている。全長は一〇メートルあるかないか。その姿は水族館にいる白イルカを、もっと太らせたような印象だ。

「これで、六五〇〇メートルまで潜れるのですか」

「安全係数は十倍に取ってあるから、理論上〈わだつみ〉は六万メートル潜れます。地球上にそんな深い海があればの話ですが」

松崎は笑って、船体の下腹部を撫でた。

搭乗用の梯子を伝って、船体の上まで登った。しけで〈ふゆしま〉が揺れているので、吊された潜水艇も微妙に揺れる。夏威はハンドレールにつかまったが、松崎は平気らしい、立ったまま流線型の前後を指して、説明した。

「ちょうど、〈ふゆしま〉船尾に頭を突っ込む形で格納しています。こちらが船首です。深海魚の複眼のように突き出ているのがメインライト。HMIライトと言って、自動車のハロゲンランプの約二十倍の輝度があります」

「二十倍？」

「それでも、深海底では一〇メートル先までしか見えません。あっちの尾部に見える筒状のものが推進器。我々はスクリューとは言わないで、スラスターと呼んでいます。リチウムイオンバッテリーで、二六トンの船体を六時間、行動させます」

「スピードは？」

「二ノット。自力航行のためではなく、海底での移動用です」松崎はデッキシューズで、船体の背をトントンと踏んだ。「この下にはシンタティック・フォームと呼ばれる浮力材がぎっしり詰まっています。船体は、水中に押し込んでも勝手に浮いてきてしまうように出来ている。それを船底に錘《おもり》を付けて、無理やり沈めるんです」

「無理やり……?」

「普通の潜水艦とは構造が違います。内部へ入って見ましょう——おぉい本田《ほんだ》」

松崎は、流線型の背の部分に開いた円いハッチの中を呼んだ。

「今から、お客様をお連れするぞ」

〈ふゆしま〉船橋

「何だろう」

船長席へ戻った御手洗は、水平線に浮かんだ蜃気楼《しんきろう》のような影に目を細めた。

何か見える……。しかし、視界は強風で白く煙っている。水平線は、船橋の目の高さからは二五マイルほど先だ。

〈ふゆしま〉は、台風の影響による北からの強風に船首を向ける形で、日中中間線の手前の位置に停止している。

御手洗は双眼鏡を取った。

いつもの、中国監視船が現われたのか。

「監視船にしては形が変だな——ヘリも来る……?」つぶやいた。「多いな、何機いるんだ」

巡視船〈しきしま〉

「ヘリ多数、接近中です」

ＯＩＣの対空監視席で、監視員が声を上げた。

「五機、六機――いえ八機です。本船と、〈ふゆしま〉に向かって来る」

「何だと？」

当直士官が、眉をひそめた。

「どこから湧いて来たんだ、このヘリの群れは」

「分かりません」

「船影、接近します」水上監視レーダーを見る監視員も声を上げた。「速度一九ノット。北からまっすぐこちらへ」

「警戒させよう、様子が変だ」

当直士官はマイクを取った。

〈しきしま〉船橋

「こっちへ来るぞ」

船橋の両翼に張り出したウイング・ブリッジから、双眼鏡を手にした見張員が叫んだ。

その声が、パリパリと空気を裂くような爆音にかき消される。

「――軍用の、ヘリだっ……！」

「通信長。国際緊急周波数で警告せよ」

スキップ・シートについた白い制服の船長が命じた。

「どこのヘリだか知らないが――いやたぶん中国だろうが、日本の巡視船にこのように接近すれば敵対行動とみなされるぞ」

「はっ」

「あれはカモフ28のようです」

船長の横で、双眼鏡を取った一等航海士が言った。

「旧ソ連製の対潜ヘリです。しかし変だな、人民解放軍の赤いマークは無い」

「中国のものではないのか？」

「この海域では、中国軍以外に考えられませんが――う!?」

一等航海士が、思わずという感じで唸る。

「ぶ、ぶつけるつもりかっ」

灰色の箱形の胴体。ずんぐりした軍用ヘリコプターが、たちまち接近すると低く降りて〈しきしま〉の前甲板の真上、船橋の窓のすぐ前で機首を上げ、空中停止したのだ。

パリパリパリパリ
窓の横幅すべてが、灰色の機体で一杯になる。

まるで中を覗いているようだ。凄じい爆音。回転翼のダウンウォッシュが、開け放したウイング・ブリッジの扉から吹き込んでそこらじゅうの紙類を飛ばし散らした。

ばさばさばさっ
「な、何をする気だっ」

灰色の対潜ヘリは、次いでぐるりと向きを変え、胴体の左側面を船橋の窓へ向けた。ペイントが新しい。普通なら赤い人民解放軍の標識があるはずの後部胴体に、何か別のマークが描かれている。

「何だ」

「!?」

「……!?」

船橋にいた士官全員が、息を呑んだ。

「お、おい」

船長が叫ぶ暇もなかった。

カモフ28型ヘリの側面ドアがスライドし、内部が見えた。黒っぽい複数の人影。床に膝をついた黒い戦闘服が、肩に担いだ長い物をこちらへまっすぐに向けた。

シュバッ

〈ふゆしま〉船橋

「な、何が起きた――!?」

御手洗船長は、一マイルほど右横の海面に並んで浮かぶ〈しきしま〉――白い巡視船の船体を双眼鏡で見やって息を呑んだ。

双眼鏡で拡大した視野では、〈しきしま〉の前甲板すれすれに降下してホヴァリングする灰色の軍用ヘリが、宙で機体を回転させ側面ドアを船橋の窓へ向けると、何かを発射した。鋭い赤い火の矢のようなものが瞬時に撃ち込まれ、船橋の窓がすべて白い飛沫《しぶき》のように消し飛ぶと、閃光と共に爆発。

「――ま、まさかあれは」

双眼鏡で拡大するまでもなかった、一マイル横の水面では、灰色のヘリの群れが蠅のように白い船体にたかり、それぞれ船橋上部のレーダーやアンテナ群、機関砲の砲塔、そして外向きに開いた扉という扉、窓という窓に、火の矢のようなものを撃ち込んでいる。

次々に爆発。あれは――ロケット砲か……!?

「う」

最後に、〈しきしま〉の後部飛行甲板の上すれすれに廻り込んだ一機が、甲板上のベル204の機体と、角ばったヘリ格納庫の内部へ向け続けざまにロケット砲を放った。

大爆発。

後部甲板・格納デッキ
〈わだつみ6500〉

「副パイロットの本田です、よろしく」

分厚い円型ハッチから短い梯子で降りると、小さな球体の内部のような空間だ。操縦席と、数か所の円い窓がある。

とても立っては歩けない。球形空間の底では、二十代らしい日に灼けた男が出迎えた。

人懐こい笑顔で右手を差し出した。

「狭いから驚いたでしょう」

「夏威です。どうも」

かがんだ姿勢で見回すと、すぐ頭上にハッチ、計器類やディスプレーに囲まれて三人がようやく座れるスペース——陸上自衛隊の戦車の内部のようだ。

これが深海潜水調査船か。

「しかし狭い……」

「全長一〇メートルの船体の中で、人が乗って水圧に耐えられるのは、この直径二メートルの耐圧球の中だけです。周りの船体は耐圧球を運ぶための囲いですよ」

「なるほど」

「ところで」

本田という副パイロットは訊いた。

「『TV局の女性記者が来るらしい』って聞いて、楽しみにしていたんですが。ご一緒ではなかったんですか?」

「え?」

「いや、こいつは独身でしてね」

松崎が笑って、後輩の背を叩く。

「女性が船に来ると聞くと、どうやって船内を案内しようかとか、一生懸命計画するんです。そういえば先週、大八洲TVの取材班が来るらしいってFAXがあった」

「いや」

大八洲TV……？

「聞かないな」夏威は頭を振る。「来る時のヘリにも――」

言いかけた時。

ズズン、と球体の底が震えた。


「何だ」

「何でしょう」

松崎と本田が、同時に周囲を見回す。耐圧球の壁越しに、気配を探る感じだ。

「海底地震の衝撃波かな」

〈ふゆしま〉船橋

「おいっ、第十一管区保安本部へ通報を――」

右横一マイル、爆発し炎上する白い船体を見やって御手洗船長は怒鳴った。

いったい何が起きている。水平線から突如飛来した灰色のヘリの群れに、〈しきしま〉が襲撃された……!?　あのように第一撃で船橋を爆砕されたのでは、事態を知らせて救援を呼べたか分からない。

だが
「――う」

次の瞬間、日が陰ったような気がして窓を見上げた御手洗は、声を詰まらせた。

パリパリパリッ
空気を裂くローターの回転音が〈ふゆしま〉の船橋を震わせると、窓の上縁から灰色の機体が横向きで下がってきた。至近距離。すでに側面ドアが一杯に開かれ、黒い戦闘服の群れがこちらを見ている。そのうち一人は膝をつく姿勢で、肩に担いだ細長い物体を御手洗の顔へまっすぐ向けている。

『無線を使うな』

窓を震わせるような拡声器の声。

日本語だ、少しイントネーションの変な日本語。

『無線を使うな、降伏せよ』

「な――」

ドカンッ、と突き飛ばされるような衝撃を受け、御手洗は船長席から転げおちそうになった。

前から撃たれたのではない（ロケット砲を撃ち込まれたら即座に吹っ飛んでいる）、どこか船橋の後ろの方で、船体に爆発が起きた。

「船長っ」

「せ、船長っ！」

船が停止しているので、後方で別の作業をしていた航海士と船務長が駆け込んできた。口々に後方を指して「レーダーが」「アンテナマストがっ」と言いかけ、再びドカンッ、と船体が揺らぐと床から放り上げられるように転んだ。

「うわ」

「わっ」

「しっかりしろ——うぅ」

御手洗は二人を助け起こそうとして、窓によぎった気配に振り向き絶句した。

船橋の窓のすぐ前にホヴァリングする灰色の機体からロープが何本も投げおとされ、黒い人影が次々にスルスルと伝い降りていく。黒い戦闘服たちは目出し帽を被り、肩からバンドで銃器を吊している。

「ウイング・ブリッジの扉を閉めろ。早くしろ」

「は、はいっ」

パリパリパリパリ
爆音が重なって聞こえる。目の前の機体だけではない、この船橋の天井の真上にも——

他にも正体不明の軍用ヘリは何機、〈ふゆしま〉に群がっているのか。

「船長」

風圧に抗して扉を閉めた船務長が、振り向いて訊いた。

「いったい何が」

「分からん」

言いかけた御手洗の耳を、がんっ、という衝撃音が打った。

「うわ」

船務長が後ずさる。

（……!?）

見ると、船橋から両翼へ張り出す見張り用のウイング・ブリッジに、黒い人影が着地して、外から扉を蹴ったのだ。開かないと見ると、戦闘服は肩から掛けた銃身の短い機関銃のようなものを構えた。

「おい伏せ──」

叫ぶ暇もなく、発砲された。

バシャンッ
衝撃波。

一連射で扉の窓ガラスはあっけなく吹っ飛び、戦闘服の腕が入り込んで把手《とって》を掴んだ。

ぐいと回して、引き開ける。その戦闘服の背後に続々と同じ戦闘服が降りて来る。

「――」

「――」

御手洗を始め〈ふゆしま〉の三人の幹部は、固まって見ていることしか出来ない。

2

〈ふゆしま〉後部甲板・格納デッキ

「何だ」

ズン、ズンッと続けて〈わだつみ〉内部の床が揺れた。

松崎と本田が、顔を見合わせる。

「海底地震にしちゃ、連続し過ぎる。中間線の向こうで、中国が何かやっているのか」

「ちょっと、外を見てきます」

本田が梯子に足をかける。登っていく。

その横で、夏威は眉をひそめた。

この重苦しい衝撃波の連続――まるで前に防衛省の視察で見た、富士の総合火力演習の砲弾の爆発のようだ……。

「ブリッジに訊いてみましょう」

松崎は、操縦席の右横にある液晶モニターに向かった。画像の出る通信システムがあるのか。キーボードで何か操作するとモニターが明るくなった。

「有線を使った、本船とのデータ通信システムです。ブリッジと、潜航指揮所の二か所と画像回線で話せます」

ぱっ、と何かが映った。

見覚えがある、さっき御手洗船長に挨拶をした船橋の様子だが――

「!?」

「……!?」

夏威と松崎は、同時に息を呑んだ。

黒い人影の群れが動く。画面の右手、船橋の横の見張り台へ出る扉を外から蹴破るようにして、一群の影が内部へなだれ込んでいる。

何だ、あれは……。

「音声は」夏威は言った。「向こうの、音声は聞けますか」

「あ、あぁ」

松崎がうなずいて操作すると、モニターの上のスピーカーが息をつく。ドドドッ、という地響きのような音。これは足音か……？　背景のパリパリという響きは何だ――？　ヘリの爆音のように聞こえる。

「ヘリです」

ハッチから身を乗り出した本田が、頭上で叫んだ。

「後部甲板の真上にホヴァリングしている。ロープで、なんかたくさん降りて来る」

「戻れ」

夏威は言った。

モニター画面の黒い群れは、目出し帽を被って銃器を携行している。それを目にして、とっさに言ったのだ。

「戻って、ハッチを閉めるんだ」

「戻れ本田」

松崎も叫んだ。

〈ふゆしま〉船橋

「全員、動くな」

なだれ込んできた黒い群れは、たちまち船橋の前面窓の前に立ちはだかるように並ぶと、手にした銃器を向けて来た。カチャカチャッ、と金属音。

「この船は、たった今我々が制圧した」

イントネーションのややずれた日本語で告げたのは、最後にウイング・ブリッジから踏み込んで来た黒戦闘服だ。胸板が厚く、長身。他の戦闘服たちと違うのは、左腕に赤い布をバンダナのように巻きつけている。

「――――」

「――き」

御手洗船長が、ようやく口を開く。

「君たちは、何」

何者だ――と問いかける前に、船橋の後方で悲鳴が上がった。どたどたっと転がるような足音。

御手洗が振り向くと、他の乗組員たちが蹴り込まれるように入って来た。後から複数の黒戦闘服が銃を構え、追い立てるように上がって来る。

「船長」

「せ、船長――わっ」

「☆▼×※！」

戦闘服の一人は鋭い声で乗組員の背を蹴飛ばし、床へ転がすと、赤い布を巻いたリーダー格の戦闘服へ何か報告した。

「▼※◎！」

「▲※！」

リーダー格の戦闘服は、前面窓を背にした位置から同じ言語でうなずく。早口の中国語らしい、報告を受け『御苦労』とでも言ったのか。

〈ふゆしま〉の乗組員たちは、銃口に囲まれ、船橋の床の中央へたちまち集められた。戦闘員たちが銃口を上下に動かし、口々に『座れ』というニュアンスの言葉を発した。

「お前たち」

リーダー格の戦闘服は、両手を後ろで組むと、床へ座らせた乗組員たちを睥睨《へいげい》した。

「中国の資源を略奪しようと企む、悪い日本の調査船の乗組員ども」

後部格納デッキ　〈わだつみ6500〉

『お前たちは人質である』

モニター画面の戦闘服の声が、スピーカーに出る。

船橋には、〈わだつみ６５００〉と交信するための通信席が備わっているらしい。ＴＶ通信回線のカメラがちょうど前方を向いている。なだれ込んで来た黒戦闘服たちのリーダー格の話す様子を映し出している。

『歴史上あきらかに我が中国のものであるこの海と島々の資源を、お前たち間違った悪い日本人は盗もうとしている。お前たちは罰を受けなければならない』

「――――」

夏威は、モニターの中の船橋の様子をよく読み取ろうとした。

何だ、こいつらは……。携行している銃器は、マシンピストルの一種だ。

「みんな集められてる」

本田が画面を見て言う。

「全員かどうかは、よく見えないけど」

「こいつらは何だろう、夏威さん」

「分からないが――この船には、何人乗っているのです?」

「多くはない」松崎が応える。「二十六名だ、あなたを入れて二十七」

「あれ、中国語でしょう。さっき叫んでいた」

「そうだ」夏威はうなずく。「『船内は制圧しました』と報告した」

「わかるんですか」

「だいたいだが」

「〈しきしま〉はどうしたんでしょう」

本田は横の方を指す。

「すぐ一マイル横にいるんです」

「そうだな」松崎がうなずく。「すぐ対応してくれるはずだ、こんな事態が起きたら——海保の特別警備隊は乗せていないが、近寄って来てすぐ何とか」

「…………」

夏威は、はっと気づいた。

さっきの連続した爆発のようなもの——あれは、何だったのだ。

上にヘリは、何機いる……？　いったいどこから来た——？

〈ふゆしま〉船橋

「き、君たちは何者だ」

御手洗船長が、リーダー格の戦闘服を睨んで言った。

「中国軍か。こんなことをして、どうなると思う。日本と戦争を始めるつもりかっ」

「戦争……？　ふん」

赤い布を袖に巻いた戦闘服は、鼻を鳴らすといきなり目出し帽を取った。

彫りの深い、鋭い目の顔があらわになった。

乗組員の全員が、注視する。

「国家間の紛争にはならん」

「な、なぜだ」

「我々は、結社〈紅巾党《こうきん》〉だ。堕落した人民解放軍に代わって漢民族の誇りを護るために立ち上がった、反乱軍だ」

「何だと」

「我々の決行した行動は、中国政府とは無関係だ」

「――――」

「――――」

「航行を開始せよ」

リーダー格の男は、同じことを中国語で繰り返し命じた。

戦闘服のうち数人が「▲※！」と返事をして、通り道の妨げになる乗組員を蹴飛ばすと、操舵コンソールと速力指示器についた。

「取り舵二四〇度、全速」

「▲※！」

機関室にも、同じ戦闘服の仲間がいるのか。速力指示器がチリン、チリンと鳴りながら入れられると、どこか後方でディーゼル機関の唸る音が高まり始めた。

舵が切られる。北に向いて止まっていた船首が、徐々に左手へ廻り出す。

「何をする。どこへ船を持っていくつもりだ!?」

「我々の目的地だ。我が領土だ」

後部格納デッキ〈わだつみ6500〉

「そうだ、通報を」

モニター画面の中で舵が切られると、船全体がゆっくりと左へ旋回を開始する。それが耐圧球の中にいても感じられた。

「〈しきしま〉はどうなったのか分からない、東京へ通報しよう」

あれは、訓練された戦闘員の集団――テロリストか？　この船を乗っ取って、どこかへ向かおうと言うのか……？

巡視船〈しきしま〉が健在なら、こんな真似は出来るわけがない。夏威は胸ポケットの携帯を出した。スカイプのアプリを起動させる。通報しなくては。誰に言う……？　そうだ、さっき呼んで来たばかりの団三郎だ。

だが
「通じない」

「僕のを試そう」

すぐに松崎が、自分の携帯を取り出すが
「――駄目だ、無線ＬＡＮには繋がるんだが」

「衛星アンテナじゃないですか」

「携帯ではなく、この通信システムでどこか外部を呼べませんか」

夏威が訊くと。

「おう、そうだ」松崎はキーボードに向き直った。「今なら本船と有線で繋がっているから。ネット経由でどことでも――」

「では防衛省の、このアドレスを。私の友人がいる」

夏威は携帯の画面を示す。

「夏威さん、自衛隊に知り合いがいるんですか」

本田が言う。

「私はもともとは防衛省の職員だ」

「じゃ、自衛隊を出動させて下さいよ」

「こういう時に対処するのは、第一義的には海保だが、防衛省経由で救援は呼べる」

しかし
「駄目だ」

松崎が頭を振った。

「ネットに繋がらなくなっている」

〈ふゆしま〉船橋

「我々〈紅巾党〉の声明を、これからＴＶ中継で全世界へ向け発信する」

リーダーの男は宣言した。

「日本政府への要求もだ。日本人報道記者に直接読み上げさせ、リポートさせる」

「テ」

「ＴＶ中継……？」

乗組員たちは顔を見合わせる。

戦闘服の男たちは周囲をずらりと取り囲み、銃を構えている。

何をするつもりか。

「中継を始める。連れて来い、●▽※×！」

「▲※！」

戦闘員の一人が応え、船橋右手のウイング・ブリッジへ出ると、頭上へ手を振った。

真上にホヴァリングしているヘリから、ロープに吊されて何か降ろされて来る。蓑虫《みのむし》のように揺れているが――

「……!?」

「!?」

船長たちは絶句した。

縛られた人間が、荷物のように降ろされて来るのだ。戦闘員がウイング・ブリッジ上で受け止めると、開け放した扉から船橋の床へ蹴って転がした。連続して、もう一体。

「ほどいてやれ」

リーダーが命じると、乗組員たちが注視する中、ぐるぐる巻きに縛られた縄がナイフでカットされる。転がされている一人はジーンズ姿の小柄な女性、もう一人はデニムの上下を着た若い男だ。顔に遠慮なく貼られた大判の粘着テープが、乱暴な手つきではがされると女性は「はぁっ、はぁっ」と激しく息をついた。

「――――」

「――――」

船長と、航海士が顔を見合わせる。

立ち上がりかける数人の乗組員を、戦闘員が銃口で『座れ』と押し止める。

「活きのいい女性記者、報道させてやる」

続いてヘリから黒い箱形の荷物が降ろされて来る。戦闘員が受け取って、数人がかりでカチャカチャと船橋の床に何か機材を設置する。

ジーンズの女性は、消耗しているのか、ロープを解かれても床に手をついたまま呼吸していたが、戦闘員に髪をつかまれて引きずり起こされた。

「な、何するのよっ」

鋭く叫び返す。

後部格納デッキ〈わだつみ６５００〉

『何するのよっ、放して』

スピーカーの高い声に、夏威はハッ、とモニター画面を見やった。

「……！」

目を剝いた。戦闘員の手で引きずり起こされる、小柄な女性の顔。

「さ、沢渡――」

「知っているんですか、夏威さん」

「大八洲ＴＶの記者だ」

「えっ」

画面では、船橋の前面窓を背に、ジーンズの女性記者が引きずられ、立たされる。戦闘員がその手にマイクを握らせた。

『この船の通信機能は破壊してあるが』

リーダーの男の低い声。

『お前の中継は、我々の母艦を経由して全世界へ配信される。喜べ、お前のリポートが世界中に流れる』

『――』

マイクを握らされ、さらに一枚の紙を戦闘員から押しつけられた沢渡有里香は、リーダーの男を睨み返した。

『ふん、なかなか気骨がある。容貌もよいし中国政府の報道官にしたいくらいだ』

『――あ、あなたたち』

肩で息をしながら、沢渡有里香は言い返す。

『日本と戦争を始めるつもりなのっ』

『戦争にはならんと言っている』

リーダーは自分の戦闘服の胸を指した。

『これを見ろ』

何だ……？

夏威が液晶画面に目を凝らすと、戦闘服の胸に縫いつけられているのは――

（赤いドクロのマーク……？）

何だ、こいつらは。

『我々は反乱軍だ』

『……』

『お前には教えたはずだ。我々〈紅巾党〉は、弱腰の中国政府に反旗をひるがえし、今は正義の海賊となった身。俺たちのしていることは中国政府とは一切関係ない』

『だってあんな大きな空《くう》――』

『黙れ』

沢渡有里香が一方を指そうとするのを、リーダーは遮った。

東京　府中
総隊司令部・中央指揮所

「先任」

炎上する那覇基地の光景が、ＮＨＫの映像で正面スクリーン左側に映され続ける。

それを見上げながら、情報担当官が進言した。

「今、南西方面にアンノンが出現したら対処出来ません。小松のＦ《エフ》に増槽を満載してただちに発進させ、空中哨戒をさせたらどうでしょう」

「うむ」

　葵もうなずく。

「俺も、それを考えていた。Ｆ15は巡航で四時間半飛べる。南西諸島上空まで進出させて一時間哨戒、後は宮古島か下地島へ臨時に着陸させればいい。それを繰り返せば、何とか——」

　ＮＨＫの映像は、下にテロップが流れる。『中国巨大輸送機の事故発生に当たり、国土交通大臣が省内に緊急対策本部を設置』——葵はそれを見上げ、眉をひそめる。

　事故……？　あれは事故なのか。

　沖縄の航空自衛隊が機能を喪失しているこの時、南西諸島で何か起きたら俺たちは手も足も出ない。

「小松のＦには中距離ミサイルを携行させよう」葵は言った。「Ｆ15各機はＡＡＭ４四発に六〇〇ガロン増槽を二本搭載、これを二機ずつ、三十分間隔で発進させる。九州を台風が通過し切るまで、ローテーションでとりあえず五組は必要だ」

「先任、それでは」

「分かっている。〈対領空侵犯措置〉とは別に、部隊にこれだけの出動をさせるとなれば俺の権限を超える。ただちに〈規定〉——いや敷石《しきいし》総隊司令を」

「もう来ておる」

しわがれた声が背中でしたので、びっくりして振り仰ぐと。

面白くもない――という顔をした五十代後半の男が、トップダイアスの中央の席に座るところだ。上着の肩に空将補の階級章。

「司令」

「これは司令」

立ち上がって敬礼しかける管制官たちを、敷石空将補は「いい」と手で制した。

「上で、TVを見た。幕僚たちにも召集をかけておる。先任指令官、情況を説明せよ」

永田町　総理官邸

「官邸の危機管理センターを、たった今稼働させた」

官邸会見ルームには、TV・新聞等各社の報道陣が押し寄せていた。

与党・主民党の党職員によって、中央新聞とTV中央の記者・カメラマンだけが特別に最前列に案内されているのはいつもの光景だったが、壇上に現われ説明を始めたのは魚の干物を想わせる容貌の痩《や》せた五十代の男だ。

蛇川十郎《じゃがわじゅうろう》。主権在民党の政調会長である。

「稼働させた理由は、沖縄で起きた中国国籍の輸送機による事故に対処するためだ」

「政調会長」

記者たちの手が挙がる。

蛇川が「はい」と指して、応答を始める。

「事故についてですが。那覇での被害は、どの程度把握《はあく》されているのですか？」

「それについては現在、国土交通省の緊急対策本部が情報を収集中だ」

「現地からの映像では、自衛隊の基地の方にかなりの被害が出ている模様ですが？」

「それも調査中だ。民間ターミナルに被害がないなら幸いだ」

「会長。なぜ淵上臨時総理代行も、官房長官も会見に出て来られないのですか？」

「総理代行は別の場所で、しっかりと全体を把握し指揮を取っておられる。だからマスコミへの対応は私がする。はい次の人」

「政調会長、これは本当に事故だとお考えですか？」

「何だね」

蛇川は、茶色く干されたような頬を引きつらせ、質問した記者を睨み返した。

「君は誰だね」

「的川総合研究所主宰、フリーの的川繁秋です。会長、中国は尖閣諸島を狙っている、今回の事態は那覇基地の航空自衛隊勢力を壊滅させ、その隙に何か――」

「馬鹿なことを言うな」

蛇川は遮るが

「馬鹿ではありませんよ」フリー・ジャーナリストは続ける。

「いいですか、あなたがた主民党が政権を取って以来、中国がどんどん我々の領土へ踏み込んで来ているではありませんか」

「そんなことはない。政府は領土をしっかりと護っている」

「本当ですか？　あなたがたは領土を中国へ渡すつもりではないのですか」

「そんなこと、あるわけが」

「ではあなたがたの最高責任者である淵上臨時総理代行は、今どこにいるのです。また料亭じゃないんですか。あの人は昔から何かことを起こす時はみずからは表に出ず、料亭に籠《こも》って家来を集め、指令を出して来た。今回姿が見えないと言うのは」

「間違った発言は止めろ馬鹿野郎っ」

ふいに怒鳴って、ジャーナリストの質問を遮ったのは最前列の記者だ。立ち上がって振り返り、ブルドッグのような容貌のフリー・ジャーナリストを指さした。

「官邸の会見で妄想を口にするな。平和を愛する主民党と蛇川政調会長に、何と言う失礼な質問だ。誰がこんな奴を入れた、つまみ出せ」

府中 総隊司令部・中央指揮所

「よし、ただちに小松基地・第六航空団のFに増槽を満載、準備出来次第発進させよ」

トップダイアスから敷石が命じた。

「宮古島周辺空域まで進出し、空中哨戒。〈対領空侵犯措置〉に備えよ。現在小松で開催中の戦技競技会は一時的に中断する」

「はっ――」

葵は立ち上がり、命令を復唱しかけるが、ついでに進言した。

「司令、中距離ミサイルの装備は、いかが致しますか」

「それは早計だ」

敷石は頭を振る。

「空中哨戒は、アンノンの出現と領空侵犯に対して事前に備えるものだ。ＡＡＭ４までを携行させる根拠はない。通常のスクランブル時と同じ装備とせよ」

「は、はい」

空中哨戒を出せるだけでも、いいか。

葵はうなずいた。

「ではただちに、アラートと同じ装備でFを出します」

だが
「総隊司令」

連絡担当官が、赤い受話器を手に振り向いた。

「市ケ谷の本省から緊急通信が入っています。統幕議長です」

「スピーカーに出せ」


『総隊司令』

中央指揮所の天井スピーカーに、苛立ったような声が響いた。

『任務ご苦労だ。早速だが、今回の那覇基地の一時的な機能停止に関して、防衛大臣からの指示を伝える』

「――――」

「――――」

管制卓につく各セクター担当の要撃管制官たちが、天井を見上げる。

『防衛大臣は、今回の民間輸送機事故を国民と自衛隊が『中国からのテロ攻撃』と勘違いし、過剰な反応をすることを何よりも心配しておられる。憶測や勘違いをしてはならない。政府と国土交通省の判断では、これはあくまで事故である。したがって』

くそっ……。

葵は、天井を見上げて歯嚙みした。

あの主民党の丸肌《まるはだ》という防衛大臣は、いったい国を護る気があるのか……!?

『したがって自衛隊は、過剰な対応をしてはならない。敷石空将補、まさか航空自衛隊は国籍不明機も現われないうちから、南西諸島方面に武装した戦闘機を飛び回らせようとはしていないだろうな?』

「統幕議長」

卓上マイクのスイッチを入れ、面白くもなさそうな表情で敷石は応えた。

「九州への台風上陸にかんがみ、出動可能な小松基地の要撃戦闘機に南西空域の空中哨戒を命じるところです」

『ならん』

苛立った声が、天井から降って来た。

『この時期に空自の戦闘機が南西空域を飛び回れば、無用の緊張を招く。蘆溝橋《ろこうきょう》事件を知らぬではあるまい、我々がわざと那覇で事故を起こさせ、それを「中国のせいだ」と決め付けてこれを機に尖閣諸島へ駐留部隊を進出させようと企んでいる、と中国から非難されたらどうなるのだ。軍事緊張が一気に高まるぞ。そのようなことがあってはならん。いいか、これは防衛大臣命令である。陸・海・空各自衛隊は、別命あるまで通常の業務範囲以上の行動を絶対に取ってはならない』

「――」

「――」

『分かったか総隊司令』

「分かりました」

敷石は、いつものしわがれた声で応えた。

「大臣命令に従い、航空自衛隊は通常の業務範囲以上の行動を取りません」

東シナ海　海洋調査船〈ふゆしま〉

船橋の床に機材が組み立てられてセットされ、膝をついた戦闘員が『ＯＫ』という合図をした。

御手洗船長は、黒いケーブルがウイング・ブリッジの外へ伸ばされ、皿のようなアンテナらしき物へ繋がれているのを見た。皿のアンテナは、今や南西へ向いて航行を始めた〈ふゆしま〉の船体から、右斜め後方へ向けられている。

「……？」

何だ……。

強風で白く煙るような海面。一マイルほど斜め後方に、あれは何だ、灰色をした巨大な影が――

ざざざっ、と船橋の前方から黒戦闘服の群れが引いて、中央に立つ小柄な女性が一人にされた。マイクを持たされている。振り返るとデニムの上下の若い男が、肩に担いだVTRカメラを女性に向ける。若い男の頬には、殴られたようなあざがある。

「始めろ」

リーダー格の男が、カメラに写らない右横から日本語で指示した。

女性――報道記者、とリーダーの男に呼ばれたか。整った顔できっ、とリーダーを睨むと、本能的にか髪のほつれを手で直して、カメラに目を向けた。

「――日本国民の、みなさん」

3

東京　赤坂

料亭〈蓬萊千郭〉

「始まりました」

ダークスーツの男が、座卓に広げたノートPCを見ながら言った。

「全世界へ向け、ネット経由で〈声明〉が読み上げられます」

「――――」

掛け軸を背にした上座の人物は、黒い顔の仏像のような眼をさらに細めた。

大広間に、序列に従うように左右に並んで座っている数十人が、それを見て全員ざざっ、と膝を正した。

「国土交通大臣、報告せよ」

「はっ」

呼ばれると、座敷の前の方に座っている議員バッジのスーツ姿が、平伏するようにして応えた。

「臨時総理代行、報告いたします。那覇空港は事故のため現在閉鎖中であり、あと数日間は離発着出来ません。また国交省所管である海上保安庁の巡視船ですが、現在『目的地』周辺には二隻しかおらず、問題になりません」

黒い顔の人物は、うむとうなずく。

続いて
「外務省アジア大洋州局長」

「はっ」

座敷の列の中ほどから、揚手雄三がひと膝進み出ると、ポマードの頭で平伏した。

「先生。外務省は〈声明〉が発信された後、ただちに遺憾の意は表明しますが、中国政府のしたことではありませんので、大使を呼び抗議することは致しません」

「うむ。財務大臣」

「はっ」

列の前方にいた白髪の議員バッジが、平伏する。

「総理代行。犯人グループからの身の代金の要求があり次第、財務省は支払のためただちに緊急国債の発行をいたします」

「人命は地球よりも重い。心して用意せよ」

「はっ」

「それから防衛大臣」

「ははっ」

なぜか列の末席に座らされていた、大柄な議員バッジの男が進み出て平伏した。

上座の黒い顔の人物――臨時総理代行と呼ばれた男は、細くした仏像のような目を、さらに細くした。

「丸肌、わかっておろうな」

「ははっ」

大柄な議員バッジの男は、赤ら顔から汗を滴らせて平伏した。

畳に額をこすりつけ、声を上げた。

「総理代行、今回の事案はあくまでテロであり犯罪であり、武力侵攻ではありません。したがって防衛省は海上保安庁にすべての対処を任せ、絶対に手を出しません」

「うむ」

黒い顔の人物は、鼻で息をした。

「もし今回も、自衛隊が勝手に動くようなことがあれば。咲山のようになるぞ」

「ははぁっ」

東シナ海　海洋調査船〈ふゆしま〉

「日本国民のみなさん、わたし――う」

沢渡有里香は、くらっとした頭を振り、マイクを額に当てた。

しっかりしろ、有里香。

足を踏ん張り、自分に言い聞かせた。床に座らされた乗組員たちの向こうで、カメラを構えているのは道振だ。さらにその周囲をずらりと戦闘員たちが囲む。

よくも――

有里香は、黒い群れの中で腕組みをする目の鋭い男を横目で睨んだ。

あいつ。このわたしを、殴って拉致《らち》して三日も監禁して……！

肩で、息をした。

「何をしている」

赤い布を二の腕に巻いた男は、促した。

「渡した〈声明〉を読むのだ」

「――――」

有里香は睨み返すと、押しつけられたＡ４のペーパーを持ち上げた。

後部格納デッキ〈わだつみ６５００〉

『――国民のみなさん。わたしは沢渡有里香。大八洲ＴＶの記者です』

モニター画面には、立ち並んだ黒戦闘服の背の間に、簡易ライトを当てられた女性記者の顔が浮き上がるように見える。

（………）

夏威は映像の様子に目を凝らした。

この映像を送って来る通信コンソールは、船橋の一番後方にあるらしい。黒戦闘服たちがVTRカメラに写り込まないようにか、後方へ下がってきたのでそれらの背中が邪魔になっている。だが沢渡有里香の声と表情は分かる。

「――」

「――」

松崎も本田も、息を呑んで画面に見入る。

夏威は思った。沢渡有里香は――彼女はどこかでテロリスト一味に拉致され、連れて来られたのか。いったい何が起きている。

(拉致されたのか)

『わたしは、わたしたちは那覇空港で突然彼ら〈紅巾党〉の組織によって拉致され、監禁された後この船へ連れて来られました。なぜ拉致されたのか分かりません。彼らは武装勢力です。抵抗も出来ません。監禁されている間、彼らはわたしにこう言いました。自分たちは中国人民解放軍の中から立ち上がり、中国政府に対して反旗をひるがえした反乱軍である――〈漢民族の誇りを取り戻すため立ち上がった正義の志士〉とか自称しています。彼らは現在この船、日本の海底研究開発センター所属の海洋調査船〈ふゆしま〉を乗っ取って、乗組員二十六名とわたしと道振カメラマンを人質にし、これから尖閣諸島・魚釣島へ向かうと言っています。彼らにこの〈声明〉を読めと強要されました。読みます』

沢渡有里香は、手にした紙を、目の高さへ持ち上げた。

『──我々〈紅巾党〉は、人民解放軍・第十一独立航空艦隊を率いる鍔延辺将軍によって組織された反乱軍である。我々は弱腰の中国政府と人民解放軍に代わって、誇りある漢民族の利益と栄光を取り戻す。その第一歩として、間違った悪い日本民族により侵略され、長年不法に占拠されてきた釣魚台とその周辺の島々をこの手に取り戻す。日本人と日本政府に告げる。我々の行動をもしも妨害すれば、お前たちは無慈悲な正義の鉄槌《てっつい》を下されることになるだろう』

『その通りだ』

横から低い声がして、赤い布を腕に巻いたリーダーの男が、VTRカメラの視野の中へ踏み込んで来ると沢渡有里香に並んだ。ぐい、と有里香の首筋を左手で後ろから摑む。

『──!』

有里香が、きっと睨み返す。

『ふん』

彫りの深い男は、目で笑うとVTRカメラに向いた。

『今、沢渡記者に読みあげさせた通りだ。我々は〈紅巾党〉。俺は、鍔延辺将軍のもとで戦闘部隊を束ねる、劉国強《リウグォチャン》大佐だ』

顔をさらした……?

夏威は眉をひそめる。

『日本政府に次の二つを要求する。要求の第一。ただちに、不法で間違った尖閣諸島の領有権主張を止め、島々を明け渡し我々漢民族に対して謝罪し賠償せよ。我々はこれより釣魚台へ上陸し、我々の手による実効支配を開始する。〈ふゆしま〉の乗組員二十六名と、この記者とカメラマンは人質である。もしも妨害すれば人質の生命はない。要求の第二は――』

尖閣へ向かって、上陸する……?

夏威は息を吞む。横で、潜水艇の乗員二人も顔を見合わせる。

〈紅巾党〉……? そう言ったか。この武装グループは、これから尖閣諸島の魚釣島へ上陸し、島を乗っ取るというのか。この船の乗組員を人質に……!?

「こ」

「こいつら」

松崎と本田は言いかけるが

「しっ」

夏威はそれを制した。

船橋の前方では『身の代金を要求する』とリーダーの男――劉国強と名乗ったか――が弁舌をふるっていたが、通信コンソールのすぐ前に背中を向けて立っている戦闘員たちが小声で私語をしている。

中国語だ。

夏威は耳を澄ませる。

『どうせ島へ着いたら、あの記者は殺すんだろう』

『殺すのか』

『上陸をリポートさせたら、その場で銃殺する。将軍の指示らしい』

『もったいないな』

『その前に好きにすればいい』

『おいお前たち、あの記者だけではないぞ。身の代金二十六兆円を振り込ませたら、人質は全員殺す』

『殺す？』

『本当ですか副隊長』

『生かしたまま引き渡すなんて、そんな面倒臭いことを将軍がやるわけないだろう』

「……!?」

目を見開くと、画面の外から今度は『副隊長』と別の声がした。

『副隊長、報告します。見せしめにまず処刑する予定の、外交官が見当たりません』

『何』

『この船橋に集めた中には、手配写真に該当する者がいません。潜水艇の乗組員二名も見当たりません』

『ただちに捜せっ』声が命じた。『外交官の処刑も、これに続けて配信する予定になっている。船内をもう一度捜すのだ』

「…………」

「夏威さん、何て言っているんです」

本田が、絶句する夏威の顔を覗き込んだ。

「おい」

松崎が円い観測窓の一つを指した。

「格納デッキに、誰か入ってきた」

府中　総隊司令部・中央指揮所

「司令。進言致します」

葵は立ち上がると、トップダイアスの敷石を見上げた。

「空中哨戒の代替案です」

「何だ」

「現在、小松で開催中の戦技競技会を中断にはせず、午後の競技へ向かう選手機に増槽を満載、G空域に滞空させてはいかがでしょう」

「選手機に？」

「はい」葵はうなずく。「予定通りの競技会なのですから、増槽を満載した戦闘機が多数飛んでいても、不自然ではありません。アンノン出現の事態となれば、空中からただちに向かえます。地上からスクランブルを出すよりいくらか早いです」

「だが訓練目的では、武装をアーミングするわけには行くまい」

「いえ。競技の演目を〈実弾射撃〉ということにすれば、機関砲もミサイルも撃てるように出来ます」

「……ううむ」

　敷石は考え込むが。

　その時
『緊急のニュースです』

　正面スクリーンの左手に、ウインドーを開いて映し出していた那覇空港の中継映像――NHKの報道番組が、ふいにスタジオに切り替わった。男性アナウンサーが、ネクタイを直しながら原稿を読み始める。

『ただいま入りました、緊急のニュースです。沖縄県の南西諸島、宮古島沖合いの東シナ海において、わが国の海底研究開発センターに所属する海洋調査船〈ふゆしま〉が何者かに襲われ、占拠されました。繰り返します、東シナ海の日中中間線付近で海底資源の探査にあたっていた海洋調査船〈ふゆしま〉が、武装勢力に乗っ取られたとの情報が入りました。ＮＨＫで独自に確かめたところ、同船につき添って警護に当たっていた海上保安庁の巡視船〈しきしま〉から連絡が途絶え、救難信号が発せられていることが同庁を所管する国土交通省への照会で明らかになりました。これから流しますのは、武装勢力からＮＨＫへインターネット経由で送りつけられた映像です』

「────」

「────」

葵を始め、中央指揮所の全員が息を呑んで見上げた。

画面が切り替わる。いきなり女性の顔がアップになる。

『──国民のみなさん、わたし──う』

東シナ海　海洋調査船〈ふゆしま〉

後部格納デッキ

「誰かデッキに入って来る」

直径二〇センチもない、〈わだつみ６５００〉の半球観測窓から外を見やって、松崎が言った。

「あの戦闘服の連中だ」

「……！」

夏威も横から覗く。

護衛艦のヘリコプター格納庫のような、〈ふゆしま〉の後部格納デッキ。船尾に向けて開放された構造は同じだが、ヘリ格納庫と違うところは〈わだつみ〉の船体を吊す大文字の『A』に似た形の大型クレーンがそびえているところだ。

今、船内通路からの扉を蹴るように開けて、黒戦闘服の人影が二つ、格納デッキの空間へ駆け込んできた。その手には銃身の短い機関銃。

「――来た。携行しているマシンピストルは、ＭＰ５のコピーか」

「銃器、分かるんですか」

「防衛省時代の研修で、64式を一度撃たせてもらっただけだ」

夏威は頭を振る。

「奴らは、人数が合わないと言っていた。我々を捜しに来た」

夏威が言う暇もなく、黒い二つの人影のうち片方が、〈わだつみ〉の船体に掛けられた搭乗梯子を上り始めた。窓のすぐ上を通る。目出し帽を被った戦闘服姿。

「テ、テロリストか」

「どうする」

「ハッチはロック出来ますか」

「いや出来ない」松崎は頭を振る。「むしろ非常時の乗員救助のため、外からハンドルを回せば必ず――」

言い終わらぬうち、キュルキュルッと頭上で円いハンドルが回り始めた。外側から回されている。

「く、くそ」

夏威は梯子に取りつき、上った。ハッチの動きを止めようと手を伸ばすが
バコッ
遅かった。

分厚い円型ハッチが引き起こされ、目の前で頭上へ開けられてしまう。

くそっ……!


「いたなっ」

中国語で、戦闘員が言った。

「動くな」

「う」

頭上から銃口を、額の上にくっつけるように向けられた。

絶句するしかない。

「よし、ゆっくりと出て来い」

戦闘員は、銃口を動かして『出て来い』と促した。船内の制圧でも、言葉の分からない日本人乗組員を銃口の仕草で従わせたのだろう。MP5マシンピストルのコピー品らしい銃口をぐい、ぐいと夏威の目のすぐ先で動かした。

強化金属製の筒のような乗降ハッチに、夏威は嵌まっているような体勢だ。どうしようもない。

「ほかの二人も中にいるのか。続いて出て来い」

「――待て」

夏威は、ハッチ下の梯子にしがみついたまま、息をした。

「待て、無礼者っ」

とっさに北京官語で怒鳴り返した。

「私を誰だと思っている！」

「何」

目出し帽の戦闘員が、一瞬たじろぐ。

その顔に、夏威は高圧的に言った。

「私は、共産党科学局の調査官だ。私がこの船を視察中に、襲って乗り込んで来るとは何事か。私の父は党幹部だぞ。銃を向ければ大変なことになるぞ無礼者っ」

「な、何」

目のすぐ先で、銃口が泳いだ。

「貴様は、日本の外務省の外交官では」

「情報が間違っている、いま身分証を見せる」

夏威はワイシャツの胸ポケットへ手をやった。もちろん身分証などない、ボールペンが一本さしてあるだけだ。

だが鋭い目で銃口を睨むと、夏威は早わざでつまみ出したボールペンを目の前の銃口へ突っ込んだ。

「き、貴様何をするっ」

戦闘員は、反射的に引き金を引いた。

同時に夏威は両手で顔をかばった。

バカンッ

爆発音がして、銃弾が出る前に機関部が暴発して戦闘員は後ろ向きに吹っ飛んだ。

「うぎゃっ」

がこん、がこんと転がりおちていく。

「くっ」

夏威はハッチに両手を掛け、跳び上がるように船体の上へ出た。ほとんど同時に「な、何だっ」と叫びながらもう一名の戦闘員が慌てて上がって来る。夏威は剣道では近接戦を得意としていた。棒はいらない、梯子を上がって来る戦闘員の動きを見切ると、その顎を蹴った。

「ぎゃっ」

戦闘員は仰向けに吹っ飛び、そのまま落下して六メートル下の金属の床へ背中から叩きつけられた。どしん、と音がする。

夏威は、船体上面のハンドレールにつかまって、激しく息をした。

「はぁ、はぁっ――陸自の研修で習った〈注意事項〉は、本当だったな……」

「夏威さん」

「夏威さんっ」

ハッチから、松崎と本田が上がって来た。

白い流線型の船体の下に、転がって動かない二体の黒戦闘服を見やると、二人とも息を呑んだ。

「夏威さん、あんた、何てことしたんだ⁉」

「そ、そうですよ」

本田が下を見て、声を震わせた。

「殺したんですか」

「分からない」

「おとなしく、つかまった方が良かったんじゃないのか」

「――いや」

夏威は、呼吸を整えた。

「私はどうやら、嵌められたらしい」

「え」

「？」

「嵌められて、ここへ派遣されたらしい。沢渡記者もだ。間もなく殺される」

夏威は言葉を選んだ。

船橋で戦闘員たちが話していた内容を思った。君たちも身の代金を取られたあと殺される、と告げることはためらわれた。

代わりに
「松崎さん、下のモニターで見たブリッジの映像は、記録出来ますか」

夏威は訊いた。

「ああ。自動的に全部ディスクへ記録されてるよ」

　松崎はうなずく。

「さっきから？」

「ああ、そうだ」

「ならば」

　夏威は、細かく揺れ続けている格納デッキを見回した。

「私が、あのクレーンを操作したら、君たち二人でこの潜水艇を発進させられるか」

「えっ」

「つまり、この〈ふゆしま〉を脱出して、どこかへ逃れて船橋の様子を写した映像を海保へ届けられるか、と訊いている。海保には特別警備隊がある。知っているだろう」

「ああ」

「映像には、全部ではないが、奴らの人数や装備が映っている。特別警備隊――海保の対テロ部隊が突入する時、貴重な情報になる。届けて欲しい」

「――――」

「――――」

「救命ボートの類《たぐい》なら、奴らのヘリに見つかってやられてしまう。だが潜航出来れば、何とか逃げられるはずだ」

「い、いや夏威さん」

松崎は、目を泳がせるようにして、言った。

「無理だ」

「駄目なのか」

「いや、あんたのような素人ではAフレーム・クレーンの操作は無理だ。俺が操作する、あんたと本田で脱出してくれ」

「松崎さん」

「外務省の人が来るなんて、変だと思ってたんだ。どういう事情か分からないけど、あんたは奴らにつかまると殺されるんだろう」

「いや。君たちが、海保の対テロ部隊を突入出来るようにしてくれればいい。それまでの間、自分の身は何とかする」

「無理だ、そんなに広い船じゃない。跳び込んで逃げようったって、このしけだ」

松崎は頭を振る。

「あんたが、〈わだつみ〉で逃げろ」

「しかし」

「そうですよ夏威さん。クレーンの操作は、一人でも何とか可能だが素人には無理です。

だから僕がやる」本田が言った。「あなたと松崎さんで逃げてくれ」

「おい本田」

「子供が生まれたんでしょう。人質になっている間、奥さんが心配するよ。僕がクレーンを操作します」

「おい、だが」

「この辺りの海流は、あなたの方が詳しい。それにこの海面じゃ、僕にうまく操縦出来る自信はない」

　本田は人懐こそうな顔で、松崎と、夏威を見た。

「夏威さん、中央の役人なんでしょう。海保だけじゃなくて、自衛隊を出動させて下さいよ」

「わ――分かった」

　若い副パイロットは「決まりだ」とうなずくと、搭乗梯子をするすると降りていく。

「よし、乗り込もう夏威さん」

　松崎は促すと、ハッチから船内へ降りていく。

「――――」

　夏威は、〈わだつみ〉の白い背から船内の方向を見やると、唇を噛んで屈み、ハッチに手をかけた。

〈わだつみ6500〉


「メインスイッチＯＮ」

　ハッチが閉じられ、操縦席につくと、松崎はパチパチとコンソールのスイッチを入れて行った。

「整備点検をしたばかりで、システムは立ち上がってる。すぐ出られるぞ」

「す、すまない」

「助けを呼べればいいんですよ――そこの窓から『ＯＫ』サイン出して下さい」

「合図？」

「こう、親指を立てればいいんです」

　松崎の指示で、夏威は半球型の窓に親指をつけると、合図した。

　外のデッキ側面のコンソールについた本田が、それを見てうなずき、画面のある操作盤に向かって何か操作した。緑灯がいくつか、連続して点灯した。

　ぐんっ

（……！）

船体が持ち上げられる感覚がして、夏威は思わず通信コンソールの縁につかまった。

「操作が乱暴だぞ、馬鹿野郎」

松崎はつぶやきながら、操縦席のスイッチを次々に入れて行く。

クレーンが動き出したのか。

後ろ向きに動く――〈わだつみ６５００〉の船体は、船首を突っ込むように格納されていたので、吊り上げられた後、後ろ向きに宙を動き出す。

『第四班、第四班応答せよ』

船橋の様子を映し続けるモニター画面で、副隊長と呼ばれていた戦闘服が肩につけた通話機のようなものに向かって呼んでいる。

『変だ、応答がない』

『第四班は、後部格納デッキです』

『ただちに様子を見に行かせろ』

『はっ』

『副隊長、後部甲板でクレーンが動いているようですっ』

『何。潜水艇を動かそうとしているのか⁉　ＲＰＧ７を持って行け』

「あと、どのくらいで降ろせる？」

夏威は振り向いて訊いた。

「三分くらいだ」

松崎は言う。

「急いでくれ、奴らが来そうだ」

「前面モニターを入れる」

松崎の操作で、操縦席の正面の液晶画面が明るくなった。

格納デッキの、船首側の様子が揺れながら映る。〈わだつみ〉の外部カメラか。

画面の視界はゆっくりと、宙を後ろ向きに動いている様子を映す。クレーンの操作席についた本田の姿も見える。

早く。早くしてくれ――

自分たちよりも、このままでは副パイロットの本田が危ない……。本田はクレーンが順調に動き出すと、いったん席を立つ。船内通路から格納デッキへ出て来る防水扉を閉め、床から鉄の棒を拾い上げてかんぬきにした。しかしあれで、奴らが来た時にどれくらいもつか……。


一分が長い。

船首方向の視界を映し出す画面では、ようやく〈ふゆしま〉の後部甲板全体がフレームに映り込む。〈わだつみ６５００〉の船体が、海洋調査船の船尾から後ろの海面の上に、せり出し始めたのだ。

　だが

「――う」

　船内通路からの扉が、白煙を上げ始めた。

　音は聞こえないが、向こう側からさかんに銃撃されているのか。

「もういい、本田っ」

　松崎が通信ヘッドセットを頭に掛け、〈外部スピーカー〉と表示されたスイッチを入れると怒鳴った。

「クレーンを自動にして、機械室へ隠れろっ」

　画面の中で本田がうなずき、席を蹴ってデッキの隅へ駆けて行く。床の蓋を上げて中へ跳び込むのと、扉が向こう側から破られるのは同時だった。

　黒い群れが跳び出してきた。黒戦闘服の群れはデッキへなだれ込むと、画面のこちらへ向けて手に手に銃を構えた。ぱぱぱぱっ、と閃光《せんこう》。

　カキ

　カキキンッ

　カキッ

「この〈わだつみ〉のチタニウム耐圧球は世界一頑丈です、とりあえず銃は平気だ」

だが

「いかん」

夏威は唸った。

黒い群れの中に、細長い棒状の物体を担いだ者がいて、床に膝をつくと夏威の顔へ向けて構えた。

「ロケット砲だ」

「くそっ」

松崎が、とっさにという動作で〈前照灯〉と表示されたスイッチを叩くように押す。

一瞬、画面が真っ白になるほどの光が格納デッキを照らした。黒い群れが手に手に顔を押さえ、身をよじった。

「今のうちだっ」

しかし戦闘員の一人が顔を押さえたまま、銃を周囲に向けてやけくそのように撃ちまくると、着弾が壁を走ってクレーンの操作コンソールを撃ち抜いた。

がくんっ

身体がつんのめる。クレーンが、停止したのか。

画面では目が慣れたか、膝をついた黒戦闘服が肩にＲＰＧ７ランチャーを構え直す。

「もう海面の上だ」

松崎は言うと、操縦席の右横の方にある赤いガードのかかったスイッチを押し上げ、押し込んだ。

「ワイヤーを強制パージする。海面へおちるぞ、つかまれっ」

ガチッ
頭上でパシパシパシッと吊り上げ索が切り離される気配がすると、身体がふわっ、と浮いた。同時に画面の奥で白い発射煙。

「うわっ」

船体が数メートル落下して波濤に叩きつけられるのと、ブンッと何かが頭上を飛んで通過したのは同時だった。

「くっ。潜航、ベント開く！」

松崎が操縦席でレバーをいくつも押し上げ、スイッチを押した。

床から放り上げられるような上下の揺れの中、ゴボーッと壁の外に海水のなだれ込む響き。

たちまち〈わだつみ６５００〉は、沈降を始めた。

4

東シナ海　水中
〈わだつみ6500〉

波間では宙に放り上げられるくらい上下に揺れたが、船体が沈降を始めると次第に動揺はおさまり、静かになった。

「ちょっと海面から潜れば、こんなものです」

松崎は息をつきながら、前方視界を映す画面を指した。

紺色の世界が広がる。〈ふゆしま〉のスクリューが巻き起こしていた白い渦も、もう見えなくなった。

「台風でも、深度三〇メートル以下は静かだ。海面での揚収作業が出来ないだけでね」

「〈ふゆしま〉は移動して行きますか」

夏威は、耐圧球の天井を見上げた。

もちろん、天井とハッチがあるだけだ。

もう十数メートルは潜ったか……。

周囲を見回すと、船橋の様子を映し出していたモニター画面は暗い。有線で本船と通信する、と言っていた。ワイヤー類をすべて切り離したから、もう映らないのだろう。

「待って下さい」

松崎は、操縦席のコンソールの左横にある、小型TVほどの液晶画面を指した。

キーボードを操作すると、映像ではなく、コンピュータが描く三次元グラフのようなものが現われる。

「これは地形探索ソナーです。音波で、周囲二キロの地形や物体を表示する。海底を進む時の必需品でね」

「――――」

夏威は覗き込む。

ピッ
画面の下の方に、ギザギザの模様がピンクで描かれて行く。たちまち稠密《ちゅうみつ》に、砂漠の表面のようなものが描かれる。
「この辺りの海底だ。深さは一二〇〇メートルくらいです。今日は〈わだつみ〉にも、一二〇〇まで下がれるバラストを積んでいます。潜る時はタンクの空気を抜いて、上がる時はバラストを捨てる」

松崎は画面を指して説明する。

「海流の動きも、水中の粒子の動きを解析して、ある程度表示してくれる。この辺りは、六〇〇メートル潜れば宮古島方向へ流れる海流がある。それに乗れば、奴ら――〈ふゆしま〉から離れられます」

松崎は、今度は画面の上の端を指す。

ちょうど船の底のような形をした影が、船首の方向へ遠ざかるように移動する。

「これが〈ふゆしま〉ですか」

「その通り。船底の形が映っている」

「止まって、こちらを捜すような動きは？」

「少し、見ていないと分からない。今のところ一五ノットくらいで、南西方向へ移動していく」

〈わだつみ６５００〉は、ゆっくりと沈降を続けている。動揺はもうほとんどなく、微かに下がる感覚だけだ。

ピッ
「ん――これは？」

夏威は、地形探索ソナーの画面の上端に、横の方から現れ始めたもう一つの船の形をした影を指した。

何だ。

もう一つ、船の影らしいものが現われた。

前方へ離れていく〈ふゆしま〉の、斜め後ろにつき従っているようだ。

「大きいな、何だろう」

松崎はいぶかる声を出して、キーボードを操作した。

「ソナーを上へ向けて、海面方向の探索範囲を広げてみます」

ピピッ
離れていく〈ふゆしま〉の、右の斜め後ろに、ずっと長い船底の形が現われた。

「これが〈ふゆしま〉。そして右後方にいるこいつは、何だろう」松崎は言った。「大きい。これだと全長は三〇〇メートルくらいある」

「三〇〇メートル……?」

「そうです。これだけ大きいものは、二〇万トンクラスのタンカーか……。そんなものが近くにいたか――」

〈ふゆしま〉船橋

「副隊長、ただいま戻りました」

目出し帽を被った黒戦闘服たちが、船橋へ上がって来ると敬礼して副リーダー格へ報告した。

「潜水艇が逃げようとしましたが、我が第三班は果敢に攻撃、ＲＰＧ７でこれを撃破しました。潜水艇は爆発して沈没」

「ご苦労」

副リーダー格はうなずいた。

「外交官は、それに乗っていたのか？」

「は。格納デッキで負傷し気を失っていた第四班戦闘員を助けましたが、その報告によると、乗っていたようであります」

「よろしい。俺から隊長へ報告しておく」

「はっ」


「班長、いいんですか」

副リーダー格が、船長席で指揮を取っている劉国強の方へ歩み去ると、戦闘員の一人が言った。

「さっきのあれ、当たったようには、見えませんでしたが」

「馬鹿野郎、俺の面子《メンツ》を潰す気か」

班長と呼ばれた戦闘員は、小声で叱りつけた。

「武器も持っていない日本人に逃げられたなんて、言えるか。どうせ潜水艇一隻が逃げたところで、どうということはない」

「はぁ」

「俺たちには」戦闘員は、船橋の斜め後ろの方を指した。「アジア最強の『浮かぶ要塞』がついているのだ。日本人がどうあがこうと、もう止められるものか」


〈わだつみ6500〉


「二〇万トンクラスのタンカー……?」

夏威は聞き返した。

「それが、〈ふゆしま〉のすぐ後ろに?」

「ええ、でも」松崎は首をかしげる。「この辺りはタンカーの航路じゃない。偶然、横を通り掛かっているとしても――変だ」

「――」

夏威は、天井を見上げた。

何か、聞こえないか――いや俺は潜水艦乗組員じゃない。それに海面は、荒れているようだ。

(待てよ――ヘリ)

夏威は、思いついた。

奴ら――〈紅巾党〉は、こんな大海の真ん中に複数のヘリで襲ってきた。爆音を聞いただけだから、どんなタイプのヘリだったのか分からない。だがヘリコプターの航続距離はそんなに長いものではない、飛んでいられる時間は――

そうか……!

「松崎さんタンカーだ」夏威は言った。「奴らが大型タンカーをプラットフォームにして、ヘリを運用している可能性がある」

「タンカーで、ヘリを?」

「そうだ」

夏威は探索ソナーの画面と、天井を見やった。

「タンカーか、大型の貨物船だ。その甲板を改装して――魚釣島へ行って横づけすれば、そのまま臨時のヘリポートになってしまう。資材もたくさん積める、上陸して実効支配するというのは不可能じゃない」

「…………」

「さらに、『反乱を起こした勢力を逮捕する』という名目で人民解放軍の大部隊が後から島へ押し寄せれば――」

「夏威さん、それじゃ」

「いったん、海面へ上がれませんか」

夏威は操縦席のコンソールを覗き込んで言った。同時に尻ポケットを探って、携帯を掴み出す。

「上にいる大型船の動画を撮って、何とかして中央へ届けたい。さっきの奴らの〈声明〉では『母船』が一緒に行動していることなんて何も言ってない」

「わ、分かった」

松崎はパネルを操作した。

「バラストを二個捨てる。浮上」

石川県　小松基地
司令部前エプロン

「そこで聞いてきたが、午後の競技、やっぱりやるそうだ」

菅野一朗がエプロンへ出て来ると、立っていた風谷と並んで、発進して行く機体の群れを見た。

「那覇のことがあるから、いったんは競技中断になったんだが、やはりやるってさ」

増槽を二本もつけて、タクシー・アウトして行くF15は重そうだ。

教導隊のF15DJも出ていく。まだら模様の四機にも、六〇〇ガロン増槽が両翼下に二本吊り下げられている。

「でも燃料を目一杯積んでいるし、イーグルしか出て行かない。変だな」

風谷は言う。

「F2隊は行かないのかな」

見回すと、確かにエプロンに並ぶ青い戦闘機は、翼下に対艦ミサイルは吊したままだが発進準備はしていない。

「よく分からん。ひょっとしたらだが、競技再開は名目で、台風で発進出来ない九州の基地に代わって空中哨戒に行くのかもな」

「それなら、そう発表すればいいじゃないか」

「わからねえよ、上の考えることは」

　轟然とアフターバーナーを炊き、F15は次々と編隊離陸して行く。遠くフェンスの向こうで、大勢の一般人がカメラでそれらを追うのが見える。戦競はスペシャル・マーキング機が多く集まるから、いつもより見物のマニアが多い。

「ところで、鏡の機体、来月あたり雑誌に出るぞ。きっと」

　菅野が笑う。

「あの機首のイラスト、本人にそっくりだから笑え――う!?」

「?」

　喉を詰まらせた菅野の後ろを見ると、いつの間にかすらりとした飛行服のシルエットが立って、清掃用モップの柄を大男の首筋に突きつけている。

な、なんでこんなところにモップ持って……?

　風谷は目を疑うが
「誰に、そっくりだと?」

　鏡黒羽は睨んで言う。

菅野は両手をホールド・アップする。

「わ、わかったわかった、すまん」

「鏡」

風谷は黒羽に訊いた。

「美砂生さんが司令部へ呼ばれて行ったらしいけど。俺たちのデブリはいつやるんだ」

「それより、TVを見たか風谷三尉」

「那覇のニュースなら、さっき」

「そうじゃなく」

黒羽は鋭い目で、風谷を見る。

「あの子が、人質にされたニュース」

「え」

「オペレーションルームのTVで、繰り返し流してる」

東シナ海　〈わだつみ6500〉

ぐん、と沈降が止まって、上昇に転じる感覚がした。

「夏威さん、今のうちに救命胴衣をつけておくんだ」

操縦席で松崎が言った。

「命綱もつけておけば、万一波にさらわれても大丈夫だ」

「分かった」

〈わだつみ〉は海面へ向けて浮上を始めた。

夏威は壁に掛けられたオレンジ色のライフベストを取ると、シャツの上から着込んだ。ずっと昔、月刀慧の実家のダイビング・ボートに乗った時に着け方は習っている。

船はそれ以来、苦手だったが――もう酔っている暇なんかない。

「海面へは、どのくらいで」

「こいつは、シンタティック・フォームの浮力で、放っておいても浮いてしまう。潜る時よりずっと速いよ」

その言葉は本当だった。

数分とかからず、耐圧球は揉まれるように揺れ始めた。

「海面だ」

松崎が言う。

「揺れるぞ、つかまれ」

「松崎さん、もしも奴らのヘリに発見されたら――」

「分かってる、その時は『急速潜航』する」松崎は言う。「上から合図してくれ。それから備えつけの防水ＶＴＲカメラがある。波をかぶっても平気だ、使うといい」

「助かる」


ざざざっ、と波音がして、船体が海面に出たのが分かった。

夏威は梯子を上り、ハッチに手をかける。操縦席の探索ソナーの画面を一瞥し、〈ふゆしま〉と正体不明の大型船が遠ざかる方向を見極める。ハッチを出たら、〈わだつみ〉の船首右手に見えるはずだ――距離はどのくらいだ……？

「夏威さん、〈ふゆしま〉は一キロ先、大型船は五〇〇メートル右前方だ」

「分かった」

うなずくと、夏威はハンドルを回した。円型のハッチの蓋を押し上げた。

「うっぷ」

途端に強風が吹きつけ、夏威は息を詰まらせるが、構わずにハッチから上半身を出す。吹きつけるしぶき。船体は波に一メートル以上も持ち上げられては、下がる。ハッチの縁につかまり、前方を見やると。

（……!?）


何だ。

次の瞬間夏威は、言葉を失った。

白波に覆われた海面——周囲三六〇度が全て海だ。その右前方に、あれは何だ……!?

巨大な灰色の島が浮いている……。

(いや島じゃない)

霞《かす》むようなしぶきの中、タンカーではない、平たい島のようなシルエットが移動していく。上空から多数のヘリが次々に旋回して、その上に降りていく——

「——あれは……」

「夏威さん、どうだ? ヘリはいるか」

下から、松崎の声が訊く。

「…………」

「どうした」

「……い、いやヘリはいない」夏威は頭を振る。「もう、着艦するようだ」

「着艦?」

すぐに松崎が、梯子を上がってきた。

夏威はハンドレールにつかまり、上下に揺れる船体の上に這い出した。とても片手でスマートフォンを構えて撮影出来る感じではない。続いて上がってきた松崎が、前方を一瞥し息を呑むのが分かった。

「く」

「そうだ空母だ」

　夏威はうなずく。

「大きいはずだ、あれは〈ワリヤーグ〉だ」


空母〈遼寧〉（元ロシア空母〈ワリヤーグ〉）　艦橋

「将軍」

　全長三〇〇メートルの飛行甲板右端にそびえるアイランド（艦橋）。

　その最上階の戦闘艦橋は、ロシア製の武骨な管制コンソールの上に『福』の字を逆さにした金色の菱形の紙がぺたぺたと貼られ、揃いの黒戦闘服姿の要員が席に着いている。

　双眼鏡を手にした幕僚が、艦長席を振り向くと、言った。

「将軍、報告いたします。ただいま制圧任務のヘリ部隊が帰還。日本の巡視船〈しきしま〉は大破航行不能、調査船〈ふゆしま〉は予定通りに劉大佐の部隊が制圧しました」

　すると
「――――」

　戦闘艦橋の中央、ロシア製のサイズの大きいスキップ・シートに巨大な熊の毛皮を敷き、でっぷりした体躯《たいく》を納まらせた将官服の人物が、うっそり顔を上げた。

ジャラ
丸太のような頸部《けいぶ》にかけた金のネックレス。金モールで装飾した将官服の袖にも金色のブレスレットが巻かれ、腕を上げると音を立てた。頭髪はない。縁なし眼鏡の下には雲形定規で引いたような細い目があり、それが幕僚を見返した。

「作戦部長」

「は」

「釣魚台へは、予定通りに着くか」

かすれたような声が訊いた。

「は。作戦の段取りとしては予定通りですが、本艦の主機関蒸気タービンにおいてまた圧力漏れが起こり、一五ノットしか速力が出ません。現在〈ふゆしま〉にも速度を合わせさせており、このままですと――う」

言いかけて、幕僚は声を詰まらせる。

将軍と呼ばれた人物――その雲形定規で引いたような目が、睨み返したからだ。

「作戦部長。蒸気タービンの調子が悪いのは、国を愛する心が足りないせいである」

「はっ」

幕僚は背筋を伸ばしてうなずくと、慌てて手近の艦内電話を取った。

「機関室、機関室、艦橋だ。ただちに機関を修復し全速を出せるようにせよ」

電話の相手が何か口答えしたのか、幕僚は小声になると「処刑されるぞ馬鹿野郎っ」と早口で叱咤した。

そこへ

『艦橋、こちらＣＩＣ。前方の水平線に船影。中型の船舶が急速に接近中です』

天井スピーカーが報告した。

「何」

幕僚が、受話器を置き双眼鏡を取った。

戦闘艦橋からは、スキージャンプ式の艦首を持つ長大な飛行甲板が見えている。

その艦首の左前方に、先行する〈ふゆしま〉のシルエット。そしてまっすぐ前方、白く煙る水平線から姿を現わし、急速に近づいて来る小さな船影。白い。

「日本の小型巡視船だ」幕僚は双眼鏡を顔につけたままつぶやいた。「発光信号を出しているぞ」

海面〈わだつみ6500〉

「あれが、中国の空母だって……!?」

松崎は声を上げた。

「どういうことなんだ、奴らは反乱軍とか言ってたじゃないか」

「茶番だ」

しぶきに負けぬよう、夏威も声を上げた。

「中国はテロに見せかけて、島を占領するつもりだ。空母を横づけされたら魚釣島は要塞になってしまう——松崎さんビデオカメラを」

夏威は波にさらわれそうで、ハンドレールから手を離すことが出来なかった。こんな時に情けないが、海の専門家の松崎に撮影してもらうしかない。

「任せろ」

松崎は、〈わだつみ〉に備えつけらしい防水のビデオカメラを構え、回し始めた。大型の望遠レンズを装備した本格的な機材だ。だが
「お、おい」

すぐにファインダーを覗きながら声を上げた。

「空母のずっと前方から、何か来る――水平線からこちらへまっすぐ向かって来るぞ」

「通り掛かった船か」

「いや、巡視船だ」

望遠を最大にして、松崎は言う。

「あれは、〈みずき〉だ。比較的小さくて、動きが速い」

「〈みずき〉……?」

「海保の、領海警備専用の高速巡視船だ。二〇〇トンクラスで小さいが、速くて強力だ。不審船や海賊に対処するのが主任務だから、もし〈しきしま〉が応援を要請していたら、一番に駆けつけて来るのはあの〈みずき〉だ」

「…………」

夏威の目にも、白く煙る水平線からこちらへ、波を蹴立てて進んで来る小さな白いシルエットは見えた。そのシルエットのてっぺんで閃光がチカチカ瞬く。

しかし、空母が相手では……。

「発光信号を出している。停船を命じているぞ」

空母〈遼寧〉艦橋

「将軍。日本の小型巡視船です」

双眼鏡を手に、幕僚は振り向いて報告した。

「発光信号で、こちらへ『止まれ《ストップ》』と言っています」

「――何」

艦長席の人物は、ジャラリと袖のブレスレットを鳴らして二重顎に手をやった。

「今、なんと言ったか。作戦部長」

「は。日本の小型巡視船が『止まれ』と」

「くふははは」

人物は笑った。

「面白い。ひねり潰せ」

「は。ではまたヘリを出して、制圧を――」

「面倒だ、ミサイルを使え」

海面〈わだつみ6500〉

「わっ、何だ」

松崎が叫んだ。

遠ざかっていく空母〈遼寧〉――ロシア製の艦体は五〇〇メートル以上離れてもなお大きい――の甲板の上に突然、白い煙が爆発のように湧くと、閃光を曳きながら細い物体が垂直に跳び出した。

「ミサイルだ」夏威は叫んだ。「おそらく、前甲板に垂直発射器《VLS》が――っ!?」

息を呑んだ。

夏威の見ている角度からは、甲板上のＶＬＳは見えない。しかし跳び出した細い物体は尾部から白煙を噴き、宙を斜めになりながら進む。ミサイルに間違いはない、そのまま低い高度を斜めに立ち上がったような姿勢のまま進み、遥か前方から接近する白い船影に吸い込まれるように消える。

キカッ
閃光。音もなく、白い船影が爆煙に包まれた。

「〈みずき〉が見えなくなった！　〈みずき〉が」

「撮ったか」夏威は前方から目を離せないまま、念を押した。「今のを、撮ったか」

「撮ったっ」

数秒たってドーンッ、という衝撃音が空気を伝わってきた。ぶわっ、と前からの突風が夏威と松崎の顔をなぶった。

「うわ」

「くっ」

「駄目だ」松崎はファインダーを覗いて言う。「〈みずき〉が見えない、沈んでしまった。一瞬だ」

夏威は歯を食い縛ると、遠ざかる空母を睨んだ。

「奴らめ、反乱軍とか海賊とか名乗っておいて、ミサイルで巡視船を撃破するとは」

「夏威さん、自衛隊を。自衛隊を出動させないと」

「衛星経由の通信システムは？　その映像を中央へ送れないか」

「そんなものはない」松崎は頭を振る。「〈ふゆしま〉とは普段、有線の画像通信か、音声電話を使っていた。他に装備しているのは救難電波発信筒だけだ」

「救難電波は、奴らに嗅ぎ付けられるだけだ。下の海流に乗ったら、〈わだつみ〉で宮古島までどのくらいかかる？」

「おそらく三日」

「それじゃ……」

夏威は肩で息をして、周囲を見回した。

低い雲が、天井のように見える範囲すべてを覆っている。台風の影響か。

「ん……あれは？」

夏威は、振り返って背後の水平線を指した。

煙るような水平線に、白い船影が見えている。

「あれは〈しきしま〉だ」

松崎がビデオカメラを向け、レンズをズームさせて言った。

「置き去りにしてきた形だ。煙を上げて止まっている、動いてない」

「炎上しているか」

「いいや、してない。煙だけだ。おそらく奴らのヘリに、さっきの携帯ロケット砲でもぶち込まれたんだろうが、〈しきしま〉は軍艦構造らしいから簡単には沈まないよ」

「松崎さん、あそこへ行けるか」

夏威は乗り出し、遠い大型巡視船のシルエットを見やった。一〇キロかそれ以上、離れてしまっているか……。

「〈しきしま〉の衛星通信システムが何とか生き残っていれば、中央へ映像を送れる。海保ではこの事態に対処し切れない。今の映像を証拠に出せば、いくら主民党の防衛大臣でも海自に海上警備行動を命令するはずだ」

「分かった」

松崎はうなずく。

「いったん、潜るぞ。ちょうど海流は向こうへ流れてる、流れに乗って行けば〈わだつみ〉の速力でも三十分かからず――うわ」

松崎が、カメラをかばうようにした。

突然ばさばさっ、と羽音がすると、白い翼が目の前をかすめた。何羽も来る。

「カモメだ、中国の艦船は平気でゴミを捨てて進むから、通った後には魚が寄って来る。それを狙ってこいつらが」

「くそっ、しっ」

夏威も両手で振り払うようにして、松崎に続いてハッチへ降りた。

石川県　小松基地
飛行隊オペレーションルーム

『――わたしは沢渡有里香。大八洲ＴＶの記者です』

オペレーションルームでは、午前中に競技フライトを終えたパイロットたちが集まって、TVの前に人垣を作っていた。

民放もNHKも、すべての局が特別報道番組だ。テログループ〈紅巾党〉からの犯行声明の映像が、繰り返して流される。

沢渡有里香のアップになった映像を背景に、スタジオに並んだ識者やコメンテーターが発言している。

『どう思われますか』

『やはりここは人質の生命を最優先に、冷静に対処すべきでしょう』

『いや、海上保安庁は今度こそ、断固として実力行使すべきです。こういう事態のために、特別警備隊という対テロ特殊部隊も創設されている』

「――――」

風谷は、人垣の後ろで画面を見たまま絶句していた。

沢渡が……。

テログループに、拉致されたのか……!? どこにいるって。東シナ海……?

若いパイロットたちが、チャンネルを切り替えながら話している。

「やっぱり、テロリストを倒して人質を奪還しろって主張しているのは、大八洲TVだけのようだな」

「そりゃそうだろう、自分のとこの記者が人質にされているんだ」

「でも放っておいたら魚釣島へ上陸されるぞ」

「上陸したって、結局最後は海保が逮捕するだろう」

「いや、巡視船〈しきしま〉がやられたって言ってたぜ。どんな武器を持ってるか分からないぞ」

「ただのテロリストじゃなさそうだ、反乱軍だからな」

「しかし身の代金二十六兆円って、いくらなんでも」

「政府はどうするつもりなんだ」

「どっちみち、海保で手に負えなくて、防衛大臣が海上警備行動を発令しない限り自衛隊に出番はないよ」


絶句して見ていると、ふいに横から脇をつん、と突《つっ》かれた。

「……？」

驚いて見ると、いつの間にか横に鏡黒羽が立っている。


「人質にされたな。あなたの昔の彼女」

「彼女じゃないよ」


風谷は頭を振る。

「何とかして、助けてやりたいが」

「そうだな」

黒羽は画面を目で指して、言う。

「何とかして、助けたい――あの子にはこのあいだ、大人気ないことをした」

「?」

「何とかして助けたい」

『――ただいま国会記者会館に連絡が入りました。この後すぐ、官邸において政府の緊急記者会見が開かれる模様です。官邸からの中継に切り替えます』

5

小松基地　第六航空団司令部
防衛部オフィス

「防衛部長。午後の戦競選手機の発進は、完了しました」

火浦暁一郎が入室して来ると、報告した。

「教導隊機も協力してくれています。G空域での滞空可能時間は四時間半です」

「ご苦労だ火浦隊長、座ってくれ」

ホワイトボードを背にした会議テーブルで、日比野が言った。

「諸君。これで総隊司令部の指示で我々に出来ることは当座、やったわけだが――」

「部長、それで燃料の調達についてなのですが」

「うむ。補給課長、報告してくれ」


司令部二階の防衛部オフィスには、第六航空団の主だった幹部たちが集められていた。事務方のほか、パイロットは飛行班長以上が、飛行服のままテーブルについている。

「火浦さん」

火浦の横の席にいた月刀が、待ちかねたように小声で言った。

「大変です。例のＩＣレコーダーを預けた俺の同級生が、どうやら乗っ取られた調査船にいるらしい」

「何だって？」

「昼に連絡を取って以来、携帯も通じないし――心配です」

「ううむ」

「それで」

月刀は、事務方の幹部たちと相談している日比野を横目でちらと見て、言った。

「どうしてなんです？　午後の選手機の連中は、なぜ南西空域まで哨戒に出ないんです。何なら俺が、増槽とミサイル持って沖縄まで出張りますよ」

「どうも、そういうことをするなと言う上からの命令らしい」

「どうして」

「理由は分からん」火浦は頭を振る。「選手機には燃料を満載させるが、あくまでG空域に留《とど》まれ、だ」

「変ですよ、それは」

「それはそうなんだが」

「隊長」

反対側の隣から、漆沢美砂生が訊いた。

「うちの飛行班のチーム、降りてから下で待機していますが、また離陸する準備をさせておきますか？」

「ううむ、そうだな」

火浦が唸った時
「部長っ」

オフィスの応接コーナーで、ＴＶの様子を見ていた事務方スタッフが声を上げた。

「新しいニュースです、官邸で記者会見だそうです」

『――間もなく総理官邸で、主民党の蛇川政調会長による緊急会見が開かれますが。あ、ちょっと待って下さい。最新のニュースが入りました』

画面のNHKアナウンサーが、横から差し出された原稿に目をやる。

『たった今、北京で中国外交部による臨時の記者会見が始まりました。総理官邸の会見が始まるまでの間、北京から中継でお伝えします』

「――」

「――」

席を立った全員が注視する中、画面が切り替わる。

中国電視台、と下にテロップの入った映像。磨かれた茶色の演壇が映る。ニュース映像でよく目にする中国外交部の会見場だ。

紫のスーツを着た女性報道官が右手から現われると、手にした紙を読み上げた。

中国語だ。女声の同時通訳が被さる。

『ただ今のところ確認出来た事実を伝えます。人民解放海軍で先頃反乱が起き、第十一独立航空艦隊に所属する主要な軍艦の一隻が乗っ取られた模様。反乱の首謀者は、鍔延辺准将と見られている。以上』

次々に記者たちの手が挙がり、質問が飛び交う。

記者たちの声が小さいせいか、同時通訳が対応出来ない。

『――ええ、質問には、十分に応えられない。私は詳しいことは何も知らない』

女性報道官は、頬を引きつらせるようにして応える。

『一部の愛国的な将兵が、軍艦を乗っ取った模様だ。おっしゃる通り、彼ら反乱軍が〈紅巾党〉を名乗り、日本の海洋調査船を襲って占拠したことは事実と見られる。また彼らが日本の政府へ宛てた〈声明〉によれば、彼らは人質を連れたまま、わが国固有の領土である島へ向かっているようだが、これは反乱軍である彼らが勝手にやっていることであり、中国政府とはまったく何の関係もない。平和を愛する中国政府は、彼らに対して一貫して反乱をやめ投降するよう呼びかけている』

霞が関　外務省
アジア大洋州局オフィス

ワイシャツの袖をまくった課員たちが、人垣を作っている。

喫茶コーナーに置かれた中国製大型TVには、中国の衛星から受信した中国国内向けのニュースが流れている。

『――この鍔延辺将軍の蜂起には、国民から「愛国的な行動だ」と早くも賞賛の嵐が巻き起こっています。また自ら素顔を見せて力強く日本へ要求をした劉国強大佐には「国民の英雄だ」「将来の国家主席は劉大佐以外にない」と、早くも』

「おい」

課員の一人が顔を上げ、左右を見た。

「夏威課長補佐の船、どうなってしまうんだ」

「そ、それより」

もう一人が周囲を見回した。

「揚手局長は、いったいどこにおられるんだ」

府中　総隊司令部

中央指揮所

「浜松のＥ７６７は発進したか」

葵は、中部セクター担当の管制官へ訊いた。

南西方面の空域の詳しい情況を、一刻も早く摑まなければならない。

さきの週末に行われた観閲式に参加するため、沖縄から浜松基地へ一時戻っていたもう一機のＥ７６７早期警戒管制機に、急ぎ出動するよう要請をしていた。

だが
「先任。浜松のＥ７６７は、まだ出発しません」

中部セクターの管制官は頭を振る。

「離陸していません」

「何をやってる、急がせろ。今のままでは、地上のレーダーサイトの情報しかない。尖閣周辺の低空の様子が分からん」

「先任」

葵の横で、連絡担当官が受話器を耳に当てたまま言った。

「浜松から連絡してきました。Ｅ７６７はエンジンにトラブルが見つかり、しばらく離陸出来ません」

「何だと？」

「向こうは非公式にして欲しい、と言っていますが」連絡担当官は声を低めた。「どうも観閲式の後、マスコミに機体を公開したのですが、その時エンジンの空気取入口にボールペンを放り込まれたらしい」

「な」

何……!?

葵は息を呑んだ。

「気づかずに回そうとしたところ、コンプレッサー・ブレードを破損したようです。エンジンを交換するまで飛べません。今、監視カメラの映像を解析して、犯人を特定しようとしているらしいですが」

絶句する葵の頭上で

『官邸記者会見が始まります』

NHKの放送を出したままの正面スクリーン左手で、アナウンサーの声がした。

『総理官邸・会見ルームより中継でお伝えします』

「先任指令官」

トップダイアスからしわがれた声がした。

「うろたえるな。三沢のE2Cをすぐに出せ」

「は、はい」

永田町　総理官邸

会見ルーム

「危機管理センターでは、現在情報を収集している。今回の事態にかんがみ、日本政府としてはまず人質の生命を最優先に、海洋調査船〈ふゆしま〉を乗っ取った犯人グループと粘り強く交渉していく方針です」

会見が始まっていた。

演壇の、魚の干物を想わせる蛇川十郎に対して記者たちが次々に手を挙げる。

真っ先に、最前列に座っていた中央新聞の記者が指されて立ち上がった。

「政調会長。政府はあくまで、人命を最優先に冷静に交渉していかれるわけですね」

「当然だ」

「軽々しく、海上保安庁の特殊部隊を突入させたり、ましてや自衛隊を動かしたりすることはありませんね？」

「当然だ。人命は地球よりも重い。第一、乗っ取られた〈ふゆしま〉が、いま正確にどこにいるのかも分かっていない」

「〈ふゆしま〉の位置は、分からないのですか」

別の記者が質問する。

「尖閣へ向かっている、ということですが」

「あの海域は広い。〈ふゆしま〉が資源調査を行っていた日中中間線付近の海域から、犯人グループが目指すという尖閣諸島魚釣島までは南西方向へ約一〇〇マイル、一八〇キロメートルほど離れており、現在その間のどこにいるのか、危機管理センターでも摑めていません。雲が多いので衛星からも発見は困難だ。現在、那覇の事故の際に出動中で難を逃れた海上自衛隊のＰ３Ｃ哨戒機が一機おり、予想される海域を捜索中であります」

「政調会長。〈ふゆしま〉の警護に当たっていた海保の巡視船〈しきしま〉が、何らかの攻撃を受けて航行不能にされたとの情報もあります。犯人グループの武装は、かなり強力なのではないですか」

「未確認の情報では、何とも言えない」

さらに別の記者たちが次々と質問した。

「政調会長、犯人グループの武装は強力と見るべきであり、このままでは魚釣島を占領されてしまいます。これは外国からの侵略と見て、淵上臨時総理代行が内閣安全保障会議を招集し、自衛隊に防衛出動を命じるべきではないですか」

「せめて防衛大臣が海上警備行動を命じるべきではないんですか」

「だいたい、こんな時に淵上総理代行や官房長官、防衛大臣はどこにいるんです」

「身の代金二十六兆円だなんて途方もない要求ですが、政府は応じる気なんですか？」

赤坂　料亭〈蓬萊千郭〉

大広間には大型プロジェクターが持ち込まれ、官邸の会見の様子が映し出されていた。

大写しになった蛇川十郎が、連続する質問に対して喉仏をひくつかせる。

『あぁ、みなさん。申し上げておくが本件は、中国政府も発表している通りに人民解放軍の反乱グループによるテロ、すなわち犯罪であって、決して外国からの武力侵攻ではないと政府は考えている。したがって、自衛隊を動かすことは現時点で考えていない。防衛大臣が海上警備行動を命じることもありません。軽々しく、そんなことを言わないで頂きたい、人命は地球よりも重い、我々は教え子を二度と戦場へ送ってはならないのだっ』

「――――」

「――――」

広間に居並ぶ面々が注視する中、教職員組合出身の政調会長が弁舌をふるい始めた。

『平和憲法によって、わが国は交戦権を認めず、武力行使を厳しく制限している。それと言うのも間違った戦争を二度とせず、教え子を二度と戦場へ送らないためだっ。主権在民党は平和を守る政党だ』

大広間にプロジェクターが瞬く。

掛け軸を背に、上座につく人物――淵上逸郎の黒い顔を、プロジェクターの三原色の光が染める。細い目は表情を見せない。

その隣で、小姓のように控えるダークスーツの男が「クク」と笑った。

「クク――予定通りです、臨時総理代行」

東シナ海　日中中間線内側海域
空母〈遼寧〉

「将軍」

強風の中を進むロシア製空母の艦橋は、潮のしぶきがここまで飛んで来るためワイパーを使用していた。

幕僚の一人が駆け込んで来ると、息をつきながら艦長席の人物に敬礼した。

「報告いたします。ご命令の通りに国を愛する心が足りない機関部員を一名、見せしめに処刑しましたところ、機関出力が上昇し速度が上がりましたっ」

「くふふ」

鍔延辺准将は、うっそりとうなずいた。

「愛国的な行いである」

「はっ」

「どうせ島へついてしまえば、後はエンジンなど要らぬ。作戦部長」

「ははっ」

双眼鏡を手にした幕僚が、振り向いて背筋を伸ばした。

「釣魚台までどのくらいか」

「は。現在、最大速力が出ておりますので、あと四時間であります」

そこへ
艦橋後部のＣＩＣから、若い幕僚が歩み出て来ると敬礼した。

「将軍」

「情報部長、報告します。現在、本艦の周囲の電波統制——ジャミングの状況は良好であります。先ほど撃沈しました小型巡視船も、本艦にやられたことは報告出来ていません。大破させた〈しきしま〉も、通信の回復を試みようとしている模様ですが、本艦の妨害により成功していません」

「ほかの日本の動きは」

「本艦の周囲二五マイルには、レーダーに巡視船の船影なし。また、日本本土の各地にある軍港、航空自衛隊の基地などはすべて工作員に見張らせています。現在、九州全域は暴風雨のため自衛隊機の発進は一切不能、唯一日本海側の小松基地だけが増槽を満載した戦闘機を発進させています。機種や機数は、すべて報告させています」

「こちらへ向かう可能性は？」

「東京潜入中のエックスからの報告では、自衛隊が本艦を攻撃に来襲する可能性は低いとのこと。第一に、こちらの正確な位置は日本側に知られていません」

「ふふん」

「将軍」

すると艦橋左手の発艦指揮席から、飛行服の男が立ち上がって威儀を正した。

長身。日に灼けている。

「万一の空襲の場合も、ご安心を。我々航空隊が、自衛隊など撃滅いたします」

「ふん」

鍔延辺准将は、ジャラリとネックレスを鳴らして男を見た。

「備えは、万全であろうな」

「もちろんです」

「頼むぞ、馬驚天《マジンティエン》」

「はっ」

赤坂　料亭〈蓬莱千郭〉

「エックス」

淵上逸郎は、低い声で言った。

「段取りに、ぬかりはないであろうな」

「お任せ下さい総理代行。われわれの国がやることですから、まぁ多少の前後はありますが問題ありません、〈遼寧〉は予定通りに進行中です」

縁なし眼鏡の男――かすかにイントネーションの普通でない日本語を操る、三十代前半らしい長身は、座卓のノートPCを見やって言う。

「今、メールで報告が入りました。〈遼寧〉の魚釣島到達は四時間後です――クク」


「その空母の存在は」

広間の最前列から、官房長官が訊いた。

「海上保安庁や自衛隊には見つかっていないのか、エックス」

「ご安心を。米軍にすら存在をつかまれていませんよ」

縁なし眼鏡の下の眼が、薄く笑う。

「しつこく蚊のようにつきまとっていた米軍の無人偵察機グローバルホークも、十二時間前にまきました。あの艦には特殊装備がありますからね」

「………」

「日本国民は、まさか乗っ取られた海洋調査船に我が空母がくっついて行くなんて、想像もしていません。尖閣沖に〈遼寧〉が姿を現わすまで、日本には何も出来ますまい。魚釣島の警備に当たっている巡視船がその姿を見た時には遅い」

男は眼鏡を光らせ、広間に序列通りに並んでいる面々を見渡した。

「これより同志となるみなさん。二千七百年近く続いてきたこの国の歴史も、あと四時間で終わりです。おめでとう、四時間後にはここは中国となるのです」

「官房長官」

淵上が言った。

「ただちに臨時閣議の準備をせよ。〈遼寧〉が魚釣島を占領すると同時に、中国政府からわが国に対して『宣戦布告』が行われる。わが主民党政権は、中国に対してただちに降伏する」

「はっ」

「米国が何か言う前に、降伏してしまうのだ。一瞬も油断は出来ぬぞ」

「ははっ」

「大丈夫ですよ」エックスは薄笑いを浮かべる。「何せ日本国憲法には戦争をしないための歯止めは厳しく決められていますが『降伏してはいけない』なんてどこにも書いてありません。みなさんはあと四時間で、中国共産党日本支部の幹部です。未来永劫《えいごう》末代まで、特権が約束されるのです。ただし」

「…………」

「…………」

「ただし。この間の〈タイタン〉のケースのように自衛隊が邪魔をしなければね」

「丸肌っ」

淵上に代わって、官房長官が末席の防衛大臣を叱りつけた。

「ぬかりはないだろうな」

「ははぁっ」

丸肌岩男《いわお》は畳に頭をこすりつけ、言った。

「大丈夫です、海上警備行動など絶対に命令いたしません」

東シナ海　巡視船〈しきしま〉

二十分後。

海流の流速が、松崎の予想したよりも速かった。〈わだつみ６５００〉は短い潜航で、漂流する大型巡視船のすぐ横に浮上した。

〈しきしま〉の甲板上には、船内から脱出した乗組員たちが数十名いた。すぐに気づいてくれ、白い潜水艇のハッチ目がけて縄梯子が投げられた。

「先任の士官はどなたか」

夏威は、松崎とともに大型巡視船の甲板へ這い上がると、負傷者の救護が行われる中を大声で呼んだ。

「〈ふゆしま〉から脱出してきました。外務省の職員です。大事な話がある」

「先任なら私だ」

白い制服をどす黒く汚した四十代の士官が名のり出た。

「航海長の梶《かじ》です。ちょうどブリッジからＯＩＣへ入っていたため、ロケット砲の直撃は免れたのだが――」

あとは周囲を見回し、言葉を詰まらせた。

「ご協力頂きたい、航海長。事態打開ため至急東京へ連絡を取りたい。市ケ谷の防衛省へ送らねばならない情報がある」

夏威は、頼み込んだが
「連絡は取れません」〈しきしま〉航海長は頭を振る。「本船の通信用アンテナマストは破壊された。船内の消火が済み、さっきやっと応急用のアンテナを組み立ててみたが、ノイズがひどく通じない。第十一管区の本部へ、我々も報告をしたいのだが」

「電波妨害ですか」

「あの中国の空母——さっきのあれはワリヤーグですね」

「ええ」

「たぶん、あれのせいだと思う。我々海保は、ＥＣＭに対する備えなどないのです」

「衛星通信は？」

「試みたが、駄目だった」

「インターネット用の衛星回線も、ですか」

「インターネット用……？」

「そうです」

夏威は、〈ふゆしま〉の船上を思い出して言った。

「奴らの様子をモニターで見ていた。奴らは〈声明〉をインターネット経由で世界へ流すと言っていた。実際そうしたらしい。外務省職員の私を〈処刑〉して、その様子も流すと言っていた。つまり、まだ使うつもりでいた」

「……なるほど」

「インターネット用衛星回線の周波帯だけ、使える状態にされている可能性がある。この船の上には無線ＬＡＮを張っていましたね」

夏威はポケットから携帯を取り出すが、もちろん〈圏外〉だ。アンテナマストもろとも無線ＬＡＮの設備も破壊されている。

「ネット回線か」

「出来ますか」

「応急アンテナに、パソコンを繋げば出来る。しかし試してみたいが、あいにく本船内のPCは全て焼けてしまった」

「パソコンならありますよ」

松崎が言った。

「〈わだつみ〉の中に、解析用のやつがある」


十五分後。

松崎が海面に浮かぶ〈わだつみ〉へ戻り、防水のノートPCを持ち帰った。

ただちに海保の電信技術者の手で、空を向いた御椀のような応急アンテナの下にPCが繋がれた。

「繋がりました。MSNのホームページからスカイプも取得。ただヘッドセットはありません、パソコンに向かって直接話して下さい」

「ありがとう」

夏威はスクラッチ・パッドに指を滑らせ、画面のあて先欄に防衛省の団三郎のアドレスを打ち込んだ。呼び出し音が鳴る。

だが
「――駄目だ」

画面に、英文字で何かメッセージが出る。

「繋がらないんですか？」

「いや、向こうが携帯を切っている」夏威は唇を嘗めた。塩辛い。「どうする、防衛省内局へ至急連絡を取るには――」

小松基地　司令部

総理官邸での会見の様子が、防衛部オフィスの大型ＴＶに映っている。

記者の質問が、引き続き行われている。

「しかし、政府の代表がするはずの会見を、どうして政権与党の役職者がやるんです」

月刀が、火浦と並んで画面を見ながら言った。

「初めから『これは犯罪だから』って、やたら頑《かたく》なだし。海保の連中に逮捕させるって、連中で手に負えなかったらいったい――」

言いかけた時、月刀の胸ポケットが振動した。「いけね」と携帯を胸から取り出し、スイッチを切ろうとして画面の表示に眉をひそめた。

何だ、どこのPCからのコールだ……？

巡視船〈しきしま〉

「月刀」

PCのスピーカーの向こうで、携帯を取った相手に夏威は呼びかけた。

「月刀、俺だ。聞こえるかっ」

小松基地　司令部

「な、夏威……!?」

月刀は、思わず声を上げた。

そばの火浦に、自分の手にした携帯を指す。「火浦さん、あいつです」

「何」

「〈ふゆしま〉で、人質になってる俺の――」

「かけてきたのか!?」

「どうした火浦隊長」

巡視船〈しきしま〉

「月刀、今から映像を送る。詳しい説明はその後でする、そっちの司令部のPCのアドレスを教えろ」

夏威は手ぶりで、松崎にビデオカメラを用意するよう合図した。もともと〈わだつみ〉のカメラとPCなので、映像はすぐに取り込め、送れるはずだ。

「この映像を、市ケ谷の内局運用課、団三郎課長補佐まで転送してほしい。それから団に携帯のスイッチを入れろと。そうだ、そっちの航空団司令部経由で伝言してくれ」

6

東シナ海　巡視船〈しきしま〉

夏威の前のPCに、団三郎の携帯からコールがあったのは十五分後だった。

『夏威か。すまない、緊急会議中だった』

「送った映像は、見たか」

『見た。だが〈遼寧〉がなぜそこにいる』

「こっちが訊きたい」


「おい」

夏威は、相手の顔は見えないがPCの画面に嚙み付くようにして言った。

「米軍と防衛省は、あの再生空母の所在を摑んでいなかったのか⁉」

『いや。こっちでもたった今、米軍に照会した。実は十二時間前、監視任務のグローバルホークが黄海航行中のその艦を見失っている』

「見失った……？」

夏威は眉をひそめる。

「米軍の無人偵察機がか？　墜とされたのか」

『いいや、燃料切れで次の機体と交替する時、見失った。位置座標は正しかったはずだが交替機が行って見たら居なかった』

「……？」

『雲が多く、衛星からも見失った。米軍では大連へ帰ったのだろうと推定したらしい』

『とにかく』

Ｐ　Ｃの向こうで団は言った。
『〈紅巾党〉の母船が空母〈遼寧〉であり、停船を命じる巡視船をミサイルで撃破して魚釣島へ向かっているとなれば、明らかに海保の対処出来る範囲を超える』

「その通りだ」夏威はうなずく。「ただちに映像を防衛大臣に見せ、海上警備行動を発令させてくれ。奴らはこの〈しきしま〉の位置から南西二四〇度くらいの方向へ一五ノットで去って行った。位置はだいたい特定出来る、護衛艦を差し向けろ」

『それがな』

「どうした」

東シナ海　尖閣諸島の北東七〇マイル
海洋調査船〈ふゆしま〉

全速を出しているらしく、〈ふゆしま〉の船体は上下に強く揺れた。

「――――」

ざざっ、としぶきが前面窓に吹きつける。

沢渡有里香は、船橋の隅の床にうずくまり、ひざを抱えていた。

集められている乗組員の人々は、疲れ切ったのか、それぞれ床に腰を下ろし言葉もなく揺れに耐えている。

ひっひっ、と笑い声がした。

品のない声――と思いながら目をやると、肩からマシンピストルを吊した戦闘員たちが数人、海図台の上で紙に何か線を引いている。

紙に線を引きながら、ときどき目出し帽の視線を有里香の方へ向けてきた。

何をしてる……？

ばさっ

戦闘員の一人が、有里香の視線に気づくと、やおら紙を持ち上げて見せた。有里香に向けて見せる。タテとヨコに梯子のような線が、たくさん引かれている。

「……何よそれ、あみだくじ？」

「ひひ」

戦闘員がうなずくと、笑って紙の上の『1』という数字と、自分の顔を指した。中国語で何か言った。

何……？　俺が一番だ、とか言うの？　何の順番――

「ひひひ」

「ひひ」

船橋にいた戦闘員たちが、全員で取り囲むような視線を有里香に向け、笑った。

「ひひひひひ」

「あと、さんじかんだ」

中の一人が、たどたどしい日本語で告げた。

「おまえのいのちも、あとさんじかん」

巡視船〈しきしま〉

「防衛大臣が、所在不明……!?」

夏威は、耳を疑った。

「おい、そんなことがあるのか」

『わからん』PCの向こうでも、団が苛立たしげにする。『丸肌防衛大臣の姿が見えないんだ。さっきからの緊急会議でも、大臣が不在なので何も決められなかった。だが同期に連絡を取ると、どうもどこの省もそうらしい。大臣がいない』

「大臣がいない――って、こんな時にか」

『淵上臨時総理代行が、閣僚たちを連れてどこかへ雲隠れしている。官邸にも姿がない。他の省はともかく、防衛省自衛隊は大臣が命令しなければ通常業務範囲以上のことは何も出来ない。海上警備行動を命令する権限は、大臣一人にある。どうしようもない』

「…………」

「夏威さん、どうした」

横で松崎が訊く。

「市ケ谷と連絡がついて、動画も渡ったんだろう」

「そうだが、防衛大臣がどこかへ行ってしまって、いない」

「大臣がいないと、どうなるんだ」

「海上警備行動が発令出来ない。つまり自衛隊が武力であの海賊を――」

言いかけて、夏威は口を止めた。

何かが、脳裏に蘇《よみがえ》った。

待て。

――『海賊となった身』

そうだ。

（あの言葉だ）

さっき潜水艇の中で聞いた。〈ふゆしま〉の船橋を映すモニター画面の中で、リーダー格のあの男が戦闘服の胸を指して吐いた言葉。

──『今は正義の海賊となった身』

「海賊……」

夏威はつぶやいた。

「そうか」

「どうした、夏威さん」

「いや、何とかして自衛隊を出せるかも知れない」

「え」

「海賊対処法だ」

口に出すと、その言葉に反応したように、梶機関長が夏威を見た。

「海賊対処法ですか」

「そうです」

夏威はうなずく。

「ソマリア沖への護衛艦派遣の際、外務省アジア大洋州局でも法案をスタディーした。だから覚えている。正式には『海賊行為の処罰及び海賊行為への対処に関する法律』」

「それなら、私たちにも馴染み深いが」

「海賊対処法第六条」

東大法学部出身の夏威は、法律の条文を暗記するのは得意だった。

「確か、こうだ。海賊船が民間船舶を襲撃しようとし、停船命令に従わない場合、海上保安庁巡視船は他に手段がない場合は当該海賊船を停船させるため、船体射撃を行うことが出来る」

「その通りです」梶機関長はうなずく。「第六条は『船体射撃』の規定です」

「そして海保と自衛隊の間には――」

夏威は最後まで言わずにPCに向き直った。

「団、聞いているか」

東京　府中
総隊司令部　中央指揮所

十分後。

「総隊司令」

連絡担当官が、赤い受話器を手に振り向いた。

「横須賀の自衛艦隊司令部から、お電話です」

「──自衛艦隊司令部……?」トップダイアスの敷石は、眉をひそめた。「海自か」

「はい」

「繋げ」

敷石は言うと、自分の卓上の受話器を取った。

「はい。航空自衛隊、総隊司令官です」


何だ……?

葵は、敷石空将補が電話でどこかと話し込み始めたので、それとなく振り向いて見た。

そうしたら目が合ってしまった。

(げっ)

だが
「先任指令官」

敷石は、そのまま視線を離さず呼んできた。

「は、はい」

「自衛艦隊司令部から、緊急の要請があった」敷石は受話器を置きながら言った。「海賊退治だ」

「……は？」

「情報担当官」

「はっ」

「自衛艦隊司令部から、間もなく情報ファイルが送信されて来る。受領してスクリーンに出せ」

地下空間が、微かにざわつき始めた。

普段は面白くもなさそうに——面白くもなさそうな表情は変わらないが——トップダイアスに座るだけの総隊司令官が、矢継ぎ早に指示を出し始めた。

何か、始まるのか……？

「全員、聞け」

敷石は卓上マイクのスイッチを入れ、中央指揮所内の全管制官へ向けて告げた。

全員が、振り向いた。

「東シナ海に、海賊船が出現した。情報担当官、自衛艦隊司令部からの映像を出せ」

ぱっ

正面の大スクリーン、左手のウインドーからNHKの報道番組が消え、何か別の静止画が浮き上がった。始まる前の、動画の最初の画像だ。

「これは、出現した当該海賊船に対し、海上保安庁巡視船〈みずき〉が停船命令を出した時の映像である。再生せよ」

大スクリーンで画像が動き始める。

上下するフレーム。手持ちのビデオカメラで撮っているようだ。撮影者は波に揉まれる海面にいるのか……? カメラの視野には、霞むような白波の向こうに大文字の『A』に似たクレーンを尾部に持つ船が小さく見える。レンズがそこへズームして行く。拡大されたフレームに、上下しながら〈ふゆしま〉という船名が読み取れる。次いでカメラの視野が右横へパンする。右端から何か大きな、灰色の壁のようなものが映り始める。巨大過ぎるのか、望遠にしたフレームでは何なのか分からない。望遠が元へ戻る。

「――――!」

「おぉ」

「おう」

管制卓の管制官全員が、身を乗り出した。

「く、空母だ」

「あれは、ワリヤーグじゃないか……!?」

　管制官たちは互いに顔を見合わす。最初に映った〈ふゆしま〉という船名が、テロリストに乗っ取られた海洋調査船であることは明らかだ。たった今まで、NHKの報道番組が繰り返し伝えていた。では、〈ふゆしま〉の右後ろに雁行しているらしい、この元ロシア製空母は何なのだ。

「おい、静かにしろ」

　葵が言った。

「水平線から、もう一隻来るぞ」

　葵の気づいた通り、ちょうど〈ふゆしま〉と灰色の航空母艦の間、ずっと前方の水平線に小さな白いシルエットが見え始めた。ビデオの撮影者も気づいたのか、そのシルエットを最大にズームする。白い船首に青の斜めの線――

「海保の巡視船だ」葵はつぶやいた。「あれは領海警備用の小型のやつだ」

　白いシルエットは、チカチカと閃光を瞬かせている。発光信号だ――だが次の瞬間、動画の視野が驚いたようにフレーム・バックする。灰色の空母の後ろ姿が映り込む。

　それに続くシーンを、全員が息を吞んで見た。

　閃光を曳いてミサイルらしき物体が小型巡視船に吸い込まれると、爆沈は一瞬だった。

ひとたまりもない。

「ＳＳＭだ」

　情報担当官が言う。

「ひどいな、沈む前に四散したぞ」

「全員聞け」

　トップダイアスから敷石が告げた。

「撮影者からの情報によると、この海賊船は単艦で行動している。しかし元ロシア製空母であるから個艦戦闘能力に優れ、このようにミサイルを装備している模様だ」

「――」

「――」

「このように、当該海賊船は巡視船〈みずき〉の停船命令に従わず、逆に艦対艦ミサイル《SSM》を使用して〈みずき〉を撃沈した。これを受け、近傍にいた巡視船〈しきしま〉から海賊対処法・付属規定により自衛隊に『緊急応援』が要請された。自衛艦隊司令部はただちに護衛艦〈むらさめ〉を差し向けたが、距離が遠過ぎて間に合わない。したがって」

　敷石は、振り向いて顔を向ける全員を見渡し、言った。

「したがって我々航空自衛隊が、海賊対処法第六条ならびに付属規定に定める『緊急応援の協定』に基づき、海保に代わり当該海賊船を停船させるため『船体射撃』を行う」

「……は⁉」

葵は、驚いて聞き返した。

「し、司令」

「何だ」

「海賊船——ですか？」

「あれが海賊船でなくて、何だ」

「は、はぁ」

敷石は面白くもなさそうに、顎でスクリーンを指す。

「ただちに、あれを停船させる。自衛艦隊司令官と協議した。出動する部隊はＦ２部隊、使用する火器はＡＳＭ２だ」

「は？」

葵はまた振り向いて、敷石の顔を見上げた。

とても、冗談を口にしている顔ではない。

「ＡＳＭ２で海賊船を『船体射撃』——でありますか？」

「どうした」

「いえ、あの」

「情報担当官」

敷石は葵の横の情報担当官を呼んだ。

「至急調べよ。海賊対処法の規定に、海賊船の船体射撃をするのに対艦ミサイルを使ってはいけないとか、どこかに書いてあるか」

「もう調べました。書いてありません」

「よろしい」

小松基地　司令部作戦室

十分後。


「至急に集まってもらったのは、緊急行動のためだ」

日比野が、階段状の席を埋めた飛行服姿のパイロットたちを見渡し、言った。

「海上保安庁巡視船から自衛隊へ『緊急応援』の要請があった。海賊退治だ」


何だって……？

風谷は、聞き慣れない言葉に、眉をひそめた。

思わず隣を見ると、鏡黒羽も鋭い目で見返して来た。

海賊退治……？　どういうことだ。

「諸君は」

日比野が壇上で言う。

「午前中に戦技競技会のフライトを終えたばかりだが。ご苦労だが諸君に、総隊司令部から出動命令が出た。現在、築城の第八航空団が暴風雨のため出動出来ない。したがって南西空域に最も近い、この小松にいるＦ２隊の諸君に出てもらう。護衛のＦ15隊もだ」

日比野は言うと、横の火浦に促した。

「火浦隊長、説明を頼む」

「みんな、次の映像を見てくれ」火浦が進み出て言った。「これは東シナ海で海洋調査船〈ふゆしま〉を占拠した、テロリストの犯人グループが乗る海賊船だ」

作戦室のスクリーンに、南西海域から送られた映像が映写された。総隊司令部から転送してもらう必要もなく、すでに第六航空団の司令部で受け取って持っていた動画だ。

階段状の席を埋めているのは、千歳の第二〇六飛行隊、三沢の第二飛行隊、小松第三〇七飛行隊と、築城第七飛行隊の選手パイロットたちだ。

「――」

「――」

隅の席で、割鞘忍もスクリーンに見入っていた。

映写が終わると、若いパイロットたちは息をつき、互いに顔を見合わせた。

「以上が」

火浦が言った。

「今回実施する『船体射撃』の標的だ。お前たちはすでに対艦攻撃の訓練を十二分に行い、攻撃機と護衛機の連携も取れている。築城が出られないからという理由だけではない、総隊司令部から今回の任務に最適任と判断された」

「――」

「――」

「あ、あの隊長」

菅野が手を上げた。

「これ、やっちゃっていいんですか?」

「やっちゃっていい、とは何だ」

「つまり、法的にです」

「うむ」

火浦はうなずいた。

「みんな聞け。今回の『船体射撃』は海賊対処法に基づく警察権の行使であって、憲法で制限する武力行使ではない。つまり警察官が凶悪犯人を止めるためにやむを得ず拳銃を撃つのとまったく同じ、国の自衛権とは何の関係もない。したがって大臣の命令も国会の承認も必要ない、海保の現場指揮官からの応援要請と、内局運用課長の承認で十分とのことだ」

「はぁ」

うなずく菅野。

それを見て、そうか――と風谷は思った。

(海賊船か)

確かに、TVの官邸の記者会見でも政府の代表者が『武力侵攻じゃない』『犯罪だ』と盛んに繰り返していた。人民解放軍で反乱を起こし、テロリストとなった連中があのワリヤーグ――空母〈遼寧〉を乗っ取って、海賊船にしてしまったわけか……。

「〈ふゆしま〉を、助けられる」

横で黒羽が、ぼそっと言った。

「作戦の詳細を説明する」

月刀慧が、棒を手にして演壇に上がった。

「最初に言っておくが、これは実戦だ。それもかなり難しいぞ」

東京・赤坂
料亭〈蓬莱千郭〉

がやがやがや
大広間には酒肴《しゅこう》が運ばれ、ずらりと並んだ御膳を前に、前祝いの宴が始められていた。

同時に硯《すずり》と紙が回され、臨時閣議も並行して行われた。宴席についた閣僚たちによって『日本国として中国政府に降伏する閣議決定』の稟議書《りんぎしょ》に毛筆で署名がされて行く。

「やぁ、さしものアメリカも、日本に戦争をさせない歯止めは万全に考えて施しましたが、降伏をさせないようにすることは何も考えていませんでしたな」

「そうですな」

「あと二時間半で、この国も中国の一部か」

「もう選挙なんか、関係ないですな」

「これで住民の反対なんか気にせず、道路も空港も核燃料廃棄物処分場も自由に作れる。日本経済は発展しますよ」

「日本経済じゃないですよ、もう」

「そうか。はっはっは」

なごやかに笑い合う宴席を見渡す上座では、ダークスーツの男が眼鏡を光らせ、ノートPCの画面を監視し続けていた。

「――――」

衛星ネット回線を通じて、〈遼寧〉の位置がリアルタイムで伝えられ、画面の地図上に紅い船の形で表示されている。

同時に、全国各地の自衛隊の基地を監視している工作員たちからの定期報告も、メールで入り続けていた。

小松基地　装具室

「割鞘」

ビジター用のロッカーを兼ねた女子装具室の隅で、忍がうつむいていると背中で声がした。誰の声かは、すぐに分かる。

「剣名一尉?」

振り向くと、いきなりヘルメットを投げて寄越された。

ぱしっ、と胸に受け止めると、〈SARRY〉と描いてある。自分のヘルメットだ。

「……!?」

「攻撃に連れて行ってやる。支度しろ」

メタルフレームの眼鏡を光らせ、色白の編隊リーダーが女子装具室の入口に立っていた。

入口近くのラックから、ヘルメットを投げたのか。

剣名はすでにGスーツと、フライトの装具類を身につけている。

「……いいんですか」

競技フライトの後のデブリーフィングから、忍は仲間外れにされていた。

さっきの作戦室でも、飛行隊の皆と離れて座っていたのだ。

「いいか、命令には従え。勝手な行動は取るんじゃない」

「は、はい」

忍は顔を上げた。

「ありがとうございます」

「五分後にランプアウトだ、お前の機に予備のASM2を搭載するように頼んでおいた。

遅れるな」

「は、はいっ」

小松基地　司令部前エプロン

「漆沢」

漆沢美砂生が、午前中にも乗った927号機の搭乗梯子に足をかけようとした時。

ふいに背中から声が呼んだ。

「月刀一尉？」


振り向いて、驚いた。

早足で近寄って来た長身の月刀慧は、飛行服の上にGスーツを着け、ヘルメットを手にしている。

フライトの支度だ。

「月刀さん、内局の運用課から、現地との連絡責任者にされたんじゃないんですか？」

「そんなものは、誰かに押し付ける。替われ」

月刀は、手ぶりで『そこをどけ』というように美砂生に示した。

「――――」

「火浦さんには、上がってから言う。護衛隊の編隊リーダーは俺がやる」

「飛行隊の命令ですか」

「替われ。この機で俺が飛ぶ」

「え?」

「じゃ、駄目です」

美砂生は、月刀と向き合ったが、背中の搭乗梯子は譲らなかった。

「どけ」

「命令もないのに、駄目」

「分かってるのか。実戦だぞ」

月刀は美砂生に向き合うと、背中の空を指すようにした。

「さっき説明しただろう、相手はワリヤーグだ。役立たずの中古のポンコツとか言われていても空母だ。対空兵装も艦載機も持ってる。しかも万一にも〈ふゆしま〉にミサイルを当ててしまわないよう、F2隊は目視圏内へ近づいて撃たなければならないんだ」

「それは聞きました」

美砂生はうなずく。

「あなたが考えてくれた作戦の通りに、やります」

「おい」

「何ですか」

「お前は、女だ」

「だから？」


「あのな」

「月刀一尉」

美砂生は、月刀の顔をまっすぐ見上げ、言葉を遮った。

「あたしのこと空自へ誘った時、なんて言いました？　筋がいいって言ったでしょ。嘘ですか、あれ。信用していないんですか」

「い、いや」

「それに『女だ』とか、そういう言い方って、自衛隊で国防の任に就くすべての女性士官をばかにしてません？」

「…………」

「行きますよ」美砂生は言った。「風谷君も菅野君も行くんです。あたし彼らの飛行班長だもの。責任あるもの」

絶句する月刀を背にして、美砂生は搭乗梯子を登った。

「六〇〇ガロン増槽二本、フル満タンです」

梯子の上で待ち受けた若い整備員が、着席を手伝ってくれながら言った。

「重いです。気をつけて下さい」

「ありがとう、でも九州を飛び越す頃には、増槽全部使っちゃうわ」

「武装、ＡＡＭ３だけなんですか？」

整備員は機体を見回して言うが

「それしか積めないの」

美砂生はハーネスを確かめながら頭を振る。

「重量で、ＡＡＭ４は駄目。途中まで超音速で行かないと、目標に追いつけないらしい。行くわ」

整備員が「ご無事で」と降りて行くと、美砂生は自分のヘルメットを被った。

酸素マスクをつけながら左右をちらと見ると、並ぶスポットでは黒猫サーフィン塗装のＦ15Ｊが二機、それに本人（鏡黒羽）によく似たイラストを機首に描かれた一機が出発準備を終え、搭乗梯子を外すところだ。

その向こうでは、Ｆ２隊の青い戦闘機が早くもエンジンスタートを始めている。垂直尾翼の赤い衝突防止灯が点滅している。

結局、Ｇ空域へ増槽を抱えて上がった午後競技のチームは、現時点で燃料が足りなくて南西空域まで出動することが出来ない。美砂生のチームと、千歳と三沢のチームが先鋒で出るしかない。

マスクの一〇〇パーセントの酸素を、美砂生はシュウッ、と吸い込んだ。

（実戦、まるで初めてじゃない……）

そうだ、謎のフランカーに、背中から撃たれたことだってある――

美砂生は唇を噛む。

「いいわ。いざと言うときゃ、死ねばいいんだ」

美砂生はキャノピーの外へ、指を三本立てて示した。

「第二エンジン、スタート」

7

小松基地　フェンスの外

場外道路に車を止めて、たくさんのマニアがカメラを構えている。

戦技競技会の日はスペシャル・マーキングの機体が集まるので、いつもよりも人数は多い。

「おぉっ、またルイズが上がるぞ、ルイズが」

増槽を両翼下につけたF15とF2が次々に離陸すると、人垣から歓声が沸いた。

「見事だ」

「今年のナンバーワンだな」

「でも今度のイーグル、AAM4をつけてないぞ」

「F2も翼端の自衛用AAM3をつけてない」

「午後は、競技科目が違うんじゃないのか？」

その人垣の陰で、携帯を手にした一人が、上がって行く機体を目で追いながらぼそぼそと口を動かした。爆音に隠れ、話す内容は周囲の者には聞こえない。

東シナ海　空母〈遼寧〉

「将軍、報告いたします」

アイランド最上階の戦闘艦橋。

後部ＣＩＣから、若い幕僚がまた駆け込んで来ると、報告した。

「自衛隊小松基地を見張らせている工作員より。増槽と対艦ミサイルを満載した戦闘機隊が発進。離陸後ただちに進路を西へ取る。以上です」

「くふふ」

鍔延辺は、食べていた戦闘食のちまきを艦長席の茶卓に置くと、艦橋の左手を見た。

「馬驚天」

「は」

発艦指揮席から、飛行服の男が立ち上がる。

「将軍、お任せ下さい。釣魚台まであと二時間ですが、念のため航空隊は迎撃態勢を取ります」

そこへ

『CICより艦橋』

天井スピーカーが報告した。

『対空レーダーに感。本艦の左舷二五マイル、高度一〇〇〇メートルに飛行物体あり。日本海上自衛隊のP3Cと思われます。発見されました』

「慌てるな」

飛行服の男——馬驚天は、目の前の若い情報幕僚に言った。

「本艦の例のシステムは、稼働しているな?」

「はい」

情報幕僚はうなずいた。

「GPS妨害装置により、本艦の周囲では米国の使うGPSの位置表示が、約二〇マイルずれます」

「現在は、どっちへずらしている」

「東です」

「よし」

飛行服の馬驚天はうなずいた。

「その日本の哨戒機は、そのまま見逃せ」

「撃墜しなくて、よいのですか」

「よい」

フッ、と男は笑うと、艦長席を向き直った。

「将軍。もしも日本の戦闘機隊が襲って来るならば、歓迎です。その時は面白い見せ物をご覧に入れます」

「あてにしてよいのであろうな馬驚天」

「もちろんでございます、お任せを」

だが
「あのう、馬少佐」

若い情報幕僚は　おずおずとした感じで言った。

「レーダー席の視察を、お願いいたします。ＣＩＣまでお越しを」

空母〈遼寧〉ＣＩＣ

「馬少佐。実は」

暗い空間にレーダー操作席が並ぶＣＩＣへ、長身の航空隊長を招き入れると、情報幕僚は声を低くして言った。

「ＧＰＳ妨害装置を始め、本艦の誇るＥＣＭは大変強力なのですが」

「うむ、何だ」

「実はレーダーの妨害機能に、若干問題がありまして」

「問題？」

「はい」情報幕僚は、おずおずと言った。「実験の結果、敵航空機に向けてレーダー妨害をしようとすると、敵味方の区別なくそこらじゅう全部の航空機レーダー周波帯を塗りつぶしてしまうことが分かったのです」

「何だと？」

「つまり、敵戦闘機がもし襲ってきた時、敵機のレーダーを妨害すると、味方のＪ15艦上戦闘機のレーダーまで巻き添えに妨害してしまいます」

「おいっ」

　馬鷲天は、共産党幹部の息子らしい若い幕僚の襟首を、掴んで締め上げた。

「馬鹿野郎、早くそれを言え。俺はもう将軍の前で『お任せ下さい』と言ってしまったんだぞっ」

「ひいっ」

「ええい、まぁいい」馬は、襟首を放して言った。「俺の考案した対艦ミサイル防護策が功を奏すれば、艦上戦闘機隊が出るまでもないかも知れん」

九州上空
高度四〇〇〇〇フィート

「――下は真っ白だな……」

割鞘忍は、酸素マスクをつけた顔をキャノピーにつけるようにして、機首の左下を見やった。

編隊は、一面の白い雲海の上を巡航している。

小松を出てからは高度を取り、しばらく超音速で飛んだ。しかし目指す南西空域まではエンジンも燃料ももたない。北九州地方上空まで来ると、マッハ〇・九の亜音速巡航へ戻った。

成層圏の蒼い空間に浮かんでいるのは、F15が八機、F2が八機。

これだけ高度を取ると、真下が台風でも静穏な空だ。

「あの辺が、築城かな。雲で見えないけど」

つぶやいた。

これが見納め、だったりして……。

「え？　縁起でもないこと言うなって……？　ごめん」

忍は、コクピットの計器パネルを覆うグレアシールドを「ごめんごめん」と手で撫でるようにした。

「ねぇ、黒羽さんが言ってた。人質になっている女性記者の人って、友達なんだって」

忍はまたつぶやいた。

「大変だね」

東シナ海　海洋調査船〈ふゆしま〉

「おまえだけ、でろ」

揺れる〈ふゆしま〉の船橋。

床でひざを抱え、揺れに耐えていた有里香の前に、戦闘員が立った。

例のたどたどしい日本語と、見ぶりで示す。

船橋の後ろの扉を指している。

「でろ」

「何よ——う？」

口答えしようとすると、背中から首筋をマシンピストルの銃口でぐりっ、と擦られた。

痛い。

「何するのよっ」

「たて」

「どこへ、連れていく気？」

「いいからこい」


前後を二名の戦闘員に挟まれ、有里香は船橋から後方への通路へ出た。

風が吹きつける、むき出しの上甲板通路を歩かされ、どこか〈ふゆしま〉の後部の方へ連れていかれるようだ。

（いったい、何をされるっていうの……？）

ひゅううっ、と潮風が吹きつける。

海面は一面の白波。その向こうに、巨大なロシア製空母が雁行している。あの空母の内部に、有里香は三日も監禁されたのだ。

「……？」

長大な飛行甲板の上で、動きが見えた。

角ばった胴体のヘリコプターが、前後一列に四機、並んで見えている。

回転翼が廻っている。やがて艦首側の一機を先頭に、順番に浮き上がって発艦していく。

四機はワイヤーで、下に何か一本の物体を吊している。凄く長い丸太のような……。

何やってんのかしら——

「あるけ、はやく」

だが見ていると四機のヘリは、ちょうど〈ふゆしま〉の直上をクロスするように隊列を組んだまま低空で通過した。

パリパリパリパリッ

強いダウンウォッシュが、むき出しの上甲板通路をなぎ払った。猛烈な風圧。アッ、と前を行く戦闘員が悲鳴のような声を上げた。同時にばさばさっ、と白い物体がいくつもなだれおちて来て有里香の頭のすぐ上を擦過した。

「ぐわっ」

それが、ダウンウォッシュではたき落とされて来たカモメであることに気づくまで数瞬。〈ふゆしま〉のすぐ上を舞って餌を探していたらしい海鳥の群れが、猛烈な風圧で突然押し下げられ、二人の戦闘員の肩から上に激しくぶつかったのだ。

有里香だけが、背が小さいせいで大型の鳥の体当たりを免れた。

鳥……!?

「——えいっ」

とっさに、戦闘員の一人が通路の手すりに大きくのけぞるのを見て、有里香は床を蹴り姿勢を低くしたまま頭からぶつかった。

がんっ
「あうわっ！」

戦闘員はそのまま、後ろ向きに海面目がけて転がりおちた。

逃げろ……！

有里香は構わず、通路を後方へ駆けた。もう一人の戦闘員がどうなっているのか、振り向いて確かめる余裕もない、走って狭い階段を降り、ハッチから暗い機械室のような中へ降りる。「はぁっ、はぁっ」と息をつきながらさらに目についた鉄扉を開けて、その中へ転がり込んだ。

東シナ海　海面近く

パリパリパリパリ
四機のカモフ28対潜ヘリは、〈遼寧〉を離れて東側へ進出すると、やがて海面上の一点にポジションを決めてホヴァリングを始めた。
『本艦からの距離、方位よし。幕を下ろせ』
先頭の一機の指示で、横一列に宙に並んだ四機から、真下へ吊されている一本の丸太のような物体がほどけた。

バサバサッ

それは長大な一枚の〈幕〉のように、海面すれすれに接するように空中に張られた。全長はおよそ三〇〇メートル、高さは三〇メートル。灰色に染められた布のような素材。

さらに後方から、続いて〈遼寧〉を発艦してきた同型のカモフ28が一機、長大な〈幕〉のすぐ左横に展開してホヴァリングする。ただし後発のこの機は早期警戒仕様に改造された機体で、機首にレドームと、胴体両脇に一発ずつの熱線追尾ミサイルを装備していた。

『防御ライン、展開完了』

東シナ海　高度四〇〇〇

海賊船攻撃編隊

「編隊各機へ」

先頭を行くF15のコクピットで、漆沢美砂生は後続の各機へ呼びかけた。

自分の前に、誰もいない。

もう九州を飛び越して、洋上をどのくらい飛んだか——宮古島の近くまで来ているはずだが、依然目の下が真っ白で分からない。

「こちらブラックキャット・リーダー。総隊司令部から、今〈標的〉の位置の最新情報が入った。読み上げるから、F2隊は射撃管制に入力して。P3Cによると海賊船の針路は二四〇度、速力二五ノット程度。あたしたちがこれから突入して行っても、二〇マイルも進んでいないわ」

美砂生は、中央指揮所から告げられた海賊船——空母〈遼寧〉の最新位置の数字を読み上げた。海自のP3Cが、その所在を見つけて報告してくれたらしい。自衛艦隊司令部から航空総隊を経由して知らされた情報だから、少し時間は経過しているが、船は遅いから大した違いはないだろう——

何かしゃべっていた方が落ち着く。

「みんな聞いて。出撃前のブリーフィングで言われた通り、今回の任務ではF2隊には『船体射撃』が許可されているけれど、護衛隊には警察官職務執行法に準じた犯人の制止と正当防衛による戦闘しか、認められていない。もしも敵機が上がってきたら、ロックオンまではしてもいいわ。でも向こうが撃つまでは撃っちゃ駄目。大変だけど、みんな頑張って」

『了解』

『分かってます』

風谷と菅野は、すぐに応えて来る。

「ファイアフォックス・リーダー、いいですね？」

『……あ？　あぁ』

しっかりしろよ。

美砂生は、右斜め後方で編隊を組んでいる四機のF15を見やった。そのリーダー機。向こうの方が先任らしいのに、いつの間にか美砂生が全体のリーダーみたいにされてしまった。

何か言ってやるかなぁ。

教導隊にしごかれたくらいで、何だ。

でもやめておいた。この周波数で説教なんかしたら、僚機みんなに聞こえてしまう――そう思った時。

ザッ
何かノイズのようなものが聞こえた――と感じた瞬間。

TEWSのスコープに、電子妨害を受けていることを示す『ECM　ALERT』表示が出た。

試しに、一瞬だけ索敵レーダーを入れて見ると、ディスプレーが何も表示せず真っ白になる。

（やられた、もうジャミングだ――！）

空母〈遼寧〉ＣＩＣ

「こちらＣＩＣ、対空レーダーに感あり」

暗い空間でレーダー画面に向かう監視員が、ヘッドセットに告げた。

「機数、多数。方位〇六〇、距離一八〇マイル、推定高度一二〇〇〇メートル。本艦へ向け接近中」

東シナ海　上空
ブラックキャット一番機・Ｆ15

「レーダーがもう使えない、おそらく向こうからは探知されたわ」

美砂生は編隊を振り返って、言った。

燃料消費を抑えるため、出来るだけ高い高度で飛んできた。でもこんなに早く、海賊船のレーダーと、ジャミングの有効範囲に入ってしまうとは……。

「まだ距離は遠いけれど、ＳＡＭに狙われたら嫌だから降りる。全機で海面まで降りる、続けっ」

判断の遅れで、編隊を危険にさらしてはいけない。

美砂生は誰にも相談することなく、自分一人で決めるとスロットルをアイドルまで絞って機首を下げた。

同空域　アルバトロス四番機・F2

「もう、敵艦のレーダー圏内……」

編隊最後尾の位置で、割鞘忍は機をアイドル推力で降下に入れた。

キャノピーを擦るのが風切り音ばかりになる。

忍は、マップ表示にした右上のMFDに、スイッチ操作で電子戦情報を重ね合わせた。

カラーのマップ上では、もう宮古島、下地島を後にしている。ここから先は、尖閣まですべて海だ――

ピッ
マップの上に、遥か前方からのレーダー照射を受けていることを示す黄色い線が出る。

電波の来る方向は、およそまっすぐ。

（ええと、投弾したらもう燃料がないから、この下地島へ向かうんだな、ポジションを、

マークしとこ)

操作していると、編隊はたちまち雲の中へ入った。

『剣名一尉、本当は上空から敵艦を見つけてから降下したかったけど、ごめん』

ヘルメットのイヤフォンに入る無線で、漆沢美砂生が謝っている。

『こちらアルバトロス・リーダー、問題ない』

剣名一尉の声。

『P3Cの情報がある、おそらくあまり動いていない、推定位置へ低空でひたすら飛んで、水平線に見つけたら発射するだけだ』

東シナ海　低空
アルバトロス四番機・F2

五〇〇〇フィートで、ぱっと視界が開け、雲の下へ出た。さらに前の機に続き、海面へ張り付くくらいまで降りる。

電波高度計、三〇フィート。

(私なら、もうちょっと降りられるんだけど。ま、いっか)

忍は右手でサイドスティック式の操縦桿を操り、F2の機体を海面のすぐ上で水平に安定させた。速度五〇〇ノット。

ゴォオオオッ

猛烈な勢いで、海面が足の下へ吞み込まれる。目は前方を見たまま。海面上超低空へ降りたらもう、一瞬でも前方から目を離してはいけない。見ていい計器はヘッドアップ・ディスプレーだけだ。

『漆沢一尉、離れてくれ』

編隊の先頭から、剣名一尉の声。

『君たちが頭の上にいると、我々がここにいるのを敵艦に教えるようなものだ』

『分かった、ごめん離れる』

Ｆ２編隊ほど低空へ降り切れないＦ15が、頭の上から離れていく。

三沢のウェーブライダー編隊も、同じように護衛役のＦ15へ『邪魔だからどいてくれ』と言っている。

「ま、そうだけどね」

忍は、前方から目を離さずにつぶやく。

ピッ

Ｐ３Ｃから得られた情報を射撃管制システムへ入力してあるから、敵艦——海賊船の予想位置がマップに赤い船のマークで表示されている。ヘッドアップ・ディスプレーにも標的への距離表示が出る。

ピピッ
どんどん近づいてる、六八マイル、六七、六六——

『マスター・アームON。各機、攻撃モード〈ASM—VIS〉』

剣名が指示した。

『ツー、マスター・アームON。〈ASM—VIS〉』

『スリー、マスター・アームON。〈ASM—VIS〉』

「フォー、マスター・アームON。〈ASM—VIS〉」

目視攻撃モードだ。

テロリストに乗っ取られた海洋調査船を間違えて撃たないように、水平線上に敵空母の姿を目視で確認してから、赤外線画像ロックでASM2を発射するのだ。水平線上だから間合いは二五マイル、でも映像で見たが全長三〇〇メートルの空母だ、見間違いようはない。

ピッ
（あと五〇マイル——）

空母〈遼寧〉飛行甲板

風が吹きつける長大な甲板に、カナード翼を持つ大型の戦闘機が引き出され、発艦位置についていた。

次々に、エレベーターで上げられて来る。その数、八機。

Ｊ15。中国がスホーイ33をコピーして開発したと言われる艦上戦闘機である。しかしロシアが詳しい設計情報を教えてくれなかったので、Ｊ15はオリジナルのSu33より二トンも重かった。

「馬少佐、やはり発艦出来る重量では中距離ミサイルは積めません。燃料も一時間分だけです」

「構わぬ」

コクピットで装具を整えながら、男は整備員に言った。

「我々には最新型のヘ《H》ルメット・マ《M》ウント・デ《D》ィスプレーを用いたオフ・ボアサイト攻撃がある。熱線追尾ミサイルだけで十分だ、行くぞ」

馬驚天はコードのついたヘルメットを被り、操縦席のキャノピーを閉じると、右前方の発艦士官に手を上げ合図した。

赤いヘルメットの発艦士官が、うなずいて『ＯＫ』サインを出す。

「アフターバナー全開、発艦！」

ドンッ
双発のノズルから真っ赤な火焔を噴き出し、スホーイ33によく似た戦闘機は轟然とダッシュし、スキージャンプ艦首から宙へ跳び出して行った。

「万歳」

「万歳」

「馬少佐万歳」

整備員たちが全員で両手を挙げ、万歳をすると、すぐに二番機の準備にかかった。

東シナ海　超低空

ズゴォオオッ
遮るもののない海面上を、四機の青い迷彩の戦闘機が縦一列で進撃する。
さらに半マイル右手を、同じように四機の隊列。
合計八機のＦ２Ａが、主翼下に四発ずつのＡＳＭ２対艦ミサイルを抱え、水平線を目指して飛んだ。

『見えたぞ』

先頭の機が、後続機に展開を指示した。

『いたぞっ。全機、投弾隊形へ展開』

アルバトロス四番機・F2

「――いたっ」

忍は、水平線上にちらっ、と頭を出すように現われた灰色の長方形を目で捉え、思わず声を上げた。

「見つけたっ」

灰色の長方形。三〇〇メートルはある、間違いない、空母だ……！

声を上げると同時に、前の機の後ろから出て、左側へ展開する。ＡＳＭ2を、水平線上に見えた〈標的〉にロックするためだ。

ピッ
赤外線を出してる、あれに間違いない、オート・ロック。

『ＬＯＣＫ』

ヘッドアップ・ディスプレーに表示。

『全機投弾せよ、フォックス・ワン』

『ツー、フォックス・ワン』

『スリー、フォックス・ワン』

白い噴射炎が、真横の機の翼下から噴き出す。シュパーッ、と前方へ伸びて行く。

「フォー、フォックス——」

だがその時。

何だ……!?

忍の目が、何か感じ取った。

昼の空に星が見えるくらいの、忍の視力でなければ、それは分からない——識別出来なかっただろう。

(あれは、空母じゃない……!)

忍は反射的に、右の人差し指をトリガーから放した。同時にIEWSが、前方からの照準レーダーの照射を検知した。

ピーッ

「はっ」

『全機、ブレーク、ブレーク。離脱せよっ』

「待って！」

ぞっ
背筋が寒くなる感覚がして、忍は叫んでいた。

「駄目、みんなノズル見せて逃げちゃ駄目っ！」

海面上〈遼寧〉ヘリ部隊

ホヴァリングする四機のカモフ28が吊している長大な〈幕〉——それは日本製の遠赤外線腹巻きの素材を十万枚張り合わせた、対艦ミサイルを引きつけるダミーであった。

ズババババッババッ
水平線上から、海面を這うように殺到した合計二十八発のＡＳＭ２が、横幅三〇〇メートルの〈幕〉にすべて命中した。半数以上は爆発せずに反対側へ突き抜けてしまったが、およそ十発は突き抜ける瞬間に爆発した。〈幕〉は一瞬で消し飛び、吊していた四機のカモフ28も衝撃波で吹き飛ばされ、たちまち四機とも海面へ叩きつけられた。

「うわぁああっ」

「うぎゃぁっ」

ドシーンッ

だが水柱の横で、ホヴァリングを続けていた早期警戒仕様のカモフ28は、かろうじてバランスを保ちながら避退する日本の戦闘機に向け、射撃照準レーダーを照射し続けた。

その反射はデータリンクで、二〇マイル後方の〈遼寧〉へ送られ、母艦から発射される中距離艦対空ミサイル《SAM》の誘導に使われた。

アルバトロス四番機・F2

「あれは、何……!?」

忍は本能的に右へブレークして避退したくなるのをこらえ、水平線に見えたものに視神経を集中した。

ヘリが浮いてる……？　吹っ飛んで消えた〈幕〉のようなもの——あれは何？　その向こう、水平線の向こうから白い噴射炎が立ち上る。何本も——

「まさか」

あれはＶＬＳか。

水平線の向こうにいるのが、敵空母かっ。

あのヘリは。まさかミサイル誘導用中継ヘリか。

ピピピピッ

ＩＥＷＳが警告。狙われてる、私もロックオンされた……！

「くそ」

忍はまっすぐ前に、操縦桿を向け直す。仲間が危ない、あの〈幕〉みたいなものは何だったんだ。囮か!?　私たちは、囮を撃たされていた……！

「くそっ」

左手でスロットルの兵装選択スイッチを〈ＧＵＮ〉。ヘッドアップ・ディスプレーに、ガン・クロスが浮かぶ。照準レティクルの真ん中にホヴァリングするヘリ。みるみる迫る、大きくなる。止まってる、かえって撃ちにくいじゃないか、こらっ。

「墜ちろっ、フォックス・スリー！」

バルルルッ

左腕の横から、二〇ミリバルカン砲が火焔の奔流のように行く手へ伸び、空中に浮く旧ソ連製ヘリを一瞬で吹き飛ばした。

同時にヘリのいた空間を忍のＦ２は五〇〇ノットで通過した。

（何だ、見えてきたぞ。水平線の向こうに、あれが本物だっ）

〈遼寧〉航空隊　J15

「逃げる対艦攻撃機を追え。全機撃滅せよ」

思いのほか発艦作業が手間取ったため、囮の〈幕〉が攻撃を受けた時点で空中にいたのは馬鷲天と、二番機のみであった。

『少佐。一機、防御ラインを突破してきます』

発艦を終えた二機だけで、避退する日本の戦闘機を追おうとしていた馬は、二番機の声で下方の様子に気づいた。

「むうっ」


青い機影が一つ、ヘリの防御ラインを突破し、白い筋を海面に曳きながら本艦へ向かっている。

馬鷲天は三〇〇〇フィートでＪ15を旋回させ、水平線上から真下の〈遼寧〉へ向かって突進して来る青い機影に向けた。

「生意気な。撃墜する」

正面から近づいて来る敵でも、最新鋭のヘルメット内蔵照準器《HMD》と赤飛竜Ⅱ型熱線追尾ミサイルの組み合わせで、容易に撃墜出来るはずだ。
だが
プツッ
スロットルについたスイッチを入れた途端。下ろしたバイザーの内側に表示されるはずのヘルメット・マウント・ディスプレーには何も映らなくなってしまった。
「え、ええいっ」
馬はバイザーを上げて怒鳴った。
「後方へ廻り込み、撃墜するぞ。続けっ」
『少佐、相手は一機です、本艦の対空砲火に任せては』
二番機は言うが
「馬鹿野郎っ」馬はまた怒鳴った。「劉国強の奴が中国じゅうに顔を売っているのに、この俺が手柄なしで帰れるかっ」

空母〈遼寧〉艦橋

『こちらCIC。日本の攻撃戦闘機が一機、ヘリの防御ラインを突破し本艦へ接近中。対艦ミサイルを持っている可能性あり』

「ただちにミサイルで迎撃せよ」

作戦部長がマイクで命じるが
『駄目です、誘導中継ヘリを撃墜されました、高度が低過ぎて本艦のレーダーでは狙えません』

「引きつけて、近接防御機関砲でおとせっ」

「作戦部長」

うっそりと、艦長席の鍔延辺が目を開けて睨んだ。

「何を手間取っている」

「は。ははっ、蚊トンボ一匹であります、すぐに木っ端微塵《こっぱみじん》にいたします。ご安心ください将軍」

作戦部長は一礼すると、飛行甲板を窓から見下ろして、マイクに怒鳴った。

「飛行甲板、発艦作業を急げ。発艦士官は何をやっているっ」

『艦橋、申し訳ありません、ブラスト・ディフレクターが途中でスタックしてしまい、急ぎ修理中であります。三番機以降の発艦は数分お待ち下さい』

8

東シナ海　超低空
アルバトロス四番機・F2

「見えたっ。あれが本物の空母」
水平線の上、灰色の影が小さく浮き上がるように見えた。距離、二〇マイル……！
「ASM2、オート・ロック――う!?」
ロックオン操作をやり直そうとした瞬間、IEWSが鳴った。
ピーッ
前上方、射撃照準レーダーの電波が来る――そう思った瞬間。
グォッ
ズグォッ
二つの機影が、すれ違うように頭上を通過すると、忍の頭上で左右に分かれて急旋回に入った。
（敵戦闘機……!?）

あんなのいたの……？　聞いてないよっ。

左右の横から、襲って来る……！　真上は五〇〇〇フィートが天井のような雲だから、宙返りを使った狙われ方だけはされないが……。

「くっ」

忍は兵装パージ・スイッチに親指を伸ばしかけ、やめた。ミサイル捨てたら、空母をやれない。

右横から来る、あれが一番機かっ。

忍は操縦桿はそのまま、左手でスロットルを最前方へぶち込んだ。

ドンッ
アフターバーナー全開。加速。

〈遼寧〉航空隊　J15

「ううぬっ」

水平急旋回から見越し角を取り、23ミリ機関砲を撃とうとした馬驚天は、青い戦闘機がいきなり跳躍するように前へ加速したのでタイミングを逸した。

「こしゃくな、だが真後ろががら開きだっ」

Ｊ15は、ほとんど音速を超えて海面上を進む青い機体の後方へ、ひねり込むように食らいついた。

海面に張り付くように、恐ろしく低い。大した操縦技術だがミサイルを捨てて逃げぬとは馬鹿者だ。

ヘッドアップ・ディスプレーの照準環の真ん中に、ぴたりと収まる青い機影。

「死ねぇっ」

アルバトロス四番機・Ｆ２

「――！」

バックミラーの中央に、躍り込むようにカナード付きの機影が映り込んだ。

やられる。

だが忍は、ヘッドアップ・ディスプレーの速度表示を祈るように見た。

加速しろ、六〇〇ノット、六〇五、六一〇――マッハ一・一。

(お願いバイパーゼロ)

ふわっ

〈遼寧〉航空隊　J15

ドルルルッ
J15の機首から23ミリ機関砲が火焔の鞭《むち》のように前方へ伸びた。
だが
「――な」
信じられない。青い機影はふわっ、とつかみどころのない踊るような動きを見せると、機関砲の火線をするりとかわした。
「ばかなっ、かわすとは――真後ろから直接照準だぞっ」

空母〈遼寧〉近接防御機関砲指揮所

「敵機、接近。速い」

遼寧の左舷、西側のCIWSに相当するCADS－N近接防御機関砲の射撃指揮所では管制員が悲鳴を上げた。

「こ、こっちへ来るぞ」

「照準しろ、射撃準備」

「駄目だ、馬鷲天少佐の機が後ろにくっついている、これでは一緒に撃ってしまうぞ」

アルバトロス四番機・F2

「うっ、くっ」

真後ろからの機関砲の初弾はかわしたが、宙で躍る機体を制御するのが精一杯で、忍はロックオン操作が出来ない。

でもスピードおとしたら、やられる。

「くそっ」

前方から目は離せない、灰色の空母はもう一〇マイル先だ、どんなふうに撃ったって当たるのに……！　そう思った瞬間。

忍は、はっと目を見開いた。

前方一マイルの海面。海面のすぐ上――霞のような、何かの小さな白い点々が……。

（あれは）

〈遼寧〉航空隊　J15

「二番機、密集編隊で横に並べっ」

馬驚天は命じた。

「ちょこまか動きやがって、二機同時に射撃して叩きおとすっ」

『はっ』

アルバトロス四番機・F2

（――鳥だっ）

忍は前方の海面上に霞のような白い群れを認めると、操縦桿をくんっ、と一回ひねって機首をそこへまっすぐに向けた。みるみる迫る、迫って来る。

「くっ」

スロットルをアイドル、パワーを絞る。直進のまま減速――

「お願い、安定して」

操縦桿で、機体をさらに沈める。海面のすぐ上へ――！

「今度こそ死ねぇっ！」

だが馬驚天は、青いF2戦闘機に機関砲の照準を合わせることに夢中になり過ぎ、すぐ前方の海面上にカモメの群れが舞っていることに全く気づかなかった。

青い戦闘機が、実に海面一〇フィートという超々低空で鳥の群れの下をすり抜け、向こう側へ抜けた瞬間にはもう遅かった。

「うわっ」

ドカンッ

およそ三十羽ほどの大型のカモメが、低空を突進してきた二機のJ15に正面から衝突し、そのうち数羽ずつが二機のエンジンに吸い込まれ、コンプレッサーを破壊してしまった。

『うわぁっ』

音速近くで飛んでいた二機は、バランスを崩し海面に接触すると瞬時に分解した。

アルバトロス四番機・F2

忍はスロットルを戻すと、高度を二〇フィートまで上げ、機首を右へ振って再び灰色の空母へ向かった。もうヘッドアップ・ディスプレーの中で灰色の壁のようだ。

「ASM2、オート・ロック」

ピッ

『LOCK』

空母〈遼寧〉飛行甲板

「あれを見ろ」

「こ、こっへ来るぞ」

甲板では今にも、三番機以降の発艦が再開されようとしていた。

甲板上の発艦位置には、翼下に四発の熱線追尾ミサイルを抱えたJ15戦闘機が六機、二列縦隊でぎっしり並んでいた。

「は、早く発艦させろ、早く」

空母〈遼寧〉艦橋

「こっちへ来る!?」

もう艦橋の窓からも、左舷方向から海面に真っ白な一本の筋をひき、何ものかが急速に近づくのが見えた（Ｆ２の青い海面迷彩のせいで素人には曳き波だけ見えた）。

作戦部長はマイクに叫んだ。

「左舷ＣＡＤＳっ、何してる早く撃ちおとせ！」

空母〈遼寧〉近接防御機関砲《CADS》指揮所

「うわぁっ、駄目だ」

管制員が叫んだ。

「低過ぎる、俯角《ふかく》が取れないっ」

空母〈遼寧〉艦橋

「突っ込まれるぞ、転舵面舵《てんだおもかじ》、転舵面舵っ」

「転舵面舵！」

舵輪が思い切り右へ切られた。

空母〈遼寧〉飛行甲板

ぐらっ
巨艦が身じろぎし、長大な甲板全体がいきなりぐぐっ、と傾いた。

「うわぁっ」

甲板上の人員が全員足を取られるように転び、発艦位置にいた四番機が隣の三番機に横向きにぶつかる。

「つ、つかまれ」

「駄目だ、来るぞっ」

アルバトロス四番機・F2

直前方一マイル、ヘッドアップ・ディスプレーからはみ出すように一杯になった灰色の巨体が、波を蹴立てて傾こうとする。
だが逃げられるものか。
「――逃げんなっ、こらぁ！」
忍は叫ぶと、操縦桿のトリガーを人差し指で思い切り引き絞った。
ASM2、全弾発射。
バシュ
バシュ
バシュ
バシュッ
四発の対艦ミサイルをリリースした機体は瞬時に軽くなり、何もしなくてもフワッ、と操縦席が浮き上がった。そのまま灰色の空母の前甲板の上をすれすれに飛び越した。

空母〈遼寧〉艦橋

　ブンッ
「な、何だ――」
　艦橋の窓のすぐ前を、青い鋭い影が猛烈な疾さで左から右へ飛び抜けた。
　ミサイルはその後から来た。

海洋調査船〈ふゆしま〉

　ドドドドーンッ、という雷鳴のような轟きが、真っ暗な機械室の外のどこかで沸き起こった。同時に〈ふゆしま〉の船体があおられたように傾いて揺れた。

　ぎぎぎぎっ
「きゃっ」

　隠れていた有里香はパイプにしがみつくが、さらに激しい揺れが襲って船全体がひっくりかえるように傾いた。

「――きゃ、きゃっ。なにっ？」

いったい何が起きたの……!?

やばい、何か爆発でも起きて、この船は沈むのか。

外が見えない、こんなところで船ごと沈んだらたまらない……! 有里香は暗がりを手で探って、鉄扉のハンドルを摑んで回すと、外の通路へ出た。

ごぉおおおっ、と凄じい音が聞こえる。

何だろう。

あちこちで中国語らしい叫びが飛び交う。何を騒いでいる……?

(いったい何が起きたの)

戦闘員たちに見つからないよう、注意して狭い階段を上り、外界の見える甲板の通路へ出ると。

「……何、あれ」

有里香は、息を呑んだ。

まるで〈タイタニック〉の映画のようだった。

一キロと離れていない海面で、どてっ腹から真っ黒い煙を上げながら、灰色の巨艦が傾いて沈んでいくところだった。こちらに表面を見せた甲板で、大火災が起きている。

傾いた甲板の上を、無数の何か小さなものがパラパラと海面へこぼれおちていく。

黒煙は、左の艦腹の三か所の大穴から、そして飛行甲板の上にそびえていた島式の艦橋は、そっくりなくなっていた。

「…………」

府中　総隊司令部

「総隊司令、自衛艦隊司令部より」

連絡担当官が、受話器を耳にあてたまま振り向いて言った。

「哨戒中のＰ３Ｃが、〈遼寧〉の轟沈を確認。〈遼寧〉は沈みましたっ」

一瞬、中央指揮所の地下空間がしん、となった。

ピンク色に日本列島が浮き上がる正面スクリーン。しかしその南西空域には、何も映っていない。

「先任指令官」

敷石が言った。

「攻撃を行った編隊は、どうなったか」

「は」

葵は、立ち上がって応える。

「先ほど三沢を出たE2Cが、現場海域へ到達するまで、尖閣付近の低空の様子は分かりません。敵艦からのジャミングがひどく、宮古島のレーダーサイトのアンテナでは距離があり過ぎて攻撃編隊との交信が――」

言いかけた時。

「待って下さい」

南西セクター担当の管制官が、ヘッドセットを押さえながら振り向いて報告した。

「ジャミングが解消しました。交信出来ます。第七飛行隊のアルバトロス・リーダーより報告。投弾した後、三機が生存」

「――」

「――」

「もう一機は、どうなった」

東シナ海　下地島沖

「下地島タワー、下地島タワー聞こえますかっ」

忍はアイドリングで滑空させている機体のコクピットから、前方に見えて来た珊瑚礁に囲まれる島の管制塔を呼んだ。

「こちら航空自衛隊のアルバトロス・フォー、もう燃料がありません、リクエスト・エマージェンシー・ランディング。お願い、滑走路あけといてっ」

総隊司令部　中央指揮所

「総隊司令、市ケ谷からお電話です。統幕議長です」

連絡担当官が、また振り向いて言った。

「スピーカーに出しますか」

「うむ、そうしろ」

敷石はいつにも増して面白くなさそうな表情で、卓上マイクのスイッチを入れた。

『総隊司令官、航空自衛隊はいったい何をやった!?』

通話が天井スピーカーに繋がるなり、不機嫌そうな声が指揮所の空間に響いた。

『通常の業務範囲以上のことは何もするな、と命令したはずだ』

「その通りです」

敷石は、天井を見上げて応える。

「通常の業務範囲以上のことは、やっておりません」

『通常の業務しかやっていなくて、どうして尖閣沖で中国空母が轟沈しているのだっ』

「空母など知りません、あれは海賊船であります」

『何っ』

「海保の現場からの緊急要請で行う海賊退治は、通常の業務であります」

『な、な——』

パチリ

マイクを切ると、敷石は指揮所の管制官たちを見渡した。

「聞け。沈んだ海賊船の周辺には、これより中国大陸方向からアンノンが多く接近する可能性がある。先任指令官」

「はっ」

「小松のＦ15隊に、出来るかぎり現場海域にとどまり、高々度にて空中哨戒を継続するよう指示せよ。尖閣周辺の、領空へ入れるな」

「了解しました」

「それから」

「は」

「海保に協力を求めろ。行方不明のＦ２の一機を、全力で捜索せよ」

エピローグ

東京
永田町　国会議事堂前

一か月後。

「予定通り行われた衆参ダブル選挙で、主権在民党は歴史的な敗北をして、衆院・参院の議席の大半を失いました」

沢渡有里香は、夏の晴天の下、議事堂を背にしてマイクを握っていた。

「現在、与党に返り咲いた自由資本党では、新しい木谷信一郎総裁のもと、新内閣の人事が決められようとしています」

福岡県
築城基地

『——また前の主権在民党政権で、臨時総理代行をしていた淵上逸郎幹事長は選挙以来、国民の前に姿を見せず、咲山前総理同様、現在行方が分からなくなっています』

「剣名一尉」

第七飛行隊のオペレーションルームで、剣名修一郎がTVを見ていると、オペレーション・オフィサーが困った顔で呼びに来た。

「すいません、来て下さい。割鞘三尉が整備班長と喧嘩しています」

「え?」


「絶対、だめ」

剣名が格納庫へ入って行くと。

小柄な飛行服が、青い戦闘機の前で両手を広げて何か主張している。

「工場で修理なんて、絶対だめ」

「そんなこと言ったって、割鞘三尉」

徳間文庫

スクランブル
バイパーゼロの女《おんな》

2013年4月15日 初刷

著者 夏《なつ》見《み》正《まさ》隆《たか》
発行者 岩渕徹
発行所 株式会社徳間書店
東京都港区芝大門二―二―二 〒105―8055
電話 編集〇三(五四〇三)四三四九
販売〇四八(四五一)五九六〇
振替 〇〇一四〇―〇―四四三九二
印刷 図書印刷株式会社
製本 東京美術紙工協業組合

ISBN978-4-19-893677-8 (乱丁、落丁本はお取りかえいたします)

この作品は徳間文庫のために書下されました。
なお本作品はフィクションであり実在の個人・団体などとは一切関係がありません。

整備班長が、腕組みして言った。

「二百時間のキャリー・オーバーが過ぎたんだから、この機体はメーカーへ送って大修理しないと」

「どうしたんだ」

「あ、剣名一尉。何とかして下さい」

整備班長は、521号機の前で両手を広げて立ちはだかっている割鞘忍を指した。

「一か月前のバードストライクで機体表面に残っている凹凸の精密修理を、するなって言われるんですよ」

「絶対だめ」

忍は、ぴょんぴょん跳ねるようにして声を上げた。

「この子は、そのせいで〈必殺技〉が使えるんだから。修理なんかしちゃだめっ」

徳間文庫の好評既刊

夏見正隆

スクランブル

復讐の戦闘機《フランカー》 下

日本海最大の浜高原発！　襲いかかるミグ・スホーイの混成編隊……!!　航空自衛隊vs.謎の航空テロ組織、日本の運命をかけた激烈な空中戦が火蓋を切る…！　闘え、第六航空団。行け、特別飛行班……!!

巻末に、月刀慧《がとうけい》の少年時代を描いた新作書下しの番外篇を特別に収録。